# 敖包滩

刘国苗 著

吉林人民出版社

出 品 人：常　宏
选题策划：吴文阁
统　　筹：张文君　王　斌
责任编辑：孙浩瀚

**图书在版编目（ＣＩＰ）数据**

敖包滩 / 刘国苗著 . -- 长春：吉林人民出版社，
2023.7
　　ISBN 978-7-206-20599-6

　　Ⅰ . ①敖… Ⅱ . ①刘… Ⅲ . ①长篇小说 – 中国 – 当代
Ⅳ . ① I247.5

中国国家版本馆 CIP 数据核字 (2023) 第 189000 号


# 敖 包 滩
AOBAO TAN

著　　者：刘国苗
装帧设计：周　源
出版发行：吉林人民出版社
　　　　　（长春市人民大街 7548 号　邮政编码：130022）
咨询电话：0431-85378007
印　　刷：吉林省优视印务有限公司
开　　本：787mm×1092mm　　1/16
印　　张：19
字　　数：270 千字
标准书号：ISBN 978-7-206-20599-6
版　　次：2023 年 7 月第 1 版
印　　次：2024 年 1 月第 1 次印刷
定　　价：50.00 元

# 引　言

　　科尔沁大草原是成吉思汗之弟，哈萨尔的领地。蒙古语中科尔沁是"著名弓箭手"，它地处内蒙古的东部，从大兴安岭的南坡到松辽平原之间，就是生生不息的科尔沁草原。后来，大量汉民到境内备价领荒，开垦谋生，也就是跑马占荒，马跑累了能占多少就都是你家的地了。早来的先民称这里为"北大荒"。荒草、荒甸、碱泡子、碱蓬子满目皆是。夏天进泡子洗个澡，出来浑身都是碱印子，白花花的。春秋两季地上会返硝，就是可以做炸药的硝。十年九旱，土地多，广种薄收，土命人儿沿着垄沟找豆包吃。土壤贫瘠碱性大，种下的种子刚发芽，雨下不透，碱土表面形成一层硬盖儿，芽就闷在里面，再难发芽了。若是黑油沙的土地，遇上天养人的年头，大土豆子满地捡，真就能一夜暴富。最怕的还是掐脖旱，三伏天，酷热，一滴雨不下，眼看着要到手的粮食，就化成点把火能烧着的干刷刷的柴火。每到冬天，大雪封门，连房子都掩埋在大雪壳子里，雪趟子一条子一逛子的，西北风嗷嗷号叫，田野里的扎木棵到处乱跑，草原狼就愿意跟在它后面奔跑，掩护自己捕食猎物。如果狼实在饿得不行，掐个瘪肚子好几天，也会被逼无奈进村子咬死家养的牲畜，血滴了一路出村，在村口留下吃剩的残骸。农村的孩子出去玩儿，最好穿红衣服或者戴一样红色的饰物，以防止狼的袭击。狼怕火，红的东西是万万不敢碰的。如果想在雪里跋涉，那就是深一脚、浅一脚，手脚并用，匍匐在雪中，任风裹挟着雪粒残忍地袭击唯一裸露的脸。

在科尔沁草原的深处，呼尔达河、二龙涛河和洮儿河迂回蜿蜒，九曲回肠，绵延不绝，经过草原汇入波涛翻滚的嫩江。它们在即将投入嫩江怀抱的时候，放缓了脚步，有万般的不舍。它们也在眷恋的地方留下了一大片的水域，这就是月亮泡，蒙古语称其为撒兰纳池。

月亮泡原名运粮泊。相传在辽金时代，月亮泡北岸有座少力古城，驻扎着金兀术（金国四太子）妹妹的一家。当年金兀术率兵南进，不断袭扰大宋，与岳家军在中原对峙。其妹夫统帅一支劲旅，充当督粮官，因而月亮泡便成为金兀术向南方运粮草的交通要道，运粮泊由此得名。一年农历七月十五这天，金国驸马正在举杯畅饮，忽然接到军令，让他火速运送粮草到前方。于是这位驸马立即率领本部两千余人抢运粮草。粮队乘着月色，驾着四百多只粮船列队向南岸进发。当行至月亮泡中心时，天气骤变，乌云翻滚，雾气冲天，竟遮住了月亮，霎时间水面上漆黑一团，伸手不见五指，运粮船迷失方向，互相撞击，许多船只沉没了，船上士兵落水而亡。这下可急坏了运粮官，如果不赶紧想办法，后果真是不堪设想。他忙同部下一起跪在船头，齐声高呼："月亮……月亮啊！你快出来吧！救救我们，我们永远忘不了您呀！"这呜哇的哭喊声，在夜里传得很高很远……说也奇怪，不久天空忽然云开雾散，水面上风平浪静，不仅露出月亮，而且格外明亮。传说虽然漏洞百出，可运粮泊改名为月亮泡却是不争的事实，名字一直沿用至今。

月亮泡烟波浩渺、大气磅礴，无风也可浊浪排空。她性情彪悍，物产极为丰富，方圆百余里，无边无垠，是闻名遐迩的淡水鱼产地，素有"闸住月亮泡，银子没了腰"的说法。

我的曾祖父在洮儿河的北岸叫"敖包营子"的小村庄，择水草丰美之地而居。历尽沧桑的洮儿河经历了无数次的改道，河水的冲刷在敖包滩上形成流动的白色沙滩，孩子们可以不知疲惫地光着脚丫子在沙滩上奔跑。哈达、彩带、禄马旗装点一新的敖包在高坡上，傲视苍穹。

草原上有一个不成文的规矩：每逢外出远行，凡是路经有敖包的地方，都要下马向敖包参拜，祈祷一路平安，还要往敖包上添几块石头，然后才跨马上路。牧人路过这里，总是往敖包上添加一块精心挑选的最心仪的石头，以保佑人畜两旺。

在这里，汉语中夹杂着蒙古语，这是多年聚居这片草原独有的民族大融合。在敖包滩有很多和我一样的孩子，一眼看去就是蒙古族的孩子。我有天生的卷发，忽闪忽闪的大眼睛，雪白的肌肤，深深的眼窝，高高的颧骨，浓浓的眉毛。小时候我就聪明，就会跟小朋友学蒙古族的语言："额吉""阿瓦""比尼呦呦""比尼捏捏"……也就有了"乌兰诺敏"这个好听的蒙古族名字。祖母的"乌兰"就是祖母的"红玉"。我出生的时候，祖母已经年岁大了，稀罕得不行，要天天看管我，哄我。我喜欢祖母用红纸剪得逼真的红窗花，用红色的丝线为我缠的头绳，过年为我缝制的红色的盘扣缎子面的蒙古袍，鞋面上绣的红云子。祖母还会用毛稍长一点儿的羊皮给我吊皮手闷子，手闷子的外面套上红趟绒的面子，再冷的天也不会冻手。祖母说等我长大了还要为我缝红色的绣球和嫁妆。这是祖母趴在我的耳边说的话，让我一直羞红到耳根子。

敖包滩向南面朝沙滩，静静思考着的洮儿河水，像一位慈祥的母亲替儿孙谋着福祉。敖包滩向北是大片的玉米和高粱，金秋的高粱熟了，一片片的高粱染红了整个世界，像一张张美少女涨红的脸，更是上好的酿酒材料。这里酿酒的历史可以向上追溯几百年、上千年，纯正甘醇的高粱红酒醉倒过多少勇士少年郎，催情过多少青春萌动的少女，又产生了多少离奇而悲壮的爱情故事。下水可以用瓢舀鱼，上山有耥耙不完的田地，敖包滩人是勤劳智慧的象征，更是轴得吓人，认准的事即使是撞了南墙也不会回头。这里有世代而居的柳家人，还有姚家、赵家、房家……这里更有盘根错节的恩怨情仇。

敖包滩有肥沃的黑土地，榆树和杨树是这里的优势树种，红柳、曲柳、柽柳、京桃、山杏也不少，大片的沙棘林成了灰狼、狐狸、傻狍子、野猪和雪兔的世界。飞禽也是有的，有丹顶鹤、白鹤、东方白鹳、金雕、大鸨、白枕鹤、蓑羽鹤、灰鹤等。这里，当然也少不了在烈日下立高高晒阳阳的黄鼠狼和大眼贼儿。每年的初春和深秋，成群的白鹤择食而来，来到这一片滩涂赴一场味觉的盛宴。它们立于浅水啄食蘑草，或孑然一身梳理洁白的羽毛，或上下翻飞嬉戏打闹，或迎风展翅飞向云里。在蒙古索口常有悠扬的马头琴声相伴，愉悦着这些白色的精灵们。

在敖包滩东南方向有一座孤吊的四邻不靠的河神庙，经常香烟缭绕。老乡们从四面八方纷至沓来，怀揣着各自的小心思，时不时会有钟声从庙里传出来，和着朝拜者的祈祷声，绵延不绝……

# 目 录

# 第一章　我的祖父母

敖包滩的水和草以极其亲密的方式互生，草不高的时候水也不深，水只洇湿青青的水稗草，只有草尖露出水面；草越高的地方水越深，高高摇摇的蒲棒草和芦荻花在水中招摇。

敖包滩上有执着的红柳，它善于在逆境中生长，肆无忌惮地在碱土地里蔓延。可以没有阳光的照耀，可以没有雨水浇灌，可以在狂风中保护好自己的根茎，可以变得矮小、纤细，但绝不放弃占领阵地。

红柳高通常在两至三米。分蘖很多，柔嫩的小枝似婀娜的少女，多呈红棕色或紫色。叶子呈鳞片状，像柏树的叶子。花是粉红色的，一簇簇地生长在柔枝上，组成了一个个圆锥形的花序。果实是蒴果，多呈三角形，成熟后三瓣自然开裂，从中释放出种子随风散落，无论落到何处，都会把生命播种到那里。

红柳满身都是宝。它的枝叶是很好的一味中药，有解热透疹、祛风利湿的功效。在敖包滩，我的祖母就是大家的智囊团，当孩子出疹子时，祖母会采一些红柳枝叶来熬水给孩子喝，疹子很快就消失了。它还是治疗风湿的良药，每当春天来临，很多人都会采摘一些嫩叶，煎水泡敷，这使得辛苦劳作的人摆脱了病痛的折磨。枝条还可以编织筐篓，祖母的筐能编出各种花样，有母鸡下蛋的花篓，底下絮上萱草，为了让母鸡在里面不憋闷，鸡趴的地方有大镂空，这样鸡在里面不会太热，心情好，蛋自然就大。有抬土的筐，筐梁用粗的红柳茎，筐结实美观，能用几年都不坏。祖母还会给我编花篮，扒掉红柳的皮，编成白色的小筐。它的根可以根雕，还是燃料，用它来烧烤羊肉味道真是神仙也要来敲门。祖母会用红柳枝将羊肉穿成红柳大串，用红柳根作木炭燃料，红红的炭火燃烧着，弥散在空气中的肉香伴着红柳的清香真让人垂涎三尺，哈喇子流满前大襟儿。

祖母姓白，是白家的长女，出身世家望族。她读过书有文化，头脑聪慧，会说一口流利的蒙古语，在她的血管中流淌的是蒙古族游牧人的血。她会骑马射箭，左右手都会使洋炮，在胡子来犯的时候，祖母十八般武艺就可以顶几个壮汉。祖母是长相俊美的姑娘，十里八村的大户人家都想过来结亲，即使家业被胡子抢走一些，但瘦死的骆驼比马大，外曾祖父家的田产依然不少。在那个年代，汉族的女子都要裹脚的，三寸金莲走路不稳，更不用说骑马打仗了，祖母却是一双鲜有的大脚板子，她不卑不亢，温文尔雅，远近闻名，富家子弟来提亲的都踩平了白家的门槛子。至于祖母为什么会嫁给祖父，那估计是双双醉倒了高粱红酒，遇见了高粱地，压倒了一片神奇的红高粱，躺倒在高粱地……这只能是当孙女的没羞的揣测。

这对冤家从不含情脉脉地说话，而是怼，往死里怼，这样的爱也许才是深爱，才是可以为了对方拼掉性命。这一朵摇曳生姿的鲜花还就真插在了牛粪上了，这也许就是祖母的命吧！

曾祖父一家是清末逃荒掐着个瘪肚子挑着挑儿来到东北的。那时的祖父还是一个几岁的毛孩子，来的时候，是一路乞讨，几次走走停停，没有被饿死，已经是不幸中的万幸了，还哪有什么包袱可以拎，衣衫褴褛或者说衣不蔽体都是常有的事。几顿没有饭吃，饿得前腔贴后背。曾祖父先在农安黄龙府站脚儿，没有立足之地，他们又一路西行来到大赉，还是没有留住，曾祖父带着祖父他们哥儿七个终于来到了敖包滩，后来又有人回到了洮儿河南岸的套木嘎，这大概就是所谓的"域民不以封疆之界"吧！

这里人少地多，适合庄稼人留下，值得留下的还有滩上的一棵让人顶礼膜拜的大柳树。和当初山东莱州府大刘庄村口的那棵大柳树长得形似而又神似。她是春天的信使，她能用左手的魔杖唤醒右手的百花篮。细雨蒙蒙的雾中，她仰起头梳洗秀发，柔美的枝条像极了妈妈的手臂。有风吹来树枝随风摇摆，拖到地面，枝条落地又生根，当人们从远方归来的时候，远远地看见她就像撑开天地的一把大伞，看见这棵柳树就仿佛回到了当初逃离的家园，曾经的快乐还在，团圆的一家人还在。柳家和柳树像是有着联系，是柳家子孙的精神家园，无论走到哪里，都魂牵梦绕心中的那棵大柳树……

三块砖头一口锅，风向不对到处挪，全家老少一草铺，躺在铺上看月亮，浑身上下没衣裳，天寒地冻没处藏。祖先的难处能想得到，就像被狼狗从狗窝里撵出来的冉·阿让一样。而这里并非柳家的悲惨世界，很快，柳家人就顽强地生存下来了。

那是一个阳光明媚的午后，沙坨子上来了一个姑娘。穿着一件并不合身的草绿色衣裳，她就是那行走乡野的草，被绿色淹没的破碎潦倒的绿草，有着与生俱来的土气，手里攥着一把狗尾草，时而还举着狗尾草端详，看一会儿"噗嗤"一笑，再看，还会笑，咧着嘴笑出声。听说荒信儿的男女老少都聚拢来，大家都远远地看着，指指点点的，就是没有人搭话儿。眼尖的人说这姑娘看上去心眼儿不全乎，一个人拿着一把"毛孩子"像发现了新大陆一样，简直把狗尾草们看成了一朵朵一串串绚烂的花。那些被红蜻蜓和白蝴蝶轻轻点触过的"毛孩子"纤毫毕现。直到夕阳缓缓落下，人们才发现这姑娘并没有家，她属于流浪和远方。善良的柳家人还是把她留了下来，以至于后来成了我的六奶。

家里一贫如洗，值得显摆的就是几个壮劳力，有用不完的力气。

哥儿几个开始用黄土拌洋草和泥叉墙，好在严冬来临之前一家人住进了两间半的筒子房。进门就是厨房，一个灶坑两口十二印的大黑锅，河里有鱼，没有吃的哥儿几个就用自制的笊篱去河里捞鱼。买不起炕席就铺上蒲草在上面睡觉，睡醒觉，身上都是不过血的印子。祖父虽然没进过学堂，但他有三寸不烂之舌，能说会道，就凭着这条巧舌和纯正的高粱酒硬是把祖母划拉到手，让乡里乡亲佩服不已。那个时候，缺医少药，如果病了就去找郎中瞧病，柳六先生是自悟的大夫，熟识药理药性，会开一些药方和祖传的偏方，给病人抓药治病。

祖父柳守林是一个捕鱼高手，我爸小的时候常常跟着祖父去河里捕鱼。祖父捕鱼的方法很多，其中就有炸鱼。炸鱼要事先在家里做好炸药，用一个玻璃瓶子把研好的木炭、硝盐和硫黄按照配方搅拌后装瓶，把雷管塞进瓶里，瓶口封好只留下引线。祖父把船划到鱼多的地方，引燃引线抛下去，鱼群被炸后会翻到水面，祖父迅速用绰捞子把炸晕的大鱼捞上船。到了河边祖父让孩子把鱼装进鱼篓，父子两个就哼着小曲儿回家炖鱼去了。

渔民下挂子打鱼，鱼网带浮漂儿，两头儿固定在竹竿上，祖父用的是大眼儿的鱼网，挂上来的鱼都是大鱼，即使有时候一无所获，祖父也会欣忭地回家。有一次我爸就天真地问祖父："为啥晚上都没有鱼吃了还高兴呢？"祖父笑着说："傻孩子，大鱼没挂着，咱们总不能抓小鱼吧？要是把小鱼都吃光了，那早晚有一天彻底没有鱼吃！"听了祖父的话，还是不太懂，就回家问祖母，祖母说："不焚林而猎，不涸泽而渔。"祖母接着解释说："不能烧毁森林捕捉野兽，不能排干湖水去捕鱼。生态要循环利用，人类要与大自然和谐相处，你懂了吗？"父亲肯定是不能懂了，没有鱼吃，父亲开始大哭，祖母怎么也哄不好了，无奈祖母烤了房梁上吊着的只有来客人才能吃的鱼干，吃饱了父亲就一抹小黑嘴巴儿睡觉去了。那个晚上祖父和祖母并没有吃别的东西，因为家里也没有别的吃了。祖母继续一针一线缝缝补补做她的针线活儿，祖父吧嗒吧嗒地吸着旱烟，他们总是说："岁数大了，不知道饿。"

下懒钩钓鱼，祖母用铁条在火上烤红，恰到好处的时候摵成鱼钩。祖父用喷香的鱼食把鱼钩伪装好，坠上铅坨儿，早上下在河底鲇鱼和黑鱼棒子经常待的地方，也不用管，等晚上鱼咬钩了再去把鱼拿回来。祖父懒钩下得好，总是能钓到大鱼。倘若是鲇鱼，祖母会给全家熬汤。黑鱼棒子会做生拌鱼片，父亲最喜欢吃的就是黑鱼的鱼皮，滑滑的有嚼劲。

其实黑鱼棒子的鱼皮是断然舍不得吃的，每年祖母都要攒下一年来的大鱼皮来给老疙瘩做鱼皮袍，滩上会这个手艺的人着实少了，祖母总是说这手艺将要失传了。五斤左右的大鱼要五十条才能拼做一件鱼皮袍。祖母剥鱼皮的时候，要在鱼头下面划开，撕开一点儿以后，用小锤子用力地砸鱼肉，一边砸一边往下拽。剥下来的鱼皮要在外面晾晒两天，去掉鱼鳞，然后用玉米面在鱼皮上揉搓，尽量把鱼皮上的脂肪让玉米面吸走，下一步要把鱼皮撒上玉米面卷成柱状，用绳子捆好，用类似于铡刀的戈几戈一遍一遍地打压鱼皮。戈几戈是用木头做的锯齿状的专用工具，就像一把木头铡刀，挤压卷好的鱼皮，直到把鱼皮弄软为止。这样做是为了把鱼皮上的脂肪与纤维彻底分离，反反复复用玉米面揉搓，等到鱼皮彻底鞣好了，祖母带上她特制的铁顶针开始缝制。一般的顶针都是铁箍，而缝鱼皮的顶针是像钢笔帽一样的，避免扎手，鱼皮非常滞针，一不小心手就被扎出血。一件鱼皮的衣服价值不菲，精美绝伦，能穿上鱼皮衣服只有她的老儿子。

家里人也太多，六奶又只会哄孩子，连做个针线也学不会，六奶家的针线活儿也要祖母做，祖母的针线笸箩总是不离手，还是供不上穿。每到严冬，常常看到祖母整天忙碌的身影，用自己的努力给家人温暖，而她身上的衣衫最单薄。

# 第二章　开药房看病

　　风和日丽的敖包滩艳阳高照，马牛羊吃饱了草，来到河边喝水。家畜都长得膘肥体壮，毛管锃亮。河水波光粼粼，熠熠生辉。透亮的日子人也越过越顺心，腰杆子越来越硬。

　　敖包滩的水肥，河里有青鱼、草鱼、鲢鱼、鳙鱼，还有老头鱼、嘎牙子、鲇鱼、鲂鱼、鳌花鱼等等，数不清叫不上名儿的鱼。靠打鱼能养活一家人。土地也不失信于勤于小片开荒的人们，开垦荒地，春天种上希望的种子，到了秋天沉甸甸的收获装满粮囤子。柳家的日子一天比一天好，慢慢地站稳了脚跟儿，开始盖房，翻修祖屋，购置上讲的黄花梨家具，请木匠描花画柳，在床的四周装上镂空的隐阁。买几支枪、买马、买车、买地、置办种地的家伙。从祖母的娘家长袍草原老乡那里买回来的良种骒马四匹，饱揣驹，儿马四匹，骟马三匹，最健壮的公马一匹，黑色，马毛像黑色的锦缎一样，竖立的马鬃又粗又壮。家里的人只有祖母的骑马技术最好，祖母就去使银子买马，一路赶着马帮儿回家，向家的方向飞奔，家谱上画着祖母年轻时优雅飘逸的画像，祖母就像敦煌壁画里飞天仙女一样。

　　马买回来，祖母常常上山遛马。她最喜欢的是一匹青骢马，常常会骑着这匹骏马出出进进，马的头上系着铜匠精心打磨的铃铛，伴着马儿的脚步发出一串串清脆悦耳的铃音。祖母年轻的时候长得漂亮，身材窈窕，明眸皓齿，鲜眉亮眼，玲珑一位大美人翩翩而来。她骑在马上左手握缰绳，右手打马前行，恰如"佳人自鞚玉花骢，翩如惊燕蹋飞龙。"的描绘。敖包滩的女人有一个算一个，无人能及，只能羡慕嫉妒恨了。祖母常穿一件青色蒙古袍，肩上还会挎一杆洋炮，要是遇见可以猎杀的草原狼，手起之时，野狼应声倒下，一枪毙命，正中狼头，钢珠都要镶进狼头里。

家业中兴后，家里雇上三十多个忙里忙外的伙计，甚至还请了一个老成持重的管家，柳家人没有选择"躺平"。敖包滩风调雨顺的日子过得好不惬意。敖包上又多了很多石头，路过的人都会往敖包上加几块石头，敖包的石头堆越垒越大。柳家来敖包滩十几年，日子是芝麻开花节节高，大家齐心合力攒下的家业眼瞅着藏不住了。

"人怕出名猪怕壮。"听传信儿的路人说，有山里的胡子开始惦记柳家了，这个震惊的消息让柳家人人自危。曾祖父怕事儿，领着伙计修建"防御工事"。先在院墙的外面垒砌两米多高的土墙，把整个院子围起来。土墙长五十米，宽五十米，零零碎碎的工程干了小一年，密不透风的墙已修成。砌墙取土留下两米深的深沟，雨季壕沟蓄满水，形成一条护城河，如晶莹的飘带逶迤环绕柳家大院。整个院子只有一个出入口，那就是大门，大门上三道锁，大门的两侧是东西两个架起来的炮楼，在两米多高的墙头上，靠木梯才能上去，炮楼只有一个小孔既能瞭望又能放枪。为了加强防范，伙计们开始轮流值班。另有一条暗道隐藏在了老屋的菜窖里，一直通向三里远的高粱地。

为防备胡子进宅抢掠，柳家人做好防范胡子的各种准备，值班人员轮流把守，日夜不放松警惕，胡子来与不来，日子还要一天天地过。为了做到万无一失，大爷建议养十几条狼狗看家护院，被曾祖父采纳了，一条比一条凶，感觉要是一起出去真能使群狼横尸遍野。二爷建议在挖现成的水壕里养鱼，这个建议好，因为怕胡子来，很多时候要乖乖在家里待着，壕里的鱼好抓，想吃随便捞几条，酱炖大肥鲫鱼。闲的时候喂喂鱼，放点水，鱼在水壕里撒欢儿。

柳六先生看病已经越来越有名气，前来看病的人都请他开方抓药。

六爷心肠软，好多没钱的乡亲也来看病。六爷本就不会种地，房里就没有收入，来看病的乡邻急忙急火地来，哪里能借到钱呢？一来二去就传开了，说柳六先生看病可以不要钱，来瞧病的络绎不绝，东南乡仁爱的六先生的医术可是口口相传，似春风吹化坚冰，似春雨滋润大地。

连山里的胡子也知道了柳六先生看病的事。胡子头还真来了，挂着拐杖领着媳妇来的。在门外下了马拉的爬犁，为了表示对柳先生的敬重，特意走着进的门。看这一瘸一拐的样子知道准是腿疼得厉害，四肢的关节肿大，疼得睡不着觉，白天晚上嗷嗷叫唤。实在是在山上没有办法待了，只能来找先生看病。先前已经看了很多的庸医，钱也没少花，一点儿起色都没有。山上的弟兄本来打算秋后就来打柳家的围子，这一病，一直也没敢下山。六爷一视同仁，给胡子头儿南占山号脉，一边号脉一边询问着病情，六爷丝毫也没有因为他手上的大金镏子而高看了他的身份。

堂屋里的曾祖父一听说南占山来了，就七窍生烟，急火火地奔过来。"还敢上我家来？才不给他看！让他早点儿死了才好呢！省得祸害四邻八乡，不会走路就让他爬、让他瘫巴，有药也不能给开，德行都喂狗了！"曾祖父未进屋骂声已经到屋，南占山从没让人这样骂过，顿时火冒三丈，刚想发火，忽见白发苍苍老人走进来，一看是六先生的父亲，南占山只好忍气吞声任凭曾祖父痛骂。

"妈了个巴子的，有能耐你试试，来我家打围呀，让你拿命来！是想借看病打眼来的吧！病好了就来抢、就来夺！"曾祖父骂得满嘴冒沫子，一点也不解恨，气得直跳脚儿，非咒死这南占山不可，众人上前劝阻也不停止。

南占山硬着头皮挨骂，强压怒火，直冒烟，谁让人在屋檐下呢。

南占山借机把话拉回来，说："大叔，您别生气呀！那都是山下的路人瞎传的，我南占山也是有原则的，能谁家都惦记吗？我发誓，我要觊觎咱柳家，天打五雷轰！"

六先生听到父亲声音，也出来劝解父亲。南占山为治病许下承诺：
"如果六先生能把我的病治好了，我南占山保证逢年过节上门来磕头拜
谢，看望您老人家！我给咱家祖宗上香祈福！"

曾祖父的暴躁脾气发泄一通，依然不解恨。他拎出洋炮就把枪口对
准了南占山想崩了他，这时胡子媳妇一看事情不妙，急忙上前拦住曾祖
父，往门外推。曾祖父被推外屋去了，一边往后退还顺势往前冲，在屋
里冲着这么多病人就要搂洋炮。

被众人推出去的曾祖父边走边骂："柳守德，你个王八羔子，不兴给
他看病，你要给他看病就不是你爹做的！也没有你这个儿子！他作恶多
端，这是报应！"生气暴躁的曾祖父，活像一头咆哮的雄狮震慑四方。

六爷安抚躺在床上的南占山，专心地开药方，开完药方又给南占山
的老婆看病，南占山的老婆脸上长了数不尽的扁平疣，估计是山里湿气
重，得了这种治不了的病。本有几分姿色的脸蛋全是绿豆大小的丘疹，
麻痒人，看一次够恶心好几天。

六爷对南占山的老婆说："兄弟得的是类风湿，关节肿大，回去熬
药按时服药。药不用花钱，时维九月，序属三秋，田间地头的老鸹针正
红，你把老鸹针的秧顺路多薅一些回去，用大锅熬水，熬好了，澄出蓝
边的一二碗给他服下，一日三次，一个月见效三个月痊愈。"六爷的自
信不容置疑，只能谨遵医嘱。

六爷没有给南占山的老婆开药方，直接告诉她："你的病也好治，也
是田间地头遍地都是的蚂蚱菜，采鲜嫩的，把浆儿抹在长扁平疣的地方，
一天早中晚三遍，十天就好，保证不留疤痕。"听了六爷的话，南占山的
老婆千恩万谢，就差点儿跪下了。长得挺眼气的一个小娘们儿满脸的疣
子，哪一天南占山看腻了，再讨别的老婆，真是叫天天不应叫地地不灵。

南占山媳妇回山上时，让弟兄们顺手在山上寻草药回去，一人一捆，
放在寨子里晾干，每天给南占山熬药，都让他按时服用，几天以后就见
效了，渐渐地关节消肿、疼痛消失，试探着走路，腿也不疼了。这南占

山的老婆每天往脸上抹蚂蚱菜的浆液，疣子还就真结痂长平了，露出新的皮肤。柳六先生还真是神医，没有花钱也给胡子头儿看好了病。

鹰居住的河神庙高高在上。羊肠小道一头拴着黎明的村庄，另一头放牧夜晚的星河和月亮，只有虚无的神祇和真实的双手摸得到的生活。鹰似一介红袍僧人，在浪迹天涯与青灯孤守间替众生找寻那洁净的灵魂出口。六爷的回春妙手救回了多少垂死的生灵……

敖包滩的麻雀一群一群地叠加，它们像五线谱上跳动的音符，捡拾秋收落在地里的粮食。庄稼已经颗粒归仓，人们搭起高高的玉米楼子，期待金黄的玉米棒子晒干后卖个好价钱。彼时的风刮着站立的玉米秸秆沙沙作响。

一轮红日偏西已经过了晌午，暖洋洋的天儿。眼看就要到了第二顿庄稼饭的时间了，南占山眉眼舒展，鹰钩鼻子上长满了酒刺，腰间的金子银子缠得杠杠紧，吃八方的大嘴笑得合不拢。领着一众弟兄嘻嘻哈哈地奔着敖包滩的方向浩浩荡荡地来了。胡子出山并没有带枪，马背上捆着几只上了秋膘的肥羊，还有几坛子烈酒，热热闹闹地走到柳家大院的附近。

还没有到近前，伙计的洋炮就"嗵"的一声闷响。

一众人赶紧卧倒，个个捂着吃饭的家伙（脑袋），魂都差点儿吓飞了，生怕脑袋搬家。

伙计放完枪，也没听见啥动静，老远地看见南占山举着双手站了起来，伙计大喊："你们是哪个绺子的？"

二掌柜大喊说："别误会！别误会！是来找柳先生道谢的！"

伙计将信将疑，赶忙回来报信儿，说来了一帮胡子，众人一听先是惊愕。

就听曾祖父喊了一嗓子"快！大伙儿马上操家伙！"大家分头取出了炕洞里藏着的洋炮直奔大门跑去。

曾祖父端着洋炮先到了门口，没好气儿地问："谁呀？找死呀！看我怎么一枪轰死你们！妈了个巴子的！"

南占山向大家"嘘"了一下，他必须亲自应了才礼貌。

他马上又说："大叔，是我！占山呀！我是来登门认亲的！"

曾祖父还是有些犹豫，他顺着放枪的窟窿一看，胡子还真没有拿枪！而且，南占山规规矩矩地跪在大门前，这时曾祖父猛地一拍脑门，才让伙计把门打开了，胡子们勾肩搭背鱼贯而入。

南占山带领手下的土匪进了院子，拍了拍裤子上的土，拽了拽衣角，整理一下情绪，命人把羊卸下来，忙活杀羊，外面立即架起了大锅，烧开的热水把羊肉和整个羊坷拉都放进锅里煮上。此时的南占山已经壮得像牛，走路带风；老婆走那几步道儿也是摇曳生姿沐风而行，进门直奔中医堂。

南占山说："大夫呀！真是华佗再世救人于水火的神医呀！"南占山看见六爷从药房过来，又行大礼给六爷跪下，"一定要受我跪拜，您就是我的再生父母！"

六爷见状，右手不自在地理了一下顺到下巴的八字胡须。忙上前双手将南占山扶起，说："真是折煞我了，谁病了都给看病，如今治好了也是本分，不用道谢的！你看你还送来这么多羊，这可怎么是好？"六爷搓着双手，不知往哪放合适。此时家人搬来了椅子给六爷解了围。六爷上座，南占山和压寨夫人双双跪地，行叩谢大礼才算作罢。

掌灯时分，桌子上摆好了酒菜：手撕羊肉、清蒸鱼干、腊肉炖倭瓜、小鸡炖蘑菇、大鹅焅土豆、氽白肉酸菜炖粉条、羊杂汤等一应准备停当。伙计们搬来桌子凳子，连家里的女眷也一同请出来喝酒吃肉。

酒席间，南占山端着酒杯站起来，用一只大手压一压兄弟们的酒令声，先开腔："今天一众兄弟不请自来，是特意来认亲的，以后大家就是一家人了，大叔就是俺亲爹，柳家的事儿就是我南占山的事儿，绝无二话。我南占山说了，以后逢年过节都会来看望我爹，爹要遇着啥事儿，上刀山下油锅在所不辞，我南占山眼睛要是眨巴一下都不配做人，猪狗不如！"南占山说话的底气足了，说话如撞钟，也许是吃了六爷祛湿补气的方子灵验了。

曾祖父今天坐的是主位，他说："那天大掌柜来看病，妈了个巴子的让我给骂了，对不住了，以前的事咱就不提了，以后欢迎儿子天天来！喝酒，吃肉，放开了！酒我这里还有！管够！"曾祖父也为自己的粗鲁而懊悔，毕竟已经习惯了，不骂人不会说话。

南占山大悦，说："以后柳家的事儿就是我绺子的事儿！谁要敢跟柳家过不去，得先问问我同不同意！"南占山被病痛折磨这么长时间，现在心里才敞亮，山上哪是能养病秧子的地方呀，好在保住了大掌柜的位置，还能带着弟兄们四处劫富济贫。

南占山说完，又举起一二碗酒一口干了，干完还特意舔舔碗底儿，一滴也没有剩。南占山没花钱就看好了病，这个口信儿不胫而走，后来找柳六先生治病不花钱的事儿远近传开，慕名而来的病人更多了。没钱的也来看病让先生很是为难，因为毕竟自己的药也是花钱才能进货的，有些药很名贵，方子里面又少不得，六爷的亏空也越来越大。

我在六爷留下的小楷字的手抄书里跟六爷邂逅过，后来那本书又还给了五大爷。字里行间我似乎看见了六爷那两撇八字胡，看见了那张柳家人特有的国字脸，六爷和蔼的面容就体现在了那些一撇一捺里。我一笔一笔地抄书，仿佛六爷口传心授，得了真传的样子。

# 第三章　抵抗侵略

时光的褶皱里落满了子规惊魂的啼鸣，更深的黑暗在人间不过是一条裂缝。天堂和地狱在两个世界犬牙交错，两个世界的人无法调和矛盾，永恒的对抗。敖包滩上的敖包中间的日月火没有能保住滩上老小的平安，漫天的阵云笼罩着这片土地。

滔滔的洮儿河水泛着黑色的波浪，河里的鱼也透不过气来，频繁地跃出水面。一夜间，千里冰封，万里雪飘了。赵家的哑孩子也不知道在哪儿听到的消息，说小日本攻占了县城，派了三个鬼子统治县城了，鬼子挎刀骑马，动辄就放狼狗咬人，见人就查良民证，欺男霸女，还颁布了不少拗口的命令。哑孩子哇啦哇啦地也说不明白，比划了半天，还是聪明的祖母给"翻译"出来了。鬼子怎么突然就来了呢？敖包滩的人还没有感觉有什么不一样，可是祖母却找来了几个大伯哥和曾祖父要商量怎么抵抗日寇。祖母说："咱们是中国人，不能任由小鬼子在这里烧杀劫掠！应该组织反抗的力量，把大家聚集起来，建立武装队伍，伺机打进县城，把这几个小鬼子剁成肉酱！"她斩钉截铁地说完，背着擦得锃亮的洋枪远去。

这些日子，就连敖包滩的红柳都像在冲锋，向着县城的方向都憋着一股子劲儿。抗日民间武装拿起了刀，能削木棍的削木棍，能拿叉子的拿叉子，还有二齿子、锄头、钐刀、镰刀、砍刀、火叉子、耙子都预备出来了，祖母更是拿出了压箱底的洋枪。平时不在一起的人现在心都聚在了一起，敖包滩上涌起了一股热流，红色的血液冲向脑门在头顶奔流。

民团组织很快就与东北抗联的地下组织取得了联系，成立了村抗日小队。三爷和四爷还没有成家，他俩跟着抗联的队伍进山了。祖母带领妇女成立了妇救会，祖母顺理成章地担任了会长，一边组织生产一边给抗联的部队运送补给。祖母的任务又重了，要给战士们做棉布鞋，还有越冬的棉衣。一筐一筐的棉鞋，棉花絮得严严实实，黑花的鞋面子，白花的鞋底包边儿，磨不烂的手纳千层底儿，一双鞋要经过二十几道工序才能做好，光是纳一双鞋底就需要一天的时间。祖母没日没夜地赶工，就是为了战士们上山不受冻，手上的老茧一层压一层，家里的油灯整夜亮着，祖母的脸被油灯熏得黢黑。

严寒的冬天大雪齐腰，没有路，部队上的补给跟不上了，祖母就在夜里套上车把自家的粮食拉着送到部队上。每次祖母出去都要带着枪，她觉得这世道太乱了，随时有被劫的可能，车上的这些东西都是抗联的补给呀！一路上设的关卡都是伪军，没完没了地盘查，每一次被盘查祖母都要小心应对。祖母听说姚恒河在东南乡当上了治安大队的队长，因为是同乡，祖母几次当着查岗小兵的面提及这位叔公，最终顺利地把物资偷运上山。抗联在山上真的很艰苦，又遇到大雪封山，熬不住的还有叛变的。为了支援抗联的战士打小日本，祖母决定把车和马都留给部队，要知道这小媳妇多有主意呀！她认定的事儿就这样办了，她知道抗日战争一定会胜利，总有重见天日的那一天！就这样祖母只带着枪返回了，因为她是女人，在路上也没有遇到什么麻烦。祖母希望能为不畏流血牺牲的战士们多做一些事情，她认定了共产党是人民的大救星。也就是在这段时间里，祖母瞒着家人偷偷地加入中国共产党。她随时做好了牺牲的准备，完成了人生的第一次蜕变，成为一名坚定的共产主义者。

自从三爷和四爷走了以后，曾祖母每天以泪洗面，想想就哭，一边哭一边说："我的儿呀！咋就不给妈捎个信儿呢！鬼子的子弹不长眼睛呀，要是没了，让妈可怎么活呀！"一个月、两个月……曾祖母的眼泪终于哭干了，瞎了，撕心裂肺地干号，她用双手挠墙，指尖流淌着鲜血，在墙上留下一道道红得发黑的痕迹。这位母亲为儿子做的最后一件事就是在深褐色的墙上留下了两个儿子的名字，字迹层层叠叠，只有她自己能看懂。

曾祖母到死也没有等到儿子捎来的消息。两个活生生的大小伙子，因为没有结婚，无牵无挂就跟部队走了。

两年以后，同去当兵的姚长顺的大爷姚恒礼负伤回到了村里，带回了三爷和四爷牺牲的消息。他详细地讲述了三爷柳守江和四爷柳守海牺牲的故事。

他说："我们跟着孙连长的部队到了小乌兰吐，在一次阻击战中，遭遇了数倍于我们的鬼子尖刀团，战士们看见鬼子那真是目眦尽裂，打了三天三夜，最后弹药用尽了。为了不暴露镇东地下党组织，上了刺刀，战士们谁都不想当活口，都抱定了慷慨赴死的决心，跟鬼子进行了肉搏。战士们都红了眼，三爷大喊一声跳出战壕，杀死了两个鬼子之后，被一个鬼子从后面用枪托砸中了后脑海，晃晃悠悠地含笑倒下了，眼里放着光，冥冥中仿佛回家了一样。"

姚恒礼抹了抹满脸的泪水，接着说："柳老四看见哥哥倒下了，也像猛虎一样冲出战壕，他朝着鬼子血淋淋的刺刀冲去，他的刺刀插进了鬼子的胸膛，就当他正要拔出刺刀的时候，鬼子的刺刀已经从后背插进了他的胸膛，他都没有来得及回头就倒下了！"

三爷平时就是一个闷葫芦，不爱说话，可是现在他想说却说不出来了。战场尸横遍野，血流成河，都没有了生命体征。敌人的尸体和战士们的尸体牢牢地扭在一起，命都没有了还在角力。有的战士嘴里有敌人的半块耳朵；有的战士抱住敌人的脖子；有的战士甚至用腰带把自己和敌人绑在一起没有办法分开。后来当地的老百姓哭着来打扫战场，只能把战士们和鬼子埋在了一起，鬼子跪状，战士们躺着，一连的战士都长眠在小乌兰吐最高岗的阳坡儿上。

他还说："我们二连也伤亡惨重，我当时是中弹了，子弹穿胸而过却捡了一条命，失血过多晕倒了，并没有死，被其他战士压在了身下，当地的老百姓收尸的时候才被救起。在老乡家养伤，是老乡的小米粥救了我。伤养好了，又去队伍上，参加了战斗。这次是在大赉受的伤，因为离家近回来看看，还要回到部队上。因为在部队里表现好，作战勇猛，已经入党，成为一名光荣的共产党员了。"

曾祖母死后家人给三爷和四爷立了衣冠冢，他们到阴间团圆去了。

冬天，姚恒礼回到了部队，抗联十二支队接到了新的任务。大雪纷飞，寒风凛冽地刮着，队伍经过肇源官地、哈拉海，跨越嫩江来到赉北后英台。队伍到得太早村民一睁眼，二百多人的队伍犹如天降神兵，一时间在坊间炸开了锅。老百姓听说共产党的队伍来了，都凑上来嘘寒问暖，家有适龄的男孩子都想跟着队伍去一起打鬼子。

这天又恰巧是大五家子恶霸地主唐显廷的儿子结婚，请来了警务科长申菊、翻译官陶月升及警察来吃喜酒。抗联支队长徐泽民决定暂时放弃五棵树，奇袭大五家子屯，抓住这群余孽。结果这帮伪警察一听抗联的队伍来了，都没敢喝喜酒，直接对天放了一阵空枪，就逃往卜荷方向了。战士们来到伪警察署，警察们都恨不得借两条腿逃跑，索性烧了警署、村公所、戒烟所（卖大烟馆），将伪档案付之一炬。整个五棵树上空浓烟滚滚，火光冲天，百姓奔走相告笑逐颜开，然后打开粮仓，几百石粮食发放给农民，救济穷苦老百姓。之后徐队长向群众讲述了当前抗日形势："老乡们，我们是东北抗日联军，日本鬼子就要完蛋了，兔子尾巴长不了！中国人要团结起来，共同抗日，坚决把日本鬼子赶出中国去……"

随着太平洋战争的全面爆发，日本国内粮食等所需物资大量不足，小日本将东北的物资运往日本，对中国的劳苦民众强行实施"配给制"。春季在"兴农合作社"参议下，召开全县农业大会，提出产量指标、出荷粮数。赵家的保长四处找滩上的人签字画押，到秋天就要交出足够数量的粮食。秋天一到，东南乡的地主们就在警察的配合下组成"催粮班"

下到各屯，督促送粮，边打边送。"催粮班"每到一个屯，农民吓得东躲西藏，闻风而逃。催粮班像抄家一样翻箱倒柜，扒炕抠窑，四处刺探，寻找粮食，闹得人心惶惶。

刚刚丰收的粮食都让小日本运走了，就连掺土喂牲口的粮食也不放过，用脚指头都能想出来，种地的人只能挨饿了。到了青黄不接的时候，只能向赵家的几个地主借高利贷，年复一年债台高筑无法翻身。

当时滩上还流传着一句顺口溜："出荷纳粮岸无边，野菜充饥难熬煎。农家不见粮米粒，两天三遭催粮班。"

棉布是一类统制品，有钱也买不到，只好缝破补烂。夏天男人光着膀子，小孩儿一丝不挂，到了冬天，男女老少都是花衣服，花洋布，更生布，棉花外露。那些我都没有办法叫得出名字的滩上人过着蝼蚁一样的生活。

天寒地冻，但在柴火垛底下却有着敖包滩人胸中的烈焰。亡国无家，覆巢无完卵，抵御外敌的火焰在民众的心中不约而同被点燃。黝黑的树干在野火中劫后余生，透出严肃和死亡，甚至绝种儿的信息。暮色中，孤鸟疲惫地扑扇着翅膀，满怀难以返巢的绝望。

# 第四章　化险为夷

在敖包滩贫病交加的时候，红柳还是在蓬勃地生长。蔓延的红柳翁翁郁郁，开着粉红色的小花，一串一串在阳光下默默经受风雨的蹂躏，那是一个一个不屈的灵魂，向着太阳的方向占据正义的高地。

怕什么还真就来什么。混乱的世道，发生什么事情都有可能。一年的年根儿，胡子们实在混不下去了，眼看过年关了下来拉一票，一众人准备打完劫过年。话说这年冬天柳家的日子也不好过了，还是不缺吃喝的，粮马充足巴望着第二年春耕生产。

祖母正在带领大家蒸粘豆包。黄米面，要烫一半的面，用热水打成面糊，找力气大的人往里面揉磨好的黄米干面，把面搋好放在炕上醒发，每天轮番搋面一遍，面要搋透了，排出发酵的气味，一共发一天一宿。第一次发好要凉透，揉好以后再发酵，第二次发酵后放凉再揉面，还要放在凉快的地方醒面，面凉透了醒好了需要一天的时间。面发上就可以泡豇豆烀豆馅儿了，烀好以后，用豆杵子把豆子捣成豆泥，趁热儿把豆沙馅儿攥成鸡蛋黄大小的圆球，攥得越紧越好，放在盆里备用。祖母找来四大爷帮忙干力气活儿，包豆包的时候女子们上阵，先包哪屋的、后包哪屋的，都由祖母来定，六奶不会干活儿在旁边哄个孩子。祖母要先给六奶家的豆包包好，蒸出锅，挨个用竹板起出来，然后晾凉，冻瓷实，放进六奶的大缸里，再蒸曾祖父屋的豆包，最后蒸自己的。

祖母还没有来得及蒸自己的豆包，外面的伙计上气不接下气地跑进来，说来了一队人马，正在外面砸门。祖母一听，马上掏出炕洞里的洋枪就往外冲，其他人看见也拿枪往外跑。祖母进炮楼查看，发现院外来了一队五十多人的胡子，都骑着高头大马，气势汹汹，领头的胡子是生面孔。祖母告诉伙计，赶紧回屋，把孩子们都藏在堂屋的炕沿儿底下，以免胡子乱枪伤了孩子。祖母也不问对方，冲着正在砸门的胡子就是一枪，在散弹中几个胡子受伤倒地，后面的胡子看见前面的退下来，犹豫一下，马上又上来，祖母又开一枪，几个胡子又受了重伤。这时胡子头看见后面的人不敢上了，嘴里一个劲儿地骂："一群脓包！"

曾祖父和祖父慌忙派了二爷骑马从后面的暗道出去报信，找南占山来紧急救火。

胡子还在门口乱喊乱叫，喊道："柳贵！你赶紧出来！赶紧把你家值钱的东西拿出来！两千现银少一个子儿都不行！"祖母拿了一个下房里的四条腿的木头凳子，顺手拿了一件旧袍子，她把大门打开欠了一条小缝儿，将自己的蒙古袍套着的木头凳子扔了出去，慌乱中胡子以为出来人了，都对着凳子放了枪，因为胡子手里的家伙都是土枪，装药需要很长的时间，现在胡子的枪放完了。趁胡子装药机会，祖母没有一瞬犹豫，攥紧着扎枪就冲向了胡子，左面一枪下去扎死一个胡子，右边一枪又扎死一个胡子，枪枪直捅胡子的胸膛。胡子都看蒙了，这女人也太厉害了，敢往胡子堆里闯了！这时院子里的大爷和几个老爷们儿也拿着扎枪和洋炮冲了出来，胡子一看，打不过就往后撤，跑得慢的胡子还是被扎枪扎死了，扎得嗷嗷叫唤，那叫一个惨烈！死了三十多个胡子，在柳家的院外横七竖八地躺着胡子的尸体，白雪地流着殷红的鲜血，胡子大溃散。不仅没有抢走柳家的钱，五爷还在胡子的手指上掰下来了一个三钱的大金镏子。柳家人的果敢和神勇让敖包滩上的人引以为荣，茶余饭后谈论起来纷纷竖起大拇指。

没过多久，胡子又来讲和谈条件，这次胡子不敢先放枪了，就在院子外面围困柳家，还是二爷从暗道出去叫援兵，没有一袋烟的工夫，南占山的一纵人马呼哧带喘地从姜家油坊赶来支援。还没有到墙外，祖母就远远地听见了南占山放的空枪，胡子也一愣，回头一看南占山来了，早知道南占山的名气大，队伍有三百来号人。

"山上的兄弟听着，是哪个绺子的，出来报报迎头，大家都别动手，伤了和气就不好了！大当家的借一步说话！"南占山大声喊道。

只见队伍中间走出来一个身材魁梧的彪形大汉。几步就来到院子的门口，这时南占山也来到他跟前儿，此时他的类风湿早已痊愈。彼此双方抱拳致意。

"鄙人万里长——二龙山程掌柜。"对方说。

南占山一只脚踩着柳家门口的那块大石头碾子拱手冷笑道："早就得知程大掌柜的威名，今日相见真是幸会，真巧！上次伤了那么多弟兄，也没长点记性？还敢来？"

程掌柜一脸的谄媚笑着回道："不巧，小弟今日来到大哥的领地自知是坏了规矩的，但是也实属无奈之举，还请大哥给小弟一条生路！"

南占山微微冷笑了一下，"哪有见谅这么简单，知道今天这一票是谁家吗？这是我的恩人柳先生家，你这样挑衅就相当于打劫青龙寨一样，这不是打我的老脸吗！我南占山自小就是个孤儿，柳家是我新认祖归宗的家，就是多个脑袋差个姓的事儿！"

南占山从冷笑中渐渐收敛了笑容，"你是癞蛤蟆上菜板愣充大块儿肉哇！也不搬一块豆饼照照你自己，身上没有几根毛都快抖擞没了！"

程掌柜狠狠地在石头上磕了磕长烟斗，"大哥，眼看就要过年了，兄弟们实在混不下去了，在山上待着不冻死也得饿死！"

南占山脸上的横肉开始露出凶相，"你是没钱去焐土窑子了吧？饿死也不应该来，你跟柳家结仇就是跟我南占山结仇！不信你试试。你要想动柳家的东西，哪怕一个草棍儿，我就一枪崩了你！你要不想活，那就别怪我不仁不义！"

南占山又接着说："那今天的事儿想怎么办？是继续打呢？还是继续打呢？你是吃了熊心豹子胆了，想打老子一定奉陪到底！"后半句换了口气，下了最后通牒。

程大掌柜说："大哥，既然话说到这个份儿上，兄弟撤了就是了！"说着闭着眼睛向弟兄们挥了挥手，一队散兵游勇悻悻地离开了，一边走一边骂骂咧咧。

这时南占山向屋子的人喊了一嗓子："柳家的诸位，大家都别藏着了，赶紧出来吧！"

这时大大小小的一帮人都从菜窖里爬出来了，满身是土，看看胡子还真是走了，才稳定下来，不那么惊慌了。

"妈了个巴子的！这帮狗揍！今天的事儿多亏有你呀，大兄弟！你要再晚来一会儿，我们能不能见面都不一定了！大恩不言谢，不言谢！"曾祖父一高兴，连辈分都弄乱了。曾祖父拍了拍南占山的肩膀，还是带上了永远无法删除的口头禅。

"今天我算是见识了，头些日子的事儿我都听说了，十里八村的都传神了！咱家弟妹的扎枪果真了得！一个人对付一队胡子，真是女中豪杰呀！"南占山向祖母投来赞许的目光，更竖起了大拇指。

祖母赶紧往屋子里面走。因为刚才急着往出跑，蒙古袍被剐了一个大口子，连她自己都不知道是啥时候刮的，祖母自己低头才看见，好不自在羞羞地往屋走。

"爹！今天咱大晌午的，我这一队人就在家里吃顿饭再走咋样？"南占山笑着问曾祖父，仿佛到家了一样。

"那还用说，先引着兄弟们休息，待我赶紧吩咐家人备下酒宴，咱要好好喝两盅！"曾祖父也一边说着一边指挥伙计去抓羊圈里的肥羊。

大爷二爷合力从地窖里搬出来两大坛子陈年的老酒——高粱醉的酒头，费了好大的劲儿，长衫上都是土，隔着鹿血、猪血和泥糊的酒盖子都能闻到酒的香气。

幸亏没有让胡子抢了去，赶紧拿出来大家庆祝一下。魂都要吓飞了！曾祖父望着这些好东西感慨不已。

祖母拿出了蒸好的豆包和黄米面撒糕，小鸡大鹅�了一大锅，香气扑鼻呀！酒足饭饱，南占山一众人就嬉皮带笑扯扯拉拉地从柳家出来，这时柳家爷们儿都随同出来了，千恩万谢地送别南占山。

# 第五章　虎口脱险

阴霾密布的敖包滩到处都是火药味，小日本开始到处抓劳役了！六爷家的三大爷柳振英被抓到北山里当劳工去了，才二十岁！事实上三大爷是六爷最宠爱的孩子，也是哥们儿中最聪慧的一个。本来小日本应该是抽中了赵金的三弟去北山里服劳役，可是名册硬生生地被誊写了，这些痴人还蒙在鼓里。赵家保长送钱给了乡绅，就有人神不知鬼不觉地改了名册。谁都知道是九死一生的事儿，唯避之不及的，无奈三大爷只能硬着头皮去鬼门关走一遭。

消息传回了柳家，三娘在不动声色中看出来门道儿。三娘是六爷家的童养媳，她本家姓许，六岁就来到柳家。毕竟不是在父母身边长大的孩子，三娘敏感多疑，来的时候天天想跑回去，可是她娘家根本不想养这吃白食的女儿家，几次逃回家都被家人又送回来，虽然没有被打骂，她也对许家人绝望了，那家在她心中已经不能称为家了。没有足够的粮食，多一个人粮食就会不够吃，本来就是吃糠咽菜的苦日子，还不如把女孩子早早地送出去，反正养到最后也还是要嫁出去的。

三娘由于受过强烈的精神刺激，一直神智都不正常，风一阵，雨一阵的，印象中的三娘脑门上总是有药瓶拔火罐的紫印子，新茬儿接旧茬儿。或许她自己也觉得脑子有病，这种病似乎不是拔火罐就能治好的。三娘常常说自己是火狐狸，即便是胡说，也增加了一份神秘感，三娘老说是狐仙儿磨她，让她出马看病。三大爷天天回家都要喊："大儿子……老姑娘……"以表示自己对三娘所生孩子的喜爱，哄三娘开心。三娘一旦不开心那就要赶紧做好饭好菜想尽办法哄她开心。

小日本抓劳工抓了一批又一批，去的人很少能回来，所以再来抓劳工就越来越难了。这些鬼子就按照名册一家一家地去抓人，抓到人就用绳子绑了，像穿成串的蚂蚱，后面跟着鬼子或者伪军，荷枪实弹地在一旁围着，遇到想跑的当即就用枪子儿毙了，生离死别的号哭声不绝于耳。

听说自己的丈夫在祖屋被抓去当劳工，三娘在家里哭得天昏地暗，她认为除了死，所有的离开都是背叛。她一哭秀姐也跟着哭，襁褓里的婴儿也哭，咿咿呀呀……三娘是刀削脸儿，人长得还算俊俏，可是哭得像个泪人了哪也不好看了，不吃不喝地把脸就哭塌腮了，生来就像狐狸的脸，现在更像了。嘴尖尖的，大眼睛，贴腮，高颧骨，黑瘦黑瘦的，天天头不梳脸不洗，看上去像鬼不像人，让人揪心。祸不单行，还没有满月的国英姐意外夭折了，三娘更加衰颓，疯疯癫癫地每天抱着用小花被包着的死婴。嘴里哼着哄孩子睡觉的歌："妈妈爱你，妈妈喜欢你，世上一切全都属于你。"三娘瘦得就剩下了皮包着骨头了！让人痛彻心扉的分别就是永诀，去北山里服劳役就没有能活着回来的，这就是残酷的现实。

这边的三大爷每天十七八个小时挖土方，修筑防御工事，吃稀粥咽稀饭的缺营养，整个人面黄肌瘦。如果还没有折磨死的话，在工事结束的时候，还要把剩下的人活埋，不留活口儿，防止秘密被中国人知晓。

死去的国英姐，终于被六爷偷出来，把死孩子埋在树林朝阳坡的树根底下。六爷拿着小被儿悄悄地溜回家，像是犯了罪一样。六爷一边走还一边念叨念叨，说："孩子，你不是我们家的孩子了，对不起了！来生托生一个好人家吧！"六爷怎么说也是医生，他是不信鬼的，但是现在他不确定有没有鬼了。他愧对了自己的孙女，怕阎王爷来找他算账，胆儿突地摸回了家，面如土灰。

三娘的死孩子丢了，三娘一会儿哭，一会儿笑，一会儿又指着门口说："哎呀！我的国英回来了！"一会儿又说："趄风趄风是个鬼，两把镰刀割你腿。"说来也怪呢，一阵趑风就把院子里的土全卷起来了，裹挟着苞米叶子的碎屑，忽咧儿地像一个人形在院子里飘来荡去。

这情景把家里人都整毛了，吓得头皮发炸，后背嗖嗖地冒凉风。连一向不信神鬼的六爷也畏怯了。六爷让三娘闹腾得惶恐，就去求我的祖父。六爷去上房来找我的祖父，祖父麻溜地跟着六爷来了。这时祖父柳守林和六爷柳守德还有一帮看热闹的人目睹了趑风的阴气，兢兢战战，顺着衣底钻凉风。三娘的下房小屋挤得满满当当，三娘盘腿儿坐在炕上，屁股起尖儿，直往起颠儿，像在演戏，折腾累了就斜倚在被垛上。

屋里所有的人都听见了瘆人的声音，就像院子里黑白无常拽大锁链子在伺机走动。可能是屋子里的阳气太重，黑白无常没有办法下手，感觉是来取三娘性命的神仙都到位了。

只见三娘眼眶都要被撕裂了，瞪着一双灯泡一样的大圆眼睛看着门口，说："国英，你回来了！快，到娘这里来！娘喂你吃奶！"手伸向斜上方，手指就要摸到孩子了一样。她的哭腔已经吓坏了自认为神志清醒的人。

这时众人中积聚的恐惧已经把壮汉吓得腿抽筋了，要往出走了，不敢再看这热闹了。

祖父上前一步，打了三娘的手，说："你是哪来的？敢到我家害人？拿命来！"祖父的声音不可谓不大，但是三娘语塞了，顿时失了激劲儿，手也哆嗦着缩了回去。

祖父拿起火叉走向灶坑，果然有一只黑嘴巴儿的黄皮子从灶坑边的柴火堆里跳出来，夺门而逃。

祖父说："现在没事儿了！"祖父怕不怕他自己也不知道，许是真不怕了。

三娘体力不支晕倒了，她紧闭着眼睛，哎哟哎哟地喊疼。缓了半晌，灌药才醒过来，还是不住嘴地胡诌八扯，说三大爷归西了，说得有根有蔓的，穿什么衣服死在什么地方好像她都看见了一样，说三大爷躺在一个山岗上，肠子肚子都让狼吃没了。

三大爷被运到北山里，整天没日没夜地挖地下工事，在海拉尔的大山里挖掘着规模宏大、山洞连着山洞的魔窟。地下要塞呈东西走向。据消息灵通的监工说，总面积九千多平方米，干道长得没边儿，总共十一个入口，将近二十米深。参加秘密修筑工程的劳工是以百万计算的，鬼子肯定以为在这里是万年牢了，决意下血本也要在这里与苏军长期对峙。

三大爷本来就身材矮小，体质羸弱，没干过重活儿，在家里他是最愿意读书的那一个。他识字，所以干了相对轻巧的活儿，但是一天只吃一个窝窝头的日子也还是让他坚持不住了。三大爷身高一米五不到，体重也就九十来斤，经过半年的折腾能有四十斤就不错了。意外总是在你不想发生的时候来，北山里的蚊虫非常厉害，三大爷的胳膊被虫子咬坏以后不断的溃烂，后来整个胳膊都烂了，肉都烂得翻翻着，流脓冒水的，十来天不吃不喝的，生命的小蜡头儿已经熹微着没有光了。小鬼子看见三大爷的胳膊也治不好了，连把人穿成串枪毙的机会都没有轮到三大爷，趁着夜色把他扔进了"万人坑"里，然后鬼子连说带笑地扬长而去。

三大爷用一只胳膊支撑两条腿用力，愣是从死人堆里一个死人的身上、一个死人的身上爬了几天才爬出来。每移动一寸都意味着死亡。三大爷知道，累累的白骨趴在上面，身体的每一个部位触碰到的都是一个个曾经鲜活的生命。现在缺胳膊少腿儿，骨头打折的比比皆是，这些尸骨上的伤痕能"说"出在生前遭遇了什么。正意气风发青春少年，稚嫩的脸，浑身是力量的棒小伙儿，短短几个月就被剥夺了生命。狼和野兽还有食腐的老鹰都在附近找吃的，这里藏着多少渴望回家的冤魂！腐烂的恶臭连苍蝇生蛆下蛘都不愿意选择这里，这里的生命充满了阴翳。三大爷怕自己一不小心就变成白骨，变成见不到太阳的冤魂。在竭尽全力地抗争，怕一个打盹就让这世界与他诀别了。妻儿和娘亲都在他眼前晃来晃去。来的时候，在敖包上放了最大的石头，一定能保佑他回去的。

他再次被老鹰呼扇翅膀的声音唤醒，仿佛一个世纪都过去了，仍在宇宙中滑翔。巨石落水，在旷野中听到从天外传回的扑通扑通的心跳声，人间怎得如此的炼狱，生命怎遭受如此的摧残？

同在北山里服苦役的老白大姑父正在寻找自己的亲小舅子，别看大姑父平时脾气非常兔性，关键时刻还真是豁得出来。大姑父二话没说，背起三大爷就往家的方向跑，或许是他自认为的南方跑去。后面有放枪的声音、有吱吱哇哇喊叫的日本鸟语，反正也听不懂，索性就不理他了。随着放枪的声音越来越稀疏，大姑父也累了，稍微放慢了脚步。大姑父忘记了逃跑是死罪，忘记了自己的一家老小的性命，硬是从小鬼子的重重铁丝网的围栏中逃了出来。身上剐破的地方都是淋漓的鲜血，翻铁丝网还要背着三大爷，情急之下俨然忘记了自己的血肉之躯了。撕下衣服捆在血流不止的大腿和脚上，风吹干了流血的创口，斑驳的血印子和两个极度衰弱的人在跟死神抗争。

渐渐地越走越远，离开了北山里这个日本法西斯设置的人间炼狱，那是大兴安岭深处的原始深山老林。他们边走边歇沿路乞讨，走了两个多月才终于回到了敖包滩。三大爷还真是命大，该着不死还要回家受媳妇的气。途中遇到了很多牧人，他们把皮兜子里的草药拿出来，给三大爷服用，吃了这些草药以后，三大爷的胳膊居然好了，但还是留下了永远去不掉的疤痕。这些疤痕是三大爷一生永远的痛，更是对日本侵略者恨之入骨、不共戴天的仇。

# 第六章　柳树搬家

六爷方脸，高颧骨，大眼睛，八字胡，性情刚直，会看阴宅阳宅。六爷经常用衣纹笔写下秘方和验方，规规矩矩装订成册，按照他的想法是要给后人留下一些东西的。

敖包滩的柳六先生的中医药铺终于开不下去了。开了十多年的药铺没有挣钱，还赔上了一腔眼儿的饥荒。看病的人家只有感激又不还钱，最终的结果就是药铺关张，大夫赋闲在家了，闹一个救得了别人救不了自己。柳六先生积德行善的功德东南乡的人是不会忘记的，上天总会赐福柳家。

战乱的日子家也被打散了，收成不好又遭人层层盘剥，六爷和我祖父又没有分家，祖父也要跟着还饥荒，变成了彻头彻尾的穷人，浑浑噩噩地混日子。眼看着哥兄弟都添人进口，自己的家一直是两个人，整天出去买酒喝，借酒浇愁。在那段时光里，大柳树的根往北挪了有十几米，祖母细心地发现南侧的树根在不断腐烂，新的树根在地下不为人知地串。曾经屹立于村口的大柳树向祖母的屋子靠近了，越靠越近。

老鼠多到不怕人，它们傻了很多，行尸走肉一般，朝着人龇牙咧嘴，啃食庄稼。祖父开始做各种夹子、踩夹子、盘夹子。

仲夏的一个夜晚，祖父毫无征兆地得病了，平躺在炕上人事不省。躺了七天七夜滴水未进，也不翻身，看上去就像睡觉一样。祖母这么有主见的人也不知道如何是好了。人如果仅仅不吃饭的绝食应该能挺些日子，但是如果不喝水，那一般三天也就是一个极值了，可是祖母寸步不离看着祖父七天七夜了，祖母认为祖父应该是醒不过来了。众人着手准备置办丧事，祖母还亲手为祖父缝制了装老衣服，买了一口薄板的棺材。就在祖母通知大家办丧事的时候，祖父居然渐渐地苏醒了，开始呼吸，嘴唇微微翕动，然后是嘴唇抽动，上下开合地颤动，眼珠乱转，不一会儿终于开始能听出声音了，好像梦中呓语，更像是跟什么人干仗呢。

又过了一会儿，祖父接着说："我家还上有老下有小的，那就等到那时候吧，我主动来！"

估计肯定是默许了，梦中人说的话，应该听不见的。

说这话的工夫祖父下地了，说饿了，要吃饭。祖母从惊愕中缓过来，快步走到锅台前，揭开木头锅盖，给祖父拿了一块玉米面大饼子，祖父大口小口地就啃起来，也不要酒菜了。吃完大饼子就端起葫芦瓢舀了一瓢水，咕咚咕咚一口气喝下去。祖父本来就瘦，现在眼睛都眍䁖进了眼窝里了，渐渐地缓过神儿来。

祖父吃饱了，低头看见身上的装老衣服都穿好了，想起来这些天过阴了，想想自己干的那些事儿有些后怕。赶紧脱掉那身黑衣服，换上了灰色的褂子。他点着火纸燃起一锅烟，夜色已经降临，屋里只能看见烟斗上红红的火炭。心事重重，袅袅的烟圈罩着他的头顶，然而再多的烟圈也无法庇佑他犯的过失，自作孽，不可活。祖母默默地陪着祖父一直到天明。

祖母的第一个孩子是个男孩儿，非常聪明伶俐，眉目清冽，大眼睛毛嘟噜的，一笑两个大酒窝，五岁就会讲书。就在五岁那年的生日当天蔫巴，七天就死了，一点征兆都没有，外表感觉也没有得什么病。第二个孩子也是男孩儿，长得虎头虎脑的，白白胖胖的，五岁也可以识字说书，还是五岁生日当天蔫巴蔫巴不吃不喝就死去了。第三个孩子也是。第四个孩子五岁的时候，祖母背着祖父想办法，因为祖母觉得自己家的刀削不了自己的把儿。

祖母的"魔咒"并没有解除，她又埋了第四个孩子，这次祖母挖完坑，埋了孩子并没有离开，她要躲在树后给孩子守灵。祖母在接下来的时间里又接连埋了两个男孩儿，最后一个老七居然是祖母领养的，也是一个男孩儿，还是不能逃脱悲剧的命运。

据说一个人如果晚上在野地里走，看见那亮光，跟着亮光走，人往往会找不到回去的路，即使一直在往你认为是家的方向走，到最后还会回到原点。

祖母在搬家的柳树上拴了红绳，说来也巧，就有了二姑，接着是三姑，五大爷，然后是我的父亲和我老姑。这回五个孩子没有再犯五岁的劫，还都顺利地一天天长大。

狼和狐狸是野兔的天敌，狼和狐狸少了，野兔就会多了，兔子专爱啃食草根，沙土地的生态本就脆弱，再加上过度放牧，过度地砍伐树木，黄沙漫天的时候越来越多。敖包滩的一场大风从三十儿刮到第二年的初一，这句话说的意思是，整个一年都在刮风。刮风就起沙子，嘴里的牙不敢对齿，因为有沙子，牙碜。

每年的春天蒲公英都固守着这片土地，成为人们开春时采挖的菜。它执着地在此生活，就连种子都对母亲说："我不想降落。"

人活着，总要挣钱，没有钱会穿不上裤子的。因为祖父的不务正业，祖母开始带着孩子们想办法活下去，挨饿的日子不好过，尤其是孩子们挨饿会让当妈的备受煎熬。没有钱买穿的，祖母已经几个冬天没有棉裤。祖母的头上总是戴着方头巾往后系，大脸盘白皙的容颜，即使不再年轻也还很有气质，一件更生衣可以穿若干年。祖母已经习惯了这荆棘做的窝，梦想着生活会有所变化。

祖母梦见家门口的泡子里有鱼，她就在泡子边扎了窝棚，白天黑天地待在窝棚里看着鱼网。还真是老天爷饿不死瞎家雀，泡子里真的有鱼，都是不到一豁子长的小鲫鱼，小鱼也是好的，让一家人不至于挨饿。为了不让别人知道，祖母天黑了炖鱼，一家人偷偷地躲被窝里吃，吃完了香香地睡觉。

# 第七章　新旧二娘

老话儿总是不会错的。

年年清明，岁岁清明，花相似，人不同。

旧坟里难免多了新坟，旧恨里也添新恨。

敖包滩见证了很多土命人的不如意，有些事情只能求半称心。"塞翁失马，焉知非福。"二大爷娶的媳妇聪明贤惠，人长得水灵干净利索，还略识几个字，那在柳家的媳妇里面也是拿得出手的人儿，可是只给柳家留了一个孩子，那就是我二哥柳国育。二娘在生第二个孩子的时候，孩子的脐带缠脖子，孩子生出来的时候，就已经掐死了，拍了很久一点儿气也没有了，紫青乱靛的一个男孩儿。孩子生出来了胎盘没有娩出来，大出血。二娘是失血性休克，没有了气息，过了一夜仍然没有醒来，二大爷以为是人死了，二大爷哭得伤心，也不记得托了多少个媒人才找到的漂亮媳妇，现在孩子没有了，媳妇也死了，老天爷真是不长眼。二大爷把手放在了二娘的鼻孔，一直也没有气息，脉搏也不跳了。正好第二天是初六的早上，穿好了装老衣服，买了一口薄料的棺材就草草地埋在了敖包滩的二节地里。这事儿就算过去了，一切又归于平静。

几天以后，老赵家的二雷子从二节地路过，听见了细微的救命声。起先还以为听错了、是幻觉，他停下脚步又仔细听才意识到是地下的声音，他知道二嫂子头几天埋在这里了，就蹑手蹑脚地走过去到了坟头上。赵二雷子想："怎么能有声音呢？莫非是幻觉吗？当时看见人确实是死了呀！想了想，一个念头闪过他的大脑，难道是鬼吗？有什么冤情吗？"他的小脑袋瓜子一个劲儿地画魂儿。回家的路还踩了热乎乎的一坨狗屎，一个前趴子磕活动了两颗门牙。

他还是有点害怕，到家了，也没有把这件事情告诉任何人，就连晚上翻来覆去地睡不着的时候，枕边风都没有吹过去，玩味了几天以后，才决定去告诉二大爷这件奇怪的事儿。

那天早上，二雷子趴在二大爷家的窗户玻璃上，一张铁青的大脸像鬼一样。他说："振清，几天之前在二节地路过听见了你家二嫂的坟里有人声，你说咋回事？"

二大爷急切问："喊什么？"

二雷子说："救命，是救命的声音！声音很小，但是能听得见。"仿佛那声音一直萦绕在他的耳畔，挥之不去。

二大爷说："那你怎么不早说？马上找人去刨坟看看呀！"二大爷的脸色都变了，眼睛更是扎了刺一样。

很快，屯子里就沸腾了。二大爷赶紧套上马车领着一干人拿上工具去二节地，大家挖开坟上土，撬开棺材板儿一看，的确是震惊了。原来二雷子听见的声音的确是坟里发出来的，二娘的身子斜倚在棺材的一角上，张大的嘴巴，因失水而深陷的眼眶，眼角是暗黑的血流儿，脸上还是泪痕哭相儿，手指头都已经挠秃了，指甲没有了，黑色的血印儿从骨头里流出！年纪轻轻还没有死就被装进了棺材里，醒来却被关在棺材里，摸摸四周，四四方方哪里也没有办法出去，无法判断过了多少时间，无法判断黑天还是白天，哭喊叫嚷没有人可以听见更没有了力气，荒郊野岭的没有人烟，她绝望地叫喊恰巧被二雷子听见了，可是二雷子不辨人鬼，或者是更惧怕鬼，就不敢想坟里的人还活着。按照老理儿，掘坟的仇是不共戴天的。两条腿绷直指向斜上方，有腿不能走，呼吸了棺材里的最后一口氧气之后的二娘终于窒息而亡。死神是狰狞的，如果让死的人还有复活的机会，那这种复活无疑是最残忍的，让人活过来，却不给活下去的空间，在狭小的棺材里再次终结已然年轻的生命，那张到极致的嘴巴是在咒骂还是在抱怨？

无知者无畏呀，把还没有死的人埋在土里。在生与死之间徘徊，想当人当不了，想当鬼偏又活过来。咒骂，穷家连个木头柜儿都没有，却容不得死人在家里停尸。倘若是富人家的媳妇，或许就在第三天或者第四天和尚老道还没有做完法事的时候，醒来了，敲敲棺材帮子，人就从没有盖棺材板的料子里爬出来了。穷没有排场儿；穷甚至没有尊严；穷让一个二十岁的少妇走到了生命的尽头。

二娘在被下葬时就是有意识的，但是她没有呼吸和心跳的生命特征。她不能阻止二大爷买棺材，甚至最后无情地把棺材板钉上。但是意识无法支配她醒来，冥冥当中她被装进了棺材。

二大爷绝望地用双手抱住自己的头，双膝跪地，"媳妇，我对不起你呀！"

二大爷使劲儿往地上撞头，满脑门子的草末子，哭得让人痛不欲生五内俱焚，在场的人都侧着脸抹着眼泪。

尤其是五岁的国育哥，更是哭得伤心，边哭边说："妈，咋不给儿托个梦呀！神灵都在哪儿呀？"

这时二大爷冲着赵天雷发飙了，质问："为啥听见声音的时候，不立马就告诉我？我非揍死你不可！"

还是被大家劝解开了，反正人又死了，也活不了了，就埋了吧。众人谁也不再话赶话儿了，把二娘的身体平放在棺材中央，二娘的手是向上抓的，没有办法撂下了，只能盖上棺材板子钉上盖棺钉了，这回再也不用让二娘躲钉了，都知道她的灵魂也彻底地走了。你一锹土我一锹土地又堆起了坟包，众人四散回家了。

从此以后，敖包滩人胆子小的经过这里，都会多绕几步路，尽量离二娘的坟远一点，再远一点儿，或许是真怕，怕二娘再次醒来，或许是大家在设想没有掘开的坟墓里有多少人曾经又活过来呢？

两年以后，二大爷又托媒人找到了一个新二娘，这个二娘一只眼睛彻底瞎了，深陷进眼窝，另一只眼睛也有眼疾，她正眼看人的时候，会感觉她是斜睨着你。这就是和大娘眼睛翻白眼相并称的"对瞎"，意思就是一对眼睛都有毛病的人。我的父亲爱开玩笑，再加上他是小小叔子，跟嫂子的年龄差太多，所以经常会拿嫂子们取乐。

新二娘心眼差劲儿，邋遢、懒散，常常把扣眼都系串了，还打点小牌儿串门子，整天出去东家西家地走，就是不爱管自己家。她天天出门的时候，要揣两兜的毛嗑，嗑渴了找水喝，门牙两个大豁子，洗洗涮涮的活儿啥也不干，做完饭忘不了给自己炒毛嗑，狗尿不夹的毛嗑头儿搓巴搓巴用沙子焖上炒熟，嚼一会儿满屋子香气。一个女人，不在家看孩子做针线活计，等到天冷了，孩子穿啥呀？可是这种不会过日子的女人只能由孩子和老公受冻受饿来将就了。

二娘天天出去串门子家里窝囊得不像样，我的祖母非常看不上这两个侄儿媳妇。二娘家的鸡总是掉进酱缸，被褥让孩子们尿得大河涟套小圈，也不晾晒，孩子们无冬历夏穿个假鞋片儿，都落下了拉拉尿的毛病。火炕不烧火，屋子里就像冰窖一样的，暖壶装热水的能冻裂了，想想还有什么再抗冻的东西吧。二娘过门后，生的国营、国星、国臣、国文，几个男孩儿都是这个毛病，都十几岁了还尿炕。二娘的家，屋里是一股让人捂住鼻息的尿骚味儿，盆朝天、碗朝地、柴火垛连着灶坑门。她还有脸东家长西家短地扯老婆舌。

有一回瞎二娘和姚家的长青媳妇闲聊，二娘说四娘和四大爷是亲上加亲，结果让快嘴的长青媳妇告诉了四娘。四娘是柳家偏亲的娘家人，家族大，妹妹岁数小也是正常的，没有什么了不起的，二娘偏要做文章，说四大爷应该管四娘叫老姨呢！

四娘也不是让人的主儿，平时看着文文静静的，不咋爱说话，一旦说话那是句句叨理。第二天一大早就找二娘干仗去了，就想把她截被窝里埋汰她。

"哎哟哟，二嫂这是还没起床呢？是不是昨天晚上跟二哥干啥重活了？你瞅瞅懒得腚都带不动，被窝里吃，被窝里拉，被窝里放屁能蹦爆米花！"四娘一边掀被一边说着。

二娘见让兄弟媳妇堵被窝了很是羞臊，赶紧穿衣服。

四娘见瞎二娘来不及还口，又说："这是打算再生几个闺女儿？没事儿在家烧烧炕管管孩子，做点针线活多好！就知道出去瞎嘚瑟，美呀！"

二娘哼了一声，知道是找自己来算账的，不敢搭腔，更知道干仗也不是四娘的对手。

四娘又说："那你知道老四应该管我叫老姨，要不你也管我叫老姨呗？要是管我叫老姨，过年给你压岁钱！"二娘知道自己理亏，让人给出卖了，低着头整理自己麻布背心的衣角，大花裤衩子都扯开裆了，也一拖再拖地懒怠缝，一摸屁股上还有个窟窿，不敢出被窝。

二娘絮絮地小声说："这是老母猪嚼碗碴子——满嘴是瓷（词）。"

四娘瞟了一眼脏兮兮的二娘说："你要啥事都想管就管咱婆婆去吧！她今天早上又给你添了一个小姑子！我看你还是收拾收拾给婆婆下奶去吧！"四娘边说边憋不住乐，噗嗤一声竟笑出来声。

四娘边说边窃喜："婆婆虎，你比她还虎，你俩就算对付了。"

# 第八章　大　娘

一怪，窗户纸糊在外。

二怪，姑娘叼着旱烟袋。

三怪，大缸小缸腌酸菜。

四怪，养活孩子吊起来。

五怪，冬天包豆讲鬼怪。

六怪，反穿皮袄毛朝外。

七怪，草皮房子篱笆寨。

八怪，狗皮帽子头上戴。

要说六奶家的儿媳妇，那真是一个比一个拿不出手。大娘眼睛往上翻，看人要低头看。大大爷这么多年开春就出去开地，中午带几块窝头啃咸菜疙瘩吃，渴了喝河里的生水，绝对是耕地的好把式，马壮人尿性，庄稼是不少往家里收，就是家里的媳妇不会管家。

敖包滩上的人喜欢这样说："外面有个搂钱的耙子，家里有一个装钱的匣子。不怕耙子没齿儿，就怕匣子没底儿。"大娘就是出了名的露底儿的匣子，大娘常说的一句话就是："今年不行，来年再看！"大娘有三个儿子一个女儿，国涛哥、国顺哥、国栋哥和英子姐。走进大娘的家，破碎的玻璃窗用盖帘堵着，炕上连个炕席头儿都没有，房梁上垂下来的苇苦子，孩子们在空柜里捉迷藏，酸菜没有缸，腌渍在藤条支起的泥堆里。大娘也跟二娘一样成天愿意出去串门子，白天不乐意着家，粮食在院子里放着，鸡蹬狗刨也不管。大大爷出去干活儿了她就脚跟脚儿也走了，东家西家地逛着，也不管是谁家的炕，屁股像灌了铅，一粘炕上就不乐意起来。大娘也是爱吃爆米花，嘎崩儿脆，把苞米焊熟，冻了再炒熟，也是一个败家娘们儿。啥话到她嘴里非夸大几分，蝎虎得不行，眼睛本来就不好使，看见的也不一定是那么回事儿，还是天天出去拉撒。

大娘的娘家经常来人，知道她家有粮食常常来讨要。有一回大娘的娘家弟弟赶着牛车来拉粮，就是给惯了，这次大娘不想给了，弟弟竟然硬往车上装。这事儿让正在院外的姚长海媳妇看见了，长海媳妇还记着问大娘借米没有借的仇，这次非得让她挨揍不可。长海媳妇假装扭过脸，冲着房门走去。

夕阳西下，大大爷牵着牛，回到了炊烟袅袅的村庄。累得够呛要进院子的时候，搅屎棍子似的长海媳妇急忙把大大爷迎在大门外，招手示意让大大爷借一步说话，大大爷不知道什么情势就试探着向大门旁边走了几步。

长海媳妇用手挡着嘴小声说："今天晌午你小舅子又来了，拉一车苞米走的，我亲眼见的！"

大大爷一肚子的火气，问长海媳妇："真的？"长海媳妇点点头，转身回家了。刚转身就露出了坏笑，"让你不借我粮食，看看你老爷们儿咋揍你。"

大大爷今天干活就不顺当，弯钩犁还折了，进屋就质问大娘："院子里的苞米怎么少了？"

大娘心里盘算着，这么多苞米少一车半车的你还能看出来，那真是神了，于是若无其事地说："一穗儿也没少！我一天都在家看着了，苞米还能飞？连个家雀儿都没来。"大娘还要翻着眼睛对天发誓。

大大爷终于爆发了，"小心点儿吧，小心雷劈死你！都跟你说多少回了，不让你弟弟来拉粮，你的记性让狗吃了！我累得大肠头儿都快掉出来了，凭啥白送人家？"

"真没来！"

大大爷上去就是一耳掴子，"你再说，再说我还搂你！大白天的不兴人看见呀！那个赌鬼天天出去赌钱，没吃的就来拉咱家的粮食，谁欠他们的！我一天苦巴苦业地在田里干活儿，倒让他赚了现成的！"

大大爷越骂越生气，上去就是一脚，一脚就把大娘踹出去挺远，一个趔趄坐在了靠炕沿边的地上了。大大爷还是不解气，左手拎着她的袄领子，就把大娘拎进里屋了，右手又是恶狠狠地一撇子，这时大娘的嘴角鲜血直流，大大爷也不忍再打她了，松开了手，开始听见大娘坐在炕沿边上咿咿呀呀地哭。

"真命苦呀！一天奴打奴搂干活儿，你不高兴还打我，这日子是没法儿过了！"大娘眼睛有毛病，哭不出来眼泪，抽噎了一会儿，瞧瞧也是没趣儿，一会儿孩子们回来看见也不好看，鸟悄儿地去后道厦子的地窖取土豆子准备晚饭去了。

大大爷这才意识到自己是上了鬼子当了，邻居这娘们儿这是借刀杀人呀！没动声色地看着自己家的媳妇白白挨了一顿胖揍，下次可不能耳根子软了。

大娘家的日子有粮食吃，还算可以，就是孩子们的衣服裤子常常露窟窿，大娘不做针线，也不喜欢做针线，眼睛又不好，没有办法只能穿大窟窿小眼子的衣服。有一次，大娘去祖母家里串门子，我的祖母看见她的裤子屁股上剐一个口子，大娘也不知道，也没穿裤衩，白肉都露出来了。祖母让老姑帮她把裤子缝好才回家，羞得自己都挂不住脸儿了，可是这个没脸的娘们儿就是这么不招摇性，第二天又出来串门子，在家待不住呢。

大大爷是最认干的实干家，他每年挂锄的时候，他就会在场院里脱坯。

脱坯的时候，要用马车去挖最好的碱土回来，好的碱土是油黑的。把土拉回来圈成泥窝儿，叫上几个儿子再找几个帮工从井里挑水倒入其中，挑水的人们嘴巴嘟叽儿地讲笑话，还是生怕落后。国栋哥兴高采烈地唱起了戏："提篮小卖拾煤渣，担水劈柴全靠她，里里外外一把手，穷人的孩子早当家……"气喘吁吁的唱腔引得大家哈哈大笑。欢声笑语，唱唱闹闹，干劲十足，不一会儿的工夫，泥窝水已满。然后用铡刀把麦秸铡成一手豁子长的，分散开撒到泥窝中，几个人把裤脚撸到膝盖以上，拿着二齿子进入泥窝从里向外倒泥，外面的人向里扔土，把麦秸泥拌匀后，闷上一宿变成囚泥，这样的泥熟，待到明天脱坯时好使。

第二天不知是谁家的公鸡叫出了第一声，天边刚露鱼肚白，帮工的人挑着水桶、扛着洋叉二齿子、挑着坯模子、拿着铁锹，打着嘴仗嘻嘻哈哈来到大大爷家的脱坯场，先把坯模子放到水中浸泡一下（模子长为一尺二，宽为六寸，厚度为二寸），人分两组，有在泥窝倒泥的、有从泥窝供泥兜的、有抬泥的、有供模子泥的、有摁模子的、有挑水的，分配完毕，大大爷就给大家先发早饭吃，白面的馒头和豆浆再配上咸菜疙瘩，吃饱了开始干活儿。

第一兜泥落地，国顺哥就大显身手了，把两个坯模子左右分开，先把外面的模子放上泥，然后再脱里面的模子，来回交替。供泥的是一叉一块坯，多了少了误事，摁模子人费劲，脱得慢，嫌弃供泥的没有眼力见儿，相互配合需要默契。摁模子的从水盆中用手捧上水浇到泥的上面，周围一抹，是为了好提模子，然后用拳头把四角填平，再用两只胳膊放到泥上向后一拉，一块表面光滑中间稍有凹陷、棱角分明的土坯就脱成功了。脱几块坯后，模子就要蘸一下水，是为了模子四框不沾泥，提模子省劲，也整齐好看。就这样循环推进，摁模子人倒着向后进行，左右开弓，两个模子来回脱，不一会儿的工夫，长长的一排排土坯整整齐齐地就摆在了眼前，两组脱的坯是摆成了一大片。

摁模人总不像和泥的、供泥的、抬泥的那样用大力气，但需要一个既麻利、手头又熟练的人，四肢要灵活，起蹲不能迷糊，不怕腰腿疼，所以摁模子一般人干不了，快慢都看摁模子的，抬泥的放多了，泥浆干了不好用。抬泥要会看堆与堆之间距离必须恰当，多放少放都不行，这一大兜泥能脱多少坯必须心中有数。供模子泥的要有眼力，得又快又稳，小心搋模子的胳膊，不能伤着。抬泥得需要有力气，一兜泥一百四十五斤，两人是来回小跑。泥窝供泥的站在泥中，是麻利地把泥兜供满。大家是顺脸淌汗，打哈凑趣儿，说说笑笑，铆足了劲，干的是热火朝天，有人还唱起了劳动号子，让大家紧走几步，鼓励一下人们的干劲，也增加了这劳动场面的气氛。

三两天后，就得把平卧的坯立起来，这样易见光、透风，会加快干燥的速度，棱角相顶，摆成一个个三角形状，犹如两个人背靠背，这样立互相顶着不容易倒，还好透风，立好后再晒上几天。码垛要选择地势高，不容易存水的地方，把坯集中码起来，有人先把坯底面粘的土用铁锹平一下，后面的人开始码垛。将头两块坯横立着棱角相对，成等腰三角形，然后两面开始码，长度两米多，再接着往上码，码到最后将两侧的斜坡从上到下并排用两块坯封顶。就算遇到秋雨，也有利于顺水，等到土坯干透了，便可拉回去给儿子们盖房垒墙用了。

坯垛更是称王者应该有的高度，能爬上去的男孩子会统领整个村庄，言听计从。"是我的兵跟我来，不是我的兵滚尿苔！"振臂一挥间一排人马就聚齐了。堂堂的小老叔儿十几岁就领着一帮儿侄儿们上墙头、爬柴垛、上山下河地操练起来了，一帮一帮的孩子都在精神领袖的引领下，成为与命运抗争的坚强战士。

坯垛是孩子们藏猫猫、拼刺刀的好地方，常常因为玩疯了而推倒了坯垛，倘若惹了祸，就像一窝蜂撒腿就跑。

大大爷是能干出了名的，那张四方的脸上写着两个字"实诚"。他不苟言笑，总是冷着脸，像一头不知疲倦的牛，手扶着由几把铁剑铸成的铧犁，人腿和牛腿共同穿过垄亩，弯钩犁磨得锃亮，这辈子也不知道用坏了几副犁。春种秋收，曾经的荒地变成了熟地，曾经的壮汉不变的是日复一日地耕耘，只是家里的钱总是供不上花……

国涛哥说了一个外地媳妇，非有房子不能结婚，大大爷就给他盖了两间干打垒的筒子房。小两口又是秧歌又是戏的结婚了，留给大大爷的是一堆饥荒，几个儿子又是一个一个地挨肩儿……

一个爹能养十个儿子，也可以为养十个儿子累折了腰，可是十个儿子能不能养一个爹，那就不一定了。当儿子的看着办，当爹的走着瞧。

# 第九章 扫盲干部

咱敖包滩的生古事儿还真多。

敖包滩上党派来了管学习的干部，号召大家学习科学文化知识扫除文盲。要细数这文盲还真不少，遍地都是斗大的字不识几个的人。如果不认识，即使写得再大也是没有用的。村里的学校白天孩子正常上课，各年级的都有，晚上掌灯的时候，扫盲班让这些七大姑八大姨啥也不会就靠经验活着的人来学习文化知识。

这个特殊的课堂就像马戏团在给猴子们上课一样。他们的目光矮摸着窗上的玻璃，玻璃上反射着目光呆滞的老头、老太太、老农民，还有老光棍儿。因为无法看见更远的窗外，只能观察这些时刻想要溜走的学生，实在是学不会这些天书。

三大爷的任务是教年龄大的"老学生"，这样的学生还真是不好教，一瓶子不满半瓶子逛荡。三大爷从北山里回来以后就参加了革命工作，在乡里当文书，现在要扫除文盲，三大爷又回到了村里工作，担任扫盲干部。村里的这些文盲可真是一帮刺头儿，有的不会拿笔，有的不会写字，有的写字不会拐弯，有的干脆连免费发的笔和本子都拿去上厕所擦屁股了，学习态度极不端正。

大大爷因为手指太有劲儿，竟把刚发的铅笔捏成了两半，他说这铅笔中间的胶失效了。没办法，一人一支笔，大大爷只能把中间的笔铅用拇指和食指捏着，小心翼翼地写。一个"柳"字写了一个晚上都没有写对，不是撇写成捺就是捺写成了撇，直到笔铅被汗水湿透，再也捏不住了，大大爷一气之下撕了本子。

上着课还有唠嗑的，上面先生大声讲，底下学生小声讲，扬了二正地逛集市一样。如果先生不组织课堂纪律，稍微等一会儿，底下就交头接耳乱成一锅腊八粥。晚上点名上课，不是姚家的谁谁病了，就是赵家的谁谁生了，柳家的还好，三大爷派三娘去家里找人，怎么也能给个面子来捧场。长青媳妇最爱起屁儿，一整就问三大爷这个字怎么写那个字怎么读的，尤其那些生古嗑俏皮话弄得三大爷下不来台。

长青媳妇问先生："怀孕的'孕'字怎么写？怎么不知道先写哪一笔呢？"

三大爷在黑板上写了一个"孕"字，三大爷说上面一个"乃"字，下面一个"子"字，三大爷在黑板上演示了一遍。

长青媳妇又问："这就是肚子里面有了孩子呗？那先生，这孩子是怎么进去的呢？她怎么还就身怀有孕了呢？孩子是谁的呢？"她独自在那儿嘟囔。

下面的赵二雷子说："那谁种的就是谁的呗，你要是肚子闲着，要不我做好事儿不留名，帮你种上？反正不是先生的。"大家一阵哄笑，不知是谁还吹哨了，烘托氛围。

长青媳妇坐下了，大长脸乖乖着，被占了便宜，满脸写着不高兴："还真有愿意搭茬儿的，关你个鸡毛事儿？瞅你那样儿，眼睛小得像绿豆似的，能跟人家先生比，人家好赖也是国家干部，你是个屁！"

大伙儿瞅瞅先生，先生的脸憋得通红，吭哧瘪肚一个字也说不出来了。三大爷面子矮，一本正，跟这些八竿子扒拉不着的事不沾边儿，一句闲篇儿也不会扯。大家看见先生的囧态又哄堂大笑起来，前仰后合，有人故意推倒了桌子，压倒好几个老学生。岁数大的，笑得上不来气，没有了牙，笑起来还漏风，只能捂着嘴笑，边笑边咳嗽的，三大爷嫌乎碜气得摔了课本回家去了。

第二天晚上，三大爷还要硬着头皮去上课，点名的时候发现人来得倒是挺齐，因为昨天晚上的事已经在敖包滩传开了，大家都想来凑热闹，今天的课堂静悄悄的，只有风吹雪花飘进了火炉里。今天长青媳妇故意晚点儿才拧搭拧搭走着秧歌步就来了，胳膊底下夹着一本已经发黄掉页的书。

长青媳妇若无其事地坐下，仿佛昨天晚上的事情没有发生一样。抻了一个懒腰，假装很疲惫，说："哎呀妈呀！昨天晚上回家学习了，一个'孕'字趴在缝纫机上写了五十遍，彻底认识这个字了。"

开始上课了，今天学的是"赵、钱、孙、李"，还特意写了"姚、赵、柳、房"，三大爷在黑板上写了这几个字，然后领着大家念，大家跟读，读会了，在本子上写这几个字，大家一边写，三大爷一边到下面去看。三大爷余光扫去看这书的厚度应该是《红楼梦》，长青媳妇翻开书在那里认真地看。一个文盲，认认真真地看书，不放过一个字，也不知道她在找啥，实在是揣摩不透。

当三大爷走近她的时候，她就指着其中的一个字问："先生，这个字念啥？"长青媳妇的长指甲已经抠进了书页里，看着就知道这是用上劲儿了，也不知道是哪个有学问的人给他出了这么馊的主意，居心何在呢？

三大爷定睛一看，心里咯噔一下子，三大爷明知道是一个大坑儿，赶忙避之，就往讲台的方向快步走，他的脑子里在嗡嗡乱响，耿直的三大爷不知怎么对付她才好。

长青媳妇又说："我问你这个字念啥，咋不告诉我呢？不是扫盲班吗？不认识还不行向老师请教？"长青媳妇装得一脸无辜，她已经成了中国近代史上最具实力的演员。

这时，三大爷结结巴巴地说："我也不认识！"说完他自己都有点儿后悔了，还能怎么说呢？这个死老娘们儿不依不饶的，非让三大爷出丑不可。

长青媳妇还是觉得不解咯吱，又说："哎哟哟……先生不认识的字也这么多，那还天天教个啥意思嘛？还不如在家捂个被窝，搂媳妇早点儿睡觉呢！"

三大爷怒目圆睁瞪了她一眼，又说："不要胡来！河东狮！"

这时大家都在面面相觑，也不知道长青媳妇问的是啥字，好奇心越来越重了。

长海媳妇也搭腔了，"先生，你真不认识呀？"

三大爷果决地说："我真认识！就是念不出口。"三大爷在心里暗自怨恨起来，造字就造字，造一些猥琐的字可怎么读？

"那你说念啥呀！"长青媳妇不依不饶憋得一肚子的坏水儿，她在脑子里回忆着五大爷的坏笑，他说一定能掀起大风大浪来，整不好都把扫盲班搅黄了。

三大爷终于把这个字念出来了，当即教室里就沸腾了，就像往公共厕所里扔了炸弹，威力极大。这些学员平时啥砢碜事儿都干，也不嫌丢人，今天一个脏字出口就把她们臊得无处躲藏了。长青媳妇爆笑，长海媳妇燥热捂脸；男的憋不住笑；老头拧别人大腿里子上的肉肉；有不想听课往出走的。三大爷的扫盲班到此为止了，只能让组织上重新安排老师了。只能说三大爷平时总是老实巴交的，说话文绉绉，镇不住那些个败家老娘们儿，也难怪这些娘们儿欺负他。三大爷还是有些狐疑，关于这本书好像是在那里见过，村子里识字的人比他水平还高的能干出这事儿的也就非他五弟莫属了。

这件事沦为敖包滩上多年的笑料儿。

后来的老师是女的，是国育哥的媳妇吕淑娴。这老师文化程度不算太高，但是年轻漂亮，而且教学水平高超，嘴皮子更犀利得很。所有的学员都缕顺条扬地搁这学习，什么三叔二大爷的都拿笔拿本在这规规矩矩吭哧瘪肚地连读带写，写不好还要被侄儿媳妇调侃。真是太阳打西边出来了，大大爷、大娘、二大爷、二娘……尤其是柳家的这几个睁眼瞎都能认字读书，甚至看报纸了。

"姚家二婶子昨天的作业没有完成，罚写五十遍！"小吕老师绷着脸，一点儿笑容也没有。

"还有我婆婆，你的作业怎么皱巴得像屉屉裤子！难道家里没有别的纸了吗？明天我给你发一个新本。"小吕老师严厉地批评每一个同学，还真是六亲不认。

"大爷公公今天的作业写得真工整，是你家英子替你写的吧？再罚写一百遍！"这些天大大爷的手写作业已经磨出茧子来了，笔攥得太紧了。这笔还真比犁杖和铁锹细，有劲儿使不上，写几个字就大汗淋漓。

"……剩下的就不一一说了，实在读不懂评语，回家让孩子给你们念，不按时完成作业的，明天还翻倍！下课！"小吕老师把作业往大大爷的桌子上一扔，转身回家了。

这回可知道马王爷三只眼了。这小吕老师领着大家一学就是一年，敖包滩的文盲基本扫除，眼巴前儿的字也都认识了，真是一件大好事。这小吕老师也得到了大家的认可，大家都夸国育哥的媳妇是打着灯笼找的。国育哥当兵退伍回来以后，他们家简直就变成了小剧场，茶余饭后敖包滩上小青年都会聚在一起。房家的、郭家的、姚家的、赵家的，大姑娘小媳妇都爱来溜达。

祖父让五大爷把家谱抄下来，怕忘记了祖宗，一个一个按照辈分把姓名都抄在一张纸上。祖宗的贡献不能忘记，这是我们永远的根，不论走到哪里都不要忘记自己的根。没有老祖宗哪来的子孙后代呢？祖父让祖母给他拿来笔，祖父用他颤抖的手在家谱的末尾郑重地写出:柳守林、白淑春。

在那个困苦的年月，祖母总是挎着筐，给知青们送一筐一筐的牛粪，在数九寒天让他们有小火炉和热炕头儿，祖母成了这些孩子的"额吉"。草原上燃烧牛粪的烟驱赶了狼群，护佑着这些外面来的孩子，塑造出一个个坚硬的灵魂。

祖母一直说：草有高度，水有远方，石头是被咬碎的牙。生活没有谷底，深壑永远在看不见的黑暗处缝合大地的裂纹……

# 第十章　民办老师

敖包滩的学校是一排最"豪华"的砖瓦房，是早先的乡公所腾退出来的，在村子的后山上，后来就变成了学校。房子的墙有裂缝，桌子很破，用牛皮纸糊的桌面，椅子很烂用铁丝绑的椅子腿儿，缺腿儿的凳子用砖垫起来。夏天下雨，外面下大雨屋里下小雨；冬天下雪，雪花顺着窗户缝子门缝子趿进来。

教室里尘土飞扬，要是再加上擦黑板时呛人的粉笔末儿，简直没有办法待。孩子就是孩子，爱蹦爱跳，即使埋汰又算什么呢？头发上脸上都是土，鼻孔里能挖出黢黑的鼻屎。不洗脸不梳头照样往学校蹽，头发像刺儿滚，睡醒觉眵目糊还在眼角焦黄的也没有抠，一个人埋汰还有人笑话，要是大家都不怎么干净，那就谁也不要老鸹往猪身上落了，相安无事的最好。衣服上的补丁要是能补得板板正正的就算好衣服，大针小线的能撂上也好，还有拿麻绳系的，还有露着肉穿的，都没有什么，最厉害的是那时并没有卫生巾，女孩子到了一定的年龄就会来月经，有的人家居然连那种最廉价的粉色粗卫生纸也买不起，弄得凳子上都是血，整个教室就像杀人现场，仔细看地上的土里都有血迹。那时的男孩子也甩裆尿裤的，淘气的时间还不够，哪来的时间观察四周的环境。新的学年新书还没有到，就用大孩子用过的，看着上面画的各种姿势的小人儿、写的伸腿拉胯儿的字、老师替抄的答案、课文的中心思想都是娱乐，甚至比书的正文都耐看。

"我家的小'句'。"其实是我家的小狗，因为"犬"字旁不好写而已。童年的快乐没有理由，可以无故的笑，一个笑，还有另一个跟着笑，最后一个没笑地问："你们为啥笑呀？"其实不为啥，就是因为有人先笑。有的捂嘴、有的捧腹、有的跳脚、有的张高儿、有的倒立……因为高兴，可以做任何无脑或者不用思考的事情。

操场上有一棵已经死去的胡杨树，枯枝上挂着一口露底的铁锅，时敲时不敲，即使是这样学校也是孩子的乐土，不耽误孩子们一天天地长大。

就在胡杨的旁边，有几棵长得扭曲的老榆树。每当春天来临，这几棵歪脖树就能容纳饥饿的孩子在此栖身。美味的榆钱撸一把，嫩嫩地放进嘴里，那是极品的美食，只有傻秋子不吃榆钱，她会把榆钱装进信封里，兴高采烈地拿着信封踮着脚尖，向着村口的方向挥舞。据说已经满头银发的她是在等已经牺牲的三爷回来，当年她是知道三爷永远也回不来的时候疯的，可怜了这样的好姑娘。天气越来越热，她的棉袄已经开了花儿，露出发黑的棉花，心里却是冰冷的，以至于直到现在还能穿住棉袄。赵家的人没人愿意收留她，总是有柳家的人经常接济她。村外的地窖子就是她的家，那里没有阳光也没有爱。在她收藏的信封里有三爷的照片，可是这个从不说话的疯子已经把照片磨得没了棱角儿……

学校的操场上除了每天上课下课敲钟的声音还总是传来稚嫩的儿歌声：

拉大锯、扯大锯，

姥家门口唱大戏。

接闺女、唤女婿，

小外甥也要去。

……

一趟过火车呀，

二趟不打鱼呀，

三趟干打小金鱼呀。

……

白天这里的课堂是小学生在上课，这些读小学的学生岁数比老师还大，竟然连小学的课程也还跟不上。一九六五年五大爷十八岁就开始当民办老师，祖母的五个孩子当中长得最帅的要数五大爷，身材凛凛，相貌堂堂，一双大眼睛，眼光直射寒星，两弯眉浑如刷漆，风流倜傥，每天他都把头发梳得油光崭亮，像被牛犊子舔了一样的，他就是柳振刚。

话说在森林里老虎一般都独来独往，因为他们身上技能太多，另外也不适合跟小动物交朋友。五大爷研究的都是文学史，喝的都是文化的墨汁，在敖包滩他已经爬到了学问的顶峰，没有同路人。在他的体内孕育着巨大的能量，那就是对宿命的竭力反驳。在抗争中，他总是从一铺大炕上一个人掉落在地上，纵然被摔醒，也还要继续先前的梦境沉沉睡去。五大爷天性的不羁，让他没有办法瞧得见这些目不识丁的家伙，至少学问在他之下的人都不在他眼里，五大爷的眼里应该只能仰望天上的太阳。

在祖母的孩子中，他真是博览古今，饱读诗书，学富五车。这也就奠定了五大爷与同村人相比就像穿了女人的高跟鞋，本就自然高的身高，还踩上了一双恨天高的高跟鞋，只要他不愿意低头看人，人应该不在他的视野之内了……

现在五大爷要为五斗米折腰了，还要去教这些脑瓜瓢让虫子嗑了的笨孩子，五大爷一百个不愿意。但在家人的恳求下，五大爷还是硬着头皮去教书了。

一帮熊孩子没事儿就使坏，如果孩子们不喜欢谁，就会引用这个人的名字画“小鸭子”：

柳振刚考试得了二分，

他妈瞪了他一眼，

他爸打他三笤帚疙瘩，

柳振刚一噘嘴变成一个小鸭子。

调侃归调侃，还是没有人敢当面说五大爷的不好，因为他的拳头可不是吃素的。那一帮学生也都是淘气包子。五大爷爱打人，不完成作业要挨揍，不听课上课调皮捣蛋的都会吃五大爷的拳头和嘴巴子。被揍过的肯定害怕，还有没有挨过揍准备跃跃欲试的。

有一天早上五大爷照常来上课了，一进教室就发现大班有几个孩子的座位空着，有姚家的大哥俩，有国营、国臣、国栋，还有房二家的家富没有在座位上。五大爷开始讲课了，今天讲的是《夜雨寄北》，五大爷念课文，然后跟读一遍，在跟读之后让同学们抄写一遍课文。五大爷开始讲，这是一首抒情诗……

也不知这《夜雨寄北》的诗人李商隐今日隐身去了何处，诗中淅淅沥沥千载夜雨，秋池隐约，此刻松木梯的栈道人影幢幢，明媚花枝伸向翠绿的山巅，名山依旧如洗，一切换了时空。五大爷还沉浸在诗意中……

教室里没有这几个捣蛋鬼，忽然静悄悄的，让人有些不祥的预感，感觉他们几个一定会干点儿什么，五大爷心里暗骂："这几个馕屎包，说不上去哪嘚瑟去了！"五大爷似乎也在冥冥当中想到了一些什么，他一边往后走一边侧耳听着教室的棚顶有动静。起脊的瓦房中间有孩子可以在里面玩耍的空间，这几个小鬼从教室的后面一块空膛的纤维板口钻进了棚里，故意在棚里扑通地跑，一边跑还一边笑。五大爷怕他们出什么乱子，就在窟窿口喊他们，让他们马上下来，因为天棚里面有拉的电线。

"你们都是老师最好的孩子！哎，你们几个快下来！"五大爷控制了一下怒火，尽量用正常说话的声音和他们商量。

没想到他们几个开始"恃宠而骄"了。非但没有停止还在教室上面的天花板上乱蹦。

"乖孩子，快下来，再蹦把棚弄塌了，掉下来摔了就不好了。"五大爷还是强压怒火向着黑棚里小声说着，想把他们哄下来，五大爷今天出奇的好脾气。

这时，教室里的孩子们看见五大爷的头顶开始冒黑灰了，也不知道是在哪里划拉的黑灰不停往下推，大家一窝蜂往出跑。整个教室俨如天地混沌之时，暗无天日之境，看不见人了！他们还是一个劲儿地往下扬灰，五大爷正好是仰着脸朝上的，恰到好处撒一个正着。"哎！快……"五大爷来不及躲，一口黑灰吃进了嘴里，呛进肺里，向后背的大背头简直就像顶着一个燃烧的火炬。陈了一万年的灰盖住了五大爷的眉毛胡子，整个世界崩塌了，无法呼吸，气道里都是辣蒿味儿，流眼泪想咳嗽都快憋死了。

他死死地捂着脸往教室外边走，甚至不敢喘气儿，直到跑出去好远，五大爷才缓过来一口气，五大爷气得像一个皮球要爆炸了！歇斯底里地叫喊，独自发狠，要逮住这几个小兔崽子胖揍一顿。其实五大爷也还是一个孩子，学生里面那几个不要脸的比五大爷还年长，满脸的黑灰怎么抹也抹不去，脸上魂儿画儿的，眼睛睁开磨得慌，五大爷气哭了，往家的方向落荒而逃，他想逃进母亲的怀抱，因为他还没有学会坚强，强大的外表下面是内心的脆弱，还没有经受过历练。一进家门五大爷就失声痛哭，坐在炕沿儿上，眼泪从长睫毛上滑落，热泪顺着腮边而下，在满是黑土灰的脸上冲出了条条河流，委屈的泪，冲毁了堤坝，向着谷底的深渊急转直下。

祖母看见受了委屈的儿子走到旁边，和声细语地说："子曰'知者不惑，仁者不忧，勇者不惧。'你说呢？"

"这些个王八蛋孩子太蒙昧，不爱学习，专门跟我对着干，一讲课就有好几个捣乱的。我在前面讲课，他们就在后面说笑，一要收拾他们就顺着后窗户跑了，还逮不着！"五大爷抽噎地说。

"你是先生，要教他们'仁义礼智信'呀！"祖母哄着五大爷还有些心疼地说，毕竟五大爷也是个孩子。

祖母也还是有些护犊子的，儿子还是自己的好，至于别的孩子能学到什么程度只能看他们的造化了。

"一个可塑之材也没有，笨得小猫倒上树！学习态度还不端正。"五大爷抱怨着，祖母给五大爷端来热乎水，让五大爷好好洗洗，洗干净了赶紧回学校，否则老师跑了学生不都放羊了嘛。

等五大爷赶回了学校，学生们都在操场上玩儿，一个回家的也没有。孩子们平时就被大人使唤惯了，回家就要帮家里干活儿，家里的活儿总是没完没了。

那些孩子原来是为了报复大班班长的，一边在上面疯一边骂：

大班长假积极，

脑瓜扣个西瓜皮。

……

结果却让老师背了锅。应该是偶然，其实也是必然。

下午上课，这几天孩子硬着头皮，埋着头，就快把脑袋塞进裤腰带里了，他们不敢看五大爷，五大爷走到教室的后面，冷笑着，牙缝里带着寒气。估计是在劫难逃了，跑了和尚还能跑了庙？也不能一直不上学吧！

"你们几个还敢来上课？来来来，都给我出来，咱们到操场上说去。"五大爷用命令的语气说着。

姚家的老大和老二一看事情不好，出了教室的门撒腿就往家跑。国臣、国栋和房家富往泡子边跑了，他仨水性好，要是五大爷追来直接就下河游南河沿去了。只有国星傻傻地站在教室门口，其实他并没有参与"扬土"事件，只是恰巧上午没有来上学，是瞎二娘病了。五大爷上去就是一脚，一脚就把国星踹出去老远，一个腚墩儿坐在地上，国星拍拍身上的土站起来，捂着肚子回来了，还像钉子钉在原地。看来国星是被五大爷吓傻了，这时教室里有人喊："快跑呀！"国星哥想了想转身想跑，只听见国星哥"哇"的一声哭出来了，呜呜呜……国星哥站在操场上目光中带着仇恨的火。五大爷也打怵手了，不敢再打了，他纹丝不动就等着打，这样的犟种儿五大爷也是头一回见，估计怎么打也不会服了，五大爷只好放弃了。转念一想还是让国星回去座位上学习去吧。

"你回座吧，没你啥事了。"五大爷说。

"我不回去，我就在这站着！"国星带着哭腔却很硬气地说。

"让你回去就回去呗，还来能耐了！那就在这站着吧！我可得回去了。"五大爷说完就走，以为给国星一个台阶下，他就能下呗。

"我就不回去，坏事儿是他们干的，凭啥打我，还就打我自个儿？"国星歪梗着脖子，对五大爷发出了灵魂的拷问，说得嘴里直冒唾沫星子。

"还是回去吧，在这站着多累呀，看看天都要下雨了，看一会儿下雨你咋整。"五大爷的语气几乎快是哄了，仍然没有动摇。

国星哥的肩上还背着平时放牛时装牛犊子的大皮兜子，他瘦小的身材兜子都快到脚脖儿了，每天放学回家还要去甸子上把牛牵回家。由于二娘的不招摇性，国星哥早早地扛起了所有的家务，要站在两块坯上才能捞饭，也不耽误他干活的热情。又站了二十多分钟，原本就阴着的天下起了滂沱的雨。国星在雨里一动不动，像一座雕像，立在操场上，那赌气的嘴唇噘到可以挂油瓶子了。这回大家都不上课了，五大爷领着大家在盯着国星看，就想知道国星能在操场上挺多久。他长得那么矮小却能顶得住天、踩得住地，在天地之间，就是有这样倔强的敖包滩人，这些犟种可以和天斗和地斗还能和人斗。时间一点一点地过去，远远看去，雨水在他头上和身上溅起水花，他却岿然不动，仿佛身上有了铜像的光辉。直到放学，孩子们都回家了，国星看见五大爷跟没事儿人似的也回家吃饭去了，才自己回家了。

# 第十一章　靠天靠地靠自己

一九七〇年敖包滩大旱，开春没有下雨，等到五月十三依然没有下雨，伏里滴雨未下，雨似乎是越旱越难下了。云低垂，只是匆匆地游走，竟无雨，偶尔的黑云间的裂缝，仿佛两块岩石在发生着千年万年的玉化。鸟的孤唳声依然像某个灵魂逃遁出来的救赎之音，一声无力的牛哞，不过是岁月舞台上一句沉默了太久的戏词，和着穷风一起的，还有沤黑了的男人的眼眶。

那一日的梦中，祖母梦见了那些对天无泪求地无门的人，老人带着孩子们去河神庙里祭拜求雨。人间真有开启的天门吗？肯定是没有的。正常的年景应该也没有这么多人一起来祈求雨水，今天浩浩荡荡的队伍来了一百多号人，柳家、赵家、姚家三家老辈少辈能来的都来了。祖父和几个岁数大的老者先上了香，然后跪在地上叩头，声泪俱下："救救天下苍生吧！再不下雨，就得饿死渴死了！"大家齐刷刷地跪成四列，先行大礼磕头叩拜，然后四个人一起来上香，上完香退着走出河神庙。求神仙是真，可是有些事情神仙也办不了，那还能求谁呢？

醒来，祖母带着会打井的三大爷去了河边，祖母在已经干涸的月亮泡的泡底看好了一个能出水的地方，又找来柳家的几个壮汉挖井，挖了几米水还真上来了。祖母知道即使再旱，河底的地下水位也不可能下那么快，赶紧抓住河水的尾巴，给敖包滩人一条活路。姚长顺听说出水了，还特意跑河边来看，看完之后，马上把队里的骡马都排成了队，给大伙儿的水缸先装满了。

这年开春就没有下雨，一直没有机会下种，地压根儿就没有种。极度的干旱一直在持续，河流干涸了，大地开裂了，主河道都没有水，就连月亮泡也毫不例外地干了，大面积的河底已经裸露出来了，干裂成网格状，地火像头猛兽要从这里喷涌而出。人们开始害怕了！井里也没有水了，滩上人感觉体内的水分都要被榨干了一样，每一次呼吸都危机四伏，草地蝗铺天盖地，映衬着黄色的沙尘，最后的一滴水有可能就是自己的眼泪了。生产队里做和尚的人也无心撞钟了，年复一年地挣那么一点儿工分儿，见活儿就躲。有句话是这样说的，"种地拔大葱都是一天工，懒驴上套不是屎就是尿。"一说干活就跟队长请假上厕所，等从尿道儿回来，活儿已经干完了。今年恐怕要从兜里往出拿钱了。

姚长顺这个生产队长天天领着大伙儿待着也安排不出别的活儿了。男的女的老的少的大姑娘小媳妇能上工的都在打谷的场院里待着，什么也不能干，什么也不敢干。从春到夏，东家长西家短说得都絮烦了。该吃的也都吃了，接下来就只能等待了。那也天天出工，混日子。

旱情依旧，干涸的是人的心灵。

三大爷认了一个干爹，干爹祖传的打井手艺，三大爷学会砸管，是小管的井，先试着在祖父的院子里打了一口井，流出来清凌凌的水，瓦凉、瓦凉的，稀缺的水简直比油还金贵。邻居们纷纷来打水，两个水筲，一个扁担，一个个瘦削的身影把水挑回家。水可以忽悠人的胃，胃能感觉里面有了可以消化的东西，但是不解饿，饿使人心慌。

这样的岁月，也只有祖母的善良能担待村子里的人。因为祖父这里有水了，祖父就在门前的园子里撒上葱籽，没几天工夫一行行绿油油的小葱就长出来了。祖母心细，怕打水的人看见，把小葱用木板挡上了，不跳进园子是看不见的。可是还是被眼尖的长青媳妇看见了，她的脖子抻得像长颈鹿那么长，本来个子就高，翘着脚尖够够擦擦地一跳一个高儿，就看见了墙边的小葱，这个娘儿们心思太重，估计出了门就会去打小报告。

"哎呀呀，老婶儿，葱都出来了，我说什么焦绿焦绿的呢？兴许过几天就能吃了！"长青媳妇说。

祖母赶忙打掩护，说："长青媳妇，你看错了，那是草，小草！"祖母特意强调一下。

长青媳妇说："哎哟哟，草和葱我还不认识？"只要让她看见，必须薅掉了。

祖母说："长青媳妇，你就不信，你看我给你薅下来尝尝不就知道了嘛！"

祖母强压着愤怒，送走了长青媳妇，自己进屋气够呛，嘀咕着："让她打水反倒成了罪过了，这个长舌妇，哪天非让她变成吊死鬼！"祖母还是第一次这样发狠。

祖母的话还真有几分预言的意味，没有几天的工夫，村里就议论得人声鼎沸了。说长青媳妇的娘家妈林赵氏三尺白绫上吊了，憋得脸黢青，舌头吐出来好长，政府的人都来了，把林赵氏抱下来的时候，人已经硬了。

# 第十二章　父母爱情

敖包滩的柳树一年四季变换着不同的颜色，红柳林里两只小鸟在相互追逐，一雌一雄。

敖包滩上有英雄的三爷和四爷，沿袭下来好男人要当兵的传统。就连苇塘里的苇子都排成队直溜儿地站着。跟国育哥一起当兵的还有这滩上统领一帮虾兵蟹将的小老叔儿，也就是我的父亲。当兵那年父亲只有十七岁，穿上军装走的时候，在石头堆成的敖包上摆上了几块石头，跪下磕了头，然后几步一回头，离开了敖包，离开了家……

祖母送了一程又一程，靠着那棵村口的大柳树，足足站了一个晌午，望穿地平线上的草原寻找自己最小的儿子。作为母亲，祖母是深明大义的，对儿子的不舍是私情，是自己的一份私心。祖母又何尝不想让儿子有出息呢？父亲的背影消失在茫茫的科尔沁草原。祖母一病不起，在炕上足足躺了半个月，体重少了近三十斤，大着的肚子瘪了回去，大圆脸瘦成了尖下颌，高颧骨突兀出来，下眼袋垂下来一个坑儿，脸色发青，说话没有力气。想想祖母晚年得子，生我父亲的时候祖母快五十岁了。舐犊之情，捧在手里怕摔了，含在嘴里怕化了，掌上明珠一样地宠爱着，一口一口地嚼饭喂大的，顺毛摩挲着长大，祖母更怕孩子出去会被人欺负。祖母每天都会去告别的路口待一会儿，望一会儿远远的路的尽头，直到泪水模糊了双眼，想儿心切，只要吃一口好吃的都会先流泪，咽不下去，她想给小洲留一口。这就是母亲，母亲对儿子的爱，明明知道儿子在外面挺好的。有一种冷叫你妈说你冷。

经过严格的身体检查，通过了各项严格的测试，还有政治审查，父亲如愿以偿地穿上了绿军装。

自从穿上了军装，父亲就开始对自己严格锻造，从一个进步青年变成一名合格或者更优秀的军人。在新兵连每天主要训练：队列、擒拿、战术、体能等等。

五公里负重越野、一百米冲刺、蛙跳、俯卧撑、单腿伸登、组合体能练习等样样都要练得认真。仅仅是卧倒父亲就练到胳膊肘都磨破皮了，一层接着一层的血嘎巴，这一层还没有好，老的一层嘎巴又出血了。父亲就这样在训练场上脱了一层又一层的皮，其他人训练的时候，父亲跟着训练，等到大家休息的时候，父亲还要吃小灶继续训练，背包和行李已经四十斤了，父亲还要在行李里面放上四块红砖，一直训练到深夜。脚上的疱一层接一层，水灵灵的疱磨破了钻心的疼，等到老茧覆盖上老茧就变成铁打的皮肤，变成钢铁的战士。

父亲从小体质就弱，祖母高龄产子生的我爸，生下我爸的时候，祖父整天喝酒玩乐已经不怎么回家了，火炕几天也没有人给烧，家里甚至也没有烧柴。父亲小的时候，哭声也小，应该是底气不足，白天黑天地哭。祖母刚刚生产也没有体力干那么重的活儿，父亲也冰出来病了，眼睛从小就肿眼泡儿，肾脏一直不好，新生儿缺营养，当时啥吃的也没有，祖母没有奶水，人能活着已经是万幸了。父亲缺钙特别严重，感觉腿软，手指向手背的方向掰都能扣上手背，指关节没有钙化好。父亲的性格非常要强，不想拉战友的后腿，天黑跑五公里武装越野，望着训练场上弯弯的跑道要跑十二圈半才能完成，父亲一次又一次地咬紧牙关，自己心里默念要用鼻吸气用嘴呼气，在一次次地死去活来中渐渐提高成绩，据他自己说，后来五公里可以跑进二十六分钟了。

队列训练对父亲来说更难，他先天缺钙腿软，每次都跟其他战友不同步，总是会被拿出来单练，父亲是宁可身受苦，不让脸发烧的人，堂堂的男子汉，凭什么只有自己练不好？他把腿肚子绑上十斤重的沙袋沿着训练场的直线说不上要走多少个来回。自己给自己喊口令，一边走一边修正动作，直到满意为止。部队是一个大熔炉，不管你是什么铁肯定能炼成钢。

经过三个月的新兵连生活，父亲被分配当了汽车兵。一次出任务，父亲开的车路遇山洪，看不见路，山路很窄没有办法后退，只能坐在车上靠边等着，水位越涨越高，先是没过了车轮，父亲观察水位还在上涨，只能推开车门站在车的驾驶室顶棚上，水慢慢没过了汽车顶棚，没了父亲的腰，没了父亲的肩，最后父亲只能仰着脸向天上看，哗哗的水声在耳边作响，他就这样站了很久很久。

月亮像一只坛子，它什么都能咽下，除了黑暗。而晚风中越来越浓的夜色是一群黑色的魔，月亮的周围有无休止的黑蓝墨水，一遍一遍洇湿一向坚硬的心。

他不能离开汽车，此时完全有机会游走，父亲从小就是在水边玩大的孩子，他在水里就像一条大鲤鱼。父亲在期待，河水如果不再涨高，就可以不丢车了，战场上战士的枪是不能丢的，作为汽车兵，汽车更是不能丢，况且车上还有部队急需的物资。部队的汽车本来就很少，如果车丢了回部队没有办法交代呀！在冰凉的水中父亲从早上挺到太阳快下山了，水还真的没有再涨，哪怕那么一点点儿。父亲想过自己才十八岁，想过如果水再涨，就可能永远见不到亲生的父母了，想过心爱的姑娘，想过未来的孩子……可是什么也无法抵御冰凉的洪水对身体的打击，彻骨的寒冷，无情地带走热量，唯有意志坚定，才能立于水中若定海神针。他对天冷笑过，笑老天轻薄了自己，还没好好看过这世界就取他性命；他哭过，哭自己还没有好好孝敬爹妈就白发送黑发。一切都要承受了才知道结果，生命是如此的弱小。

等到能看见路了，父亲的汽车却无法启动，父亲打开机器盖子，借着月光拿着螺丝刀开始修车，先拧下旧火花塞，换了一个备用的，把空气滤清器拿下来晾干又装上，这时父亲爬上车再次启动，车还是不行，父亲只能原地等待救援。夜里在山上能听见野兽的叫声，父亲在水里泡了一天，晚上还要熬一夜，困极了饿极了，身上瑟缩着往一起聚，只有一个念头，那就是"我是军人，我能挺过去"。

第二天的中午才等来后续的战友，一路把父亲的车拖回了部队。由于在部队的优异表现，父亲很快就加入了党组织，成为一名光荣的共产党员。组织上想让他留在部队继续当新兵的汽车教练，可是父亲的脑海中有一张宏图……

父亲的想法就是回到魂牵梦绕的敖包滩，他要凭一己之力改变敖包滩的落后面貌。父亲退伍回到了故乡，他似乎辜负了祖母的期待，但是祖母还是非常宽容地接受了儿子回家的现实。

说媒的给父亲介绍对象，今天来一个说媒的，父亲不同意，明天又来一个说媒的，父亲还是不同意，门槛子都让媒人磨平了，还是没有找到合适的，后来祖母索性就不管了。单眼皮的不行，姑娘胖的也不行，后天说人家没文化还不行。或许是媒人眼光太差，那么长的时间也没有拉过来红线促成一段好的姻缘，时间长了，媒人也懒得来了。父亲倒是对婚姻这件事一点儿也不着急，因为父亲觉得缘分就近在眼前，没有必要着急。

父亲倒是经常去乡政府找党委袁书记汇报思想情况，因为父亲是党员，不过父亲还是有私心的，他相中了乡政府的妇联主任兰兰，兰兰大眼睛双眼皮，身材瘦高，亭亭玉立，能说会写，上得厅堂下得厨房，那可真是里里外外十里八村无人能及，泥腿子都不敢高攀的人。

在父亲心里，她像是飞舞在针尖上的蜜蜂，没有人知道她要开辟多少条新路才不会重蹈覆辙。车前草无法阻拦车轮对自己的碾压，压过之后只在叶片上留下几个窟窿，却依旧绿得发黑。女人似潺潺溪流，鸟儿振翅高飞，它的翅膀从写实渐变到抽象，仿佛高山上的雪崩是由她而引发……

这就是后来成为我母亲的那个女人。她身上有异乎寻常的吸引力，让我的父亲找到了那个非他莫属的人。

乡里想让父亲当大队书记，要带领大伙儿脱贫致富，领导们也看出了父亲的心思，但是他们想留住父亲，想让父亲在敖包滩干一番大事业，也算默许了这件事儿。想着："舍不出孩子，套不住狼，怕没人拴着这头野毛驴再跑了，就由他去吧！"

胆子小的人总是怕政策反复无常，敖包滩需要一个能够带领大家齐心协力干事业的人。

那个冬天父亲和母亲没事儿就往老生产队的破房子里跑，还是偷偷地，他俩在酝酿敖包滩的未来。原来他俩是在红柳密的地方剪下红柳条，一捆一捆地堆在一起，一有时间就拿着剪子把红柳剪成段，墩齐整，再用麻绳打捆。一边说悄悄话，规划着把敖包滩变成红柳滩，展望着一滩人的未来生活。

一个风雪交加的夜里，他们俩正专注地干活的时候，我的外公出现了，还没有走进房子就老远地听见怒骂声。这是一个父亲的咆哮，他视若掌心的宝，养了那么多年的闺女，怎么就让这小子骗到这穷乡僻壤去了！这位父亲想不明白。

"小兔崽子，是吃了熊心豹子胆了！是不想活了，非弄死你不可！泥腿子凭什么得到我的女儿？只要我还有一口气，你小子想都不要想！"外公撸胳膊挽袖子地扑过来。

这大半夜的外公肯定是带着毒誓来的，可想而知是多么着急。套上了马车，还要求人家车老板儿一起来，这阵仗真是十万火急了！话音未落，人已经进屋了，劈头盖脸直接就给我爸一个大耳掴子，他没有躲，也没有用胳膊挡，被打得满嘴是血，也并不说话，母亲吓得急忙扶起父亲，带着哭腔问："爸，你这是干啥？你要打要骂冲我来！"

外公说："我就要打他，骗我黄花闺女！幸亏我来得及时，再晚就不赶趟了！二兰子赶紧跟爹回家，爹一定给你找个好人家，咱可不能跟他，这辈子就毁了！"说罢，一只手拎起母亲的一只胳膊，紧紧地攥住就往外面拽。

"走,咱们现在就走!"母亲没有办法挣脱,只能随着外公往外面走,父亲就站在一旁默默地擦着嘴角的鲜血。

外公要把女儿领回家,严加看管,不许她再跟父亲来往,外公说得也没有什么不对,他已经给闺女在城里找了对象。外公扯着母亲就往车上上,他绝对不能看着闺女往火坑里跳。

外公嘴里还骂骂咧咧的:"小王八羔子,还想拐跑我的女儿?我他妈一枪毙了你,除非我死了!"这位脾气暴躁的老人的眼神里面都带着毒镖要往出放。他摸了摸自己的腰间,并没有带枪,倘若真有枪,以外公的脾气,真就把这个"屯老冒儿"给一枪崩了。

母亲跟外公坐在马车上,父亲一直跟在车后面跑,跑了足足五公里。天降鹅毛大雪,马拉不动车了,车轮碾雪咯吱咯吱地响,这是雪片子翻飞的三九天呀。母亲突然挣脱了外公的手,从车上跳下来,她再也不能无动于衷了,外公看见这个铁了心的闺女居然敢跳车也被惊呆了!这真是女儿大了不由爹妈!

兰兰纵身跃进了齐膝深的雪里。雪越下越大,外公也没有再追,此时父亲背起心爱的兰兰深一脚浅一脚地往敖包滩的方向走了,雪地上留下坚实有力的脚印,见证了父母爱情。

红柳栽植的春天,母亲大着肚子跟着父亲和乡亲们一起劳动。荒滩上、碱水泡子旁,满地白花花的碱篷子,他们见缝插针地种上了柳条。细小的红柳苗还不足以盖住地面,有的地方扦插、有的地方压条,一排一排的小苗在阳光的照耀下茁壮成长,它们迎风傲立、沐雨拔节,父亲稀罕这绿油油的小苗。

一次父亲趴在母亲的肚子上听胎动的时候,兴奋地对母亲说:"我们的孩子马上就要出生了,咱妈说叫'乌兰',你说咋样?"

母亲满脸笑意,幸福地说:"叫'柳国苗'吧!反正她也跟咱们种了一个春天的红柳苗了!"

一九七四年的伏里，我出生了，是个女娃，属虎。母亲说我特别能哭，哭声整个村子都能听见。生那天夜里敖包滩下了一夜大雨，给红柳苗喝足了水。

一个人出生在科尔沁草原上，呱呱坠地；一个人登高远望，收获远古的回响；一个人迎接日出，也被日出迎接；一个人从草场归来，路过芳甸，不带花香半点儿；一个人涉水徐行，影子都不会留在涟漪上；一个人在夜晚，目光点亮星盏以及周围的角角落落；一个人醒来，弓箭已经拉满了如一轮明月；一个人铸剑为犁，在大地上闻鸡起舞；一个人取火照亮辽远的北方，照亮北方天空的"红"，燃起热浪……

# 第十三章　冤家夫妻

要说敖包滩数来数去的第一大美人，非我五娘莫属。五娘姓左，年轻的时候，那是鬓如蝉翼，眉眼可人，轻纱卷碧烟，梦幻美人，白皙的肌肤，独特的闺秀，小家碧玉。五娘骨子里天生的高傲，不把五大爷放在眼里，在她心里，五大爷没有优点。五大爷也想着法儿地蹂躏手里的这块玉石，死死地把她攥在手心里，直至玉碎。

五娘跟五大爷绝对是天造地设的孽缘。是夫妻，但是不能一起说话唠嗑，说不过三句肯定会打嘴仗的！五句不过就会发生肢体冲突。至于为什么，我给他们总结了，那就是在谈话的过程中，一句也不要顺着对方的意思去说。在现实生活中，如果真的能这样做其实很难。五大爷是一个在外人看来能说会道的人，他有学问，有修养，一表人才，琴棋书画拿得起放得下。

老姑和我爸当兵走前挣了一年的工分儿钱，都拿出来给五大爷结婚用了，因为五娘长得出众，娘家人要彩礼口气也格外硬气，娶她的时候肯定会多花一些钱。五娘结婚以后，对婆家当场恼了，嫌家里穷。花完一年的工分儿钱办了婚事，之后家里则是捉襟见肘，日子快过不下去了。五娘认为没钱就应该打光棍儿。

有一天五大爷回来溜达，老姑跟五大爷说自己没有夏天的衣服穿，五大爷见状把身上的白背心脱下来送给了老姑。说来也巧，几天以后，老姑去井沿儿打水居然让我五娘看见了，说实话，那白背心穿在一个小姑娘的身上就像一个打锣的。她一眼就认出了这穿在老姑身上并不妥帖的白背心，当即就让老姑把白背心还给她，当时井沿儿上还有很多人，别人目不转睛地等着看笑话，看看五大爷新娶的媳妇厉害不，长得这么好看咋说也得有点儿修养吧。

五娘指着老姑的鼻子训斥道："小雅芳，你穿的是不是你五哥的背心？你个挨千刀的，我家的孩子天天没人看，你天天摇哪跑，凭啥要你五哥的衣服！你家穷掉底儿了，连一件背心都买不起？大姑娘穿个背心，你咋不把胸露出来让大伙儿看看？"

老姑没敢说话，低头拽了拽背心的跨栏生怕露出来什么。

五娘又说："赶紧给我脱下来，我还留着穿呢！以后我们家的东西给也不行要！"下了最后通牒。这事一出井沿儿上的人都看在眼里，长了见识。看见柳家的老姑娘光着上身往回走，井沿儿闲聊的人张着嘴，露出惊愕；院子里的男人也在看，脸上露着笑容和窃喜；墙根晒太阳的老人在看，一边骂着世风日下；路边的小孩子也在看，他们想细细观察和探究，一帮的半大孩子跟着跑回来。敖包滩上趔起的白沙土都迷不了他们的眼睛，眨巴眨巴追着看。

老姑捂着前胸哭着走了很长的路。已经二十岁的大姑娘了，谁能没羞没臊到不穿衣服的程度呢？老姑是跌跌撞撞跑到家的，她从没有感觉从井沿到家的路有那么长，有如天路。每天挑两桶水回来都没有今天提着空桶这样的难走，泪水模糊了双眼，路上看见了谁或者谁在看她也顾不上，只记得跟跟跄跄地推了院门。冲进屋里趴在炕头呜呜地哭，委屈到天上去了，真想找个地缝钻进去。向祖母哭诉了刚才的经历，并倾诉着："辛苦挣了一年的工分儿，全给五哥结婚用了，结果热脸贴人家冷屁股！"

祖母唉声叹气。

老姑发下毒誓这辈子让她不得好死！祖父祖母都已经七八十岁了，只有老姑不断地推迟婚期伺候着他俩，这天仙儿一样的五嫂不领情不道谢，还要让人恨得咬牙切齿！

祖母下了一缸黄豆大酱，姑姑天天早起打耙，喷香！五娘想要吃大酱，还不会做，大清早的拿着一个烧水用的大铝壶来到我家抠大酱，来了直接奔酱缸去了，打开酱缸蒙子就要用勺子抠，老姑不让她抠。老姑说："这春脖子这么长，一大家子人就只有这么点儿大酱！你跟着吃他也跟着吃的，到时候自己没有了问谁讨去？"五娘跟没有听见一样，继续拿勺子要舀酱，"行你吃就得让我吃！"五娘用勺子敲着缸沿儿，恶狠狠地说。老姑上前去直接就把勺子抢下来了，扔出去老远的，勺子在空中划出了一道漂亮的抛物线。

"就是不让你舀酱！"老姑有了上次被侮辱的记性，恨透这个毒妇，即使对她再好，也是会反口咬人的狼。

五娘抠不着大酱了上去就要揍老姑。这时恰巧来看望岳母的二姑父来拉架，也应该是感觉这个娘们儿哪里不好，就上去拽住五娘，这时老姑正好下手揍她，又踢又打的可报了上次抢背心的仇。最后五娘没有抠到一勺酱，捡起躺在地上的空水壶和饭勺子，窝了一肚子火哭着回家了。

天黑的时候，五大爷哼着小曲儿回来，"树上的鸟儿成双对，绿水青山带笑颜……"可真不知道得了谁的恩赐，五大爷跟谁混得这么高兴呀！只是一见到五娘，他就倒胃口。许是喝醉了酒；许是想干仗；许是嫌日子过得憋屈……总之，五娘一共说了两句话，五大爷就操起菜刀追砍着五娘往屋外跑。

五娘的第一句话就是："又在哪灌的猫尿？"

"又跟哪个娘们儿出去骚啦去了？"这是第二句。五娘瞟了五大爷一眼，轻蔑地说。

难怪五大爷砍她，老爷们儿喝醉酒回家，赶紧给沏点茶，喝点醋，让他洗洗赶紧睡觉不就完了吗？五娘非要让喝醉的五大爷心塞添堵，现在好了，五大爷直奔厨房习惯地拿起那把剔骨钢刀。只看见五娘撒腿就往街上跑，一边跑一边喊"救命"，这么晚了路上连个鬼影都没有，谁能救命呢？大姐、国奇哥和老姐躲在老常家的房东侧胡同里，静观事态发展。

对他们来说这已经成了家常便饭了，天天打仗，不打仗倒成了不合规矩了。他们俩就像鸟巢里的小鸟，眼看着摇摇欲坠的巢，要跌进万丈深渊似的。五娘肯定跑不过五大爷，五大爷几个箭步上去就抓回去了，像拎一只小猫，此时猫身上的毛显然已经不那么顺滑，连拖带拽地弄回家。五大爷手里的菜刀一直都没有松手，但是他也应该知道不能用刀刃砍人，就用刀的侧面往五娘的身上戳。一直也想不通，五大爷不是能耐吗？不是喝酒喝多了吗？为啥不砍她呢？一个拉架的都没有，砍几刀剁了不就完事儿了嘛，一了百了，也不必积累仇恨了。既然不爱了离婚也是一个不错的选择，在一起耗着还有什么意义？五大爷手里有钱，外面的女人就没有断过，多少人都排着队等着呢。

五娘这朵家花就在家里干闲，尽管长得漂亮，五大爷也无暇顾及。左邻右舍也习惯了天天干仗的氛围，时间久了，人家就跟没有听见一样。反正也不能怎么样，随他去吧！尤其是五大爷要是不高兴还会骂前来拉架的邻居，会越闹越欢实，五大爷喜欢在人前表演，没有人的时候，不敢砍五娘，但是倘若有人看，就是用刀假装在五娘的脖子上刺几下，甚至把她吓晕，让看热闹的人不枉来一场，有观看的价值，看得人心惊肉跳，五大爷还是不会拿刀砍，吊足了胃口，然后宣告演出结束。即使五娘回家以后再哭，五大爷也不管了，他进屋倒头就睡，这是五大爷屡次作战的经验总结——怜香惜玉不是五大爷的作风。

一次偶然，我去五大爷家还书。晌午，五娘一个人在家，炒了四个菜，自己在端杯慢酌，其兴致不亚于李白和杜甫同桌共酌。见我进屋，问明来意，让我放下书转身就走，五娘并未相让。对于五娘，一个人吃饭远比跟五大爷两个人吃饭更愉悦。谁说五娘不懂生活不会浪漫，只是没有找对人而已。不幸的婚姻就是一颗伤痕累累的石头想从另一块伤痕累累的石头中获取火花。正如你知道除去易碎和疼痛，在一起无非就是言不及义地一问一答……说多了说过了都是眼泪。

五大爷想让这块玉从内部炸裂，让她自毁……

早晚会那样……在五大爷死去的不久，五娘也因为主动脉夹层而辞世。据说三年之内去世的夫妻还会在奈何桥上相会，来世还是夫妻。人世间总有一些事让人叹息，既然是冤家，来世还是夫妻，这是何苦来呢？

# 第十四章 四 娘

　　封冻的月亮泡雪盖下的豪情，只有穿冰打鱼的人才理解它的深沉。冰盖下面是水里的游鱼，是月亮泡最美的馈赠。套上马拉的爬犁，穿梭在白雪公主的童话世界里，马会拉着打鱼的人走很远很远的路。带上我们的鱼网，带上高涨的热情，马儿的铁掌敲击着冰面，在冰上稳稳地行走，穿梭在粉妆玉砌的世界里。

　　敖包滩的冬天可以是四面通达的，可以跨越走过河面的距离，走到洮儿河的南岸。一只脚踏冰上，试着再放另一只脚，走在冰上总是胆儿突，总是忘不了河面的波澜，仿佛哪一脚就插进水里。冰上是一道一道的裂痕，透明得能看见底儿，有一串串的气泡，向上的力量在冰下成长。踏过一片片残荷乱叶，走过一丛丛的芦苇荡，迈过一层层凝固的波浪，我跑到了湖心的小岛，拨弄岛上的干蓬蒿，一扒拉直冒烟，积满灰尘的一株一株枯草长在了人迹罕至的岛上，可以说它是孤独的，又是幸运的，独居世外不被打扰。

　　四娘小手灵巧，身材不高，跟半大孩子差不多，白嫩的皮肤，杏核儿眼，发髻紧绷，每一根头发丝都要梳在固定的位置上，利整寡静的一个小美人。

　　四娘天天织网，丝线在手上穿来引去，不厌其烦地重复着一个固定的动作。房梁上钉着一颗大钉子，上面挂的绿色的尼龙细线，四娘手里的梭子快得让你不相信自己的眼睛。梭子是织网的主要工具，它是用竹片制成，其上有一个过线的小孔，一头尖，另一头有两个挡线脚。织网时，用梭子带线，在网上往来穿梭，拉线系结，形成菱形的网格。一年四季地织网，织完一片再织另外的一片。圈网、拱兜网、地网、粘网、拉网、流网、挂网，如果这些还不够，那咱还有一种叫绝户网。四大爷爱打鱼四娘爱织网，鱼网视为神圣之物，财富的象征。四大爷家的闺女丽姐，天天跟着四娘织网。

其实，四大爷在部队上服过兵役，退伍以后安置在乡邮电所上班的，是个名副其实的公家人儿。跟四娘搞对象以后，因为四娘的娘家在哈吐气硕焕昭村徐家窝堡屯，徐家窝堡地薄，地里的收成都不够吃，家里自然很穷，四娘又顾娘家，总是向四大爷要钱往娘家人身上花。她不知道四大爷当时手里的钱都是公家的钱，一来二去地就花多了，还不上了，一时迷了心窍，本来不应该动公家的钱，结果让人给揭发了，工作就这样没有了。四娘在心里还是感到很愧疚的，一辈子很长，四娘是做好了用一辈子去偿还的准备。在四娘的家里，常常能看见四大爷打鱼回来，拖着疲惫的身子进屋就坐在炕桌上，早就摆好了炒好的菜，烫好了热乎乎的酒，四大爷坐在炕桌上一个人吃着小灶。往往在吃的过程中四大爷会哼着小曲儿，即使筷子上没有了菜，他也会唆拉一口菜汤，每一口都在享受着"大爷"的生活。那弯弯的眉梢笑得越发低垂，像天上的一轮娥眉月。

六爷开药铺亏钱，哥儿几个分家的时候是都背了饥荒的，房无一间，地无一垄，想娶媳妇只能靠自己，再加上六奶心眼儿本来就不瓷实，幸亏几个儿子还没有傻的，都娶上了媳妇。

四大爷身材魁梧，大脸盘，大眼睛，年轻的时候是一个大帅哥，说话憨憨的。四娘身高只有一米四，四娘心眼儿绝对够用，不像那几个妯娌。四娘家的日子过得有滋有味，福哥、二孩、三蹶子和国丽姐是四娘家的孩子，都穿得板板正正、油光水滑的，不说衣服有多贵，在敖包滩都能数得上数。四娘家的饭菜做得也好吃，煎鱼、白面馒头、辣椒油拌的咸菜，尤其是四娘房梁上的腊肉更让人看了眼馋。肥瘦相间五花的猪肚皮肉，抹上大酱用钩子挂在房梁上，腊肉的最低端总是有一滴透亮的油，这是我这只馋猫在腊肉底下仰望着房笆几年观察到的普遍结论。我戴着祖母做的护肚嘴儿，流着哈喇子，站在四娘的腊肉下面，嘴里分泌着唾液，没有来得及咽下就顺着嘴角流出来。

夏天的时候，园子里的勾勾黄豆角放上几片薄薄的腊肉，用大酱炖，炖好的时候，香味能飘出去老远。薄薄的腊肉，肥的地方透亮，这在敖包滩是一流的美食。

小时候，我是四娘家的常客，总是看着四娘家挂在房梁上的鱼干和腊肉挪不动步。小孩子只能记住吃的在什么地方，每次都央着祖母带我去四娘家玩儿，祖母知道我的小心思，就推说忙着纳鞋底搓麻绳。我偷偷地溜出去，吱吱呀呀地推开四娘的门，闪出一只白白净净的小馋猫，目不转睛地看着梁上的鱼干，咕哝着小嘴儿。那鱼干并没有鱼头，把鱼从背部切开，腹部连着晒干，吃的时候蒸熟就行。四娘每每看见我来就笑盈盈地对我说："小乌兰，你又饿了？"我就使劲点点头，眨着忽闪忽闪的大眼睛。四娘要生火给我蒸鱼干，蒸好了把烫手的鱼干放在盘子里，把我抱到炕沿边儿，一口一口地喂我。四娘说小孩儿吃鱼肉养眼睛，说我会长得越来越漂亮。吃完鱼干四娘就让我给她唱儿歌："小燕子穿花衣，年年春天来这里。我问燕子为啥来？燕子说这里的春天最美丽。"四娘是真的喜欢我，她说我古灵精怪的。

轮到四大爷在敖包滩打鱼的时候，鱼已经越来越小了。冬天可以去嫩江的江面上捕鱼，用四棱的冰镩子先把冰面凿开一个冰窟窿，然后把鱼网用竹竿顺进去，另一个人在三五米外的另一个冰窟窿把手伸水里接竹竿，把竹竿拽出水面，下一个冰窟窿还是重复这个操作，下网就需要一个上午。

十一月末，此时的嫩江还没有彻底封江，大块的冰排碰撞会发出咔咔的响声。在已经冻上的透明的清流儿的冰面上站好一排人，使劲跺脚，顺着下网的方向跑，一边跑一边喊，还用铁锹敲打冰面，这时底下的鱼群就会向网的方向游去，进入预先设定的网套了。

下挂子要根据水下的深度决定下什么网打什么鱼，网要下得浅，那就只能打到白鲢鱼、花鲢鱼、白漂子、麦穗鱼，网要下得深一点还能打到鲫鱼、鲤鱼、草根鱼。一般冬天下网是打不到鲶鱼和嘎牙子鱼的。

四大爷作为资深的钓鱼专家一个人去独自钓鱼，钓到的往往都是大鱼。先在冰窟窿里撒一些鱼食，等一会儿再下钩，他一点儿都不急，要等到大鱼来了再下钩，性格的沉稳让他总是有不一样的收获。

四大爷的身体日渐衰老。那双眼睛透出老谋深算的光泽，四大爷那双眼，跟河水一样清亮，不管能不能打到鱼都从不沮丧。四大爷的手是和鱼网深度结合的手，鱼线勒进肉里，痛的时候换个位置能稍稍缓解手的疼痛。双手裂痕斑斑，早已布满厚厚的老茧，鱼线从来没有饶恕过这双手，只要打鱼鱼线就会让这手钻心地疼，鱼越大勒得越狠，在跟鱼的战斗中获得先机将大鱼拎出水面。常常拿圣地亚哥老人与四大爷做对比，顽强与坚忍都配得上四大爷的性格，他一生与水中的鱼斗智斗勇……

小时候，我常常会听老爸讲述四大爷钓上来的鱼有多大，伸手就能触摸到一样的，两只手臂分开约一米多的样子，重七八十斤，好大的鱼头够炖一大盆。这样的鲤鱼平时在水里相当于瞎子，它的一只眼睛被水磨平，游的时候不像别的鱼垂直于水面游泳，它是平行于水面游，水里的东西它看不见，在水里也没有鱼能把它咋地，相当于鱼精，至少要活三十年、五十年可以长成它的样子。四大爷可以根据鱼鳞来判断鱼已经活了多少年，从鱼的身上揭下几片完整的鳞片，烘干以后，便能在鳞片上发现一层层标志着鱼的年龄的轮纹，就像树干中的年轮一样。整整五十年，鱼的一次生命历程，也够本儿了。拿回家会把鱼的身子切成段冻在外面的大缸里，在缸底放雪，把鱼扔进去能一直保鲜到第二年春天，化冻的时候还可以吃。如果到时候还吃不完，还可以把鱼劈成两半晒成鱼干煎着吃。

四大爷别号"嫩江老渔翁",四十多年打鱼的职业经历使得很多后辈都要找四大爷学习打鱼的经验。只要大家想问,四大爷都会耐心地讲解,传授捕鱼的经验。古语说"人知鱼性",一点儿都不假。鱼生活在水中,它们最识水性,人要知鱼性,必先知水性。老打鱼人冬天隔着冰面找鱼,先要提前知道水情,烂熟于心。涨水和涝水鱼群都有变化。水势一大,鱼群就走了,存不住鱼。只有水深的地方常常是鱼群越冬时喜欢聚居的场所。上冻的时候还要分析上冻的时间,记住封江时的风向,东北风封江,冬捕的时候就要往偏南的方向选鱼窝子,因为鱼也怕冷,东北风往往会把鱼赶到南边。如果西北风封江就要到相对的方向去选窝子。当然还要看雪,封江的晚上如果刮雪就另当别论了,雪厚的地方暖和,鱼群容易停留。说起来,四大爷最绝的就是会看"鱼花"。鱼花又叫"鱼泡泡",是鱼呼吸时吐出的二氧化碳气体。在冬天,鱼喘出的气会在冰中形成一层一层的泡,这就是鱼花。冰层下方有鱼花,就说明冰底下有鱼。鱼花又分新花和老花。新花是鱼刚刚吐的,或者昨晚上吐的,特征就是这些"花"在冰水里还在晃动。碰见新花,就说明这里冰下有鱼群,就可以指挥人凿冰下网。除此之外,还有一种"花"称为"草花",鱼把头一眼就能认出来。冬天,水草吐气泡成为"草花",它的特征是一冒到顶,形状是一串一串的,被渔民称为"串泡"。"鱼花"则是一层一层、一片一片的,有明显的区别与特征……这都是老渔把头的看家本领。

都说开江鱼好吃罪难遭,春天的江水都带着冰碴,那是透心凉。渔人寿短,这多半是打凉上来的病。年轻的时候火力旺,不知道凉,等到岁数大了风湿病就找来了,关节疼痛,越疼越聚筋,最后缩成团儿,小小的一团蹲在墙根儿晒太阳。鱼红眼儿再也不敢下水了。

开河的时候,一帮孩子会去河边捡臭鱼,顺着风向在岸边溜达,臭鱼会被风吹上岸来,其实刚刚捡的时候,还没有什么臭味,孩子们会捡一些干柴，在岸边生火烤鱼吃，在家里拿出来一些盐花，把烤好的大鱼撕开，蒜瓣儿肉蘸上盐花吃，一边吃还一边说不臭，吃过臭鱼的人都知道，臭鱼嚼在嘴里是越嚼越香的，这是自然的馈赠，只有在水边的人才偶尔得之的美味。

# 第十五章　父亲的愿景

祖父有一米八的身高，瘦削的脸，刀条一样的，不乐意洗脸，眵目糊黄黄的留在眼角。常常要我妈给他洗好毛巾，说："爹，擦一擦脸吧！"他才愣愣地瞅着镜前的脸，给儿媳妇面子，勉强擦几下。

我能有记忆的时候，已经是祖父的暮年。他不洗脸，脸上挂灰；他不思考，脑筋僵化，甚至有些封建家长的威仪。用他的眼光去看我爸做的事儿，不但想不明白，甚至会抵制和扼杀一些很好的想法。这对父亲来说那是推着小车上台阶——一步一个坎儿。

父亲和母亲种的红柳树苗已经茂密到一片一片的了。雨水清洗过的树林，在午后有一种清新的迷离。鸟鸣声从各个方向传来。蓝颌、黄鸟、黄肚皮的、白肚皮的、长嘴的、交嘴儿的……耳朵里心跳里充满了自然的原色音符。那些红柳树一堆一簇密密麻麻，披覆着、错落着，翅果在树的叶子中间摇摆，时辰一到，犹如鸟儿，拍着翅膀飞走了。

新的致富计划从敖包滩最盛产的芦苇开始。父亲等到冬天苇塘封冻的时候，用磨得最锋利的推刀割苇子。割的时候，不要贴着冰面，要预留一点儿，这样不影响来年的新苇子生长。家里没有拉车的牲口，只能用人力拉，父亲在前面拉，母亲在后面推，一车一车地往家里倒动，如山的苇垛堆满了整个院子，连着院外的过道儿，一捆一捆堆放得整整齐齐。

淘气的孩子们在冰面上拿着蒲棒抽打，蒲绒满天飞，粘在头发上、衣服上，甚至可以粘在刚刚出来串门的赵家婶子的嘴唇子上，吃喝没有油水，就在吃完饭以后，用锅台后的猪肉皮抹抹嘴，变成一个十足的油嘴儿，这样出去串门倍儿有面子。如果谁问起吃啥了，那一定要把想吃没吃的美食说个遍儿。今天有点儿倒霉，刚要出门显摆，就让蒲绒包围了，大厚嘴唇子上沾了蒲绒，用手抹掉蒲绒，也蹭掉嘴上的猪油，一边走，一边骂："这些个熊孩子，不挨饿了就天天跑出来撒欢儿。"红裤子上沾满绒，像无赖一样缠身，不用水洗难以弄掉。眼见着丢人，婶子掉头回家了。

祖父能帮着压苇子，左手摇碾子，右手往里续苇子，把苇子豁口压扁了扒皮备好，老姑和母亲一人把住一头，一个掏趟子，一个接靡子，两边一起翘边儿收口编花纹。一天能编一领一丈长五尺宽的苇席子，一领席子是三块六，这样的苇席一般是当不了炕席的，炕头的火大容易烤煳，要卖给粮库做粮食囤子防止雨水浇湿粮食。父亲带领全家编了一年苇席的钱，加上母亲的工资，再借一些钱，买来一台一走一掉渣儿，在废旧金属公司无法处理的推土机。在这偏远的小地方真的没有几个人见过这东西，更没有像样的修理工能揽下这个活儿，大家都觉得它是个像样的物件，当废铁砸了太可惜留存至今。

听到这个消息，祖父立马就炸了。他像一条变色龙，通身变成了红色。

"上天入地的，就知道瞎折腾！刚刚有两个钱儿就不知道咋地好了！"一大早祖父就开始骂父亲不会过日子，可是几天以后父亲还是开着一台老得掉牙的推土机回来。晚上祖父骂得更欢了。

"妈了个巴子的！好话说了三千六，一句不听，干了一年辛辛苦苦挣点儿钱，都多少年没有见过这么多钱了！你倒好，连问都不问，都花了，买这破推土机能干啥？人家都不要的玩意儿，你傻呀！赶紧退回去，把钱拿回来！凤兰结婚到现在，什么像样的东西都没有置办，好容易挣的钱，说没有就没有了，败家子！"

祖母在一旁没有说话，给这个"逆子"做了最爱吃的酸菜卤子手擀面。

祖父骂得不解气，开始骂我的祖母："这个败家子就是你养的，给他做白面条！想气死我，是不是？"

祖母还是没有说话，又给我爸盛了一碗酸菜打卤面，父亲是饿坏了，忙修车一天没吃饭。祖母知道父亲要干的是敖包滩的大事儿，她相信儿子的眼力，而且一直会无条件支持他。这个冬天父亲还是去苇塘割苇子，垛得整整齐齐，能堆放的地方都垛上苇子，父亲一有时间就修推土机，老姑一直在编席子，母亲还是下班就回来干活儿，一直干到深夜，祖母做饭还要照看着我，祖父压苇子扒皮，即便是天天骂，手一直也没停。一个冬天很快就过去了，拉到土产公司的苇席子也都卖了钱回来。

祖母给我做了红棉袄、红棉裤，简直把我变成了一头卷发的《西游记》里的红孩儿。

春天来了，过去的这个冬天父亲靠着在部队里学的修理技术成功地修好了推土机。这台推土机上已经凝聚了太多父亲的心血，天天造得身上油渍麻花儿的，一件部队上穿回来的棉袄，剐蹭得很多口子漏出棉花，手上洗不掉的黑油渗透到龟裂的缝隙里。

父亲开着推土机去一个荒碱泡子，是袁书记答应的一个臭水坑子，这里碱水发红，夏天恶臭熏人，原来的糠醛厂曾经往里面倒了一些工业垃圾。敖包滩的滩涂上有不少这样的池塘，袁书记想把它们治理好，引来洮儿河的水。父亲以泡子底儿为中心向四周推土，推出来的土堆在泡子沿儿上，形成土壕用来挡水，土壕越来越高每天都推土十几个小时。母亲和姑姑编席子挣的钱大多买了柴油，父亲每天只吃祖母蒸的玉米面饽饽，渴了喝一点军用水壶里的凉水。推土机在塘底把土推出来，返回塘底再推，周而复始。

父亲像一头勤奋的耕牛，任推土机的轰鸣声掩盖了四周的响动，在喧嚣的平静中看天高鸟飞，鸟拍打着翅膀飞到天的那边，看天与地之间的精灵们改变着这亘古不变的沟沟坎坎。当精卫们一眼照顾不到的时候，养鱼池就造好了。

三个月过去了，到了夏天涨水的时候，父亲挖的水塘开始放水养鱼，洮儿河的水流满泡子，父亲跳进了水里，像这泡塘里的龙王，一个可以自己说了算挖塘造水的精灵，鱼找到了家。

水面的微波映出父亲灿烂的笑容，从部队转业回来还是第一次这样开心地笑。这其间父亲动用的土方堪比愚公挖山的量，父亲的恒心应该比愚公还坚定，愚公的山是两个神仙背走的，父亲的土是自己推走的。

鱼苗是祖母培育的，尽管非常小，父亲还是看见了希望，他要发展养鱼，敖包滩的集体经济的大船就这样扬帆起锚。

第二年的春天，父亲又要挖塘，祖父看不下去了，每天中午给儿子送饭。祖父领着刚刚会蹒跚走路的我，来到河沿儿给我爸送饭，八十多岁的祖父拄着拐棍儿，背着饭兜儿，踩着柔软的白沙蹒跚而来，敖包滩上我和祖父成了独特的风景。

作为大队书记的父亲即使不为我，甚至不为这个家做什么，我们也要帮助他。滩上的每个人都知道这是不可能完成的"天"字号工程。

今天给父亲送的是祖母煎的鱼，只有几条小得可怜的小鲫鱼，还有小米饭。祖母说我这可怜的儿呀干活儿累，一定要把好吃的有营养的鱼给他吃。祖母把饭用勺子压了又压，一个小铝饭盒，她怕年轻人吃不饱，还要把亲手熬的奶茶给装一瓶子。每天父亲吃完饭，我就会跟着祖父再拿上空饭盒和奶茶的瓶子回家，饭盒里叮叮当当地响，唱着一路的凯歌回来向祖母讨表扬。懂事的我从不向祖父要抱抱，因为祖父走路摇摇摆摆的。

"爷爷，你拉着我的手，我给你当拐棍好不好？"祖父总是笑着说："你比你爸懂事多了！"

每次走进村子，祖母都在大柳树下等着我们，祖母都会轻抚我的头，作为奖励给我讲一个关于英雄的故事。祖母的小乌兰一直是最听话的好孩子，祖母讲的故事还有蒙古族的历史和文化，祖母是女中豪杰。她讲的故事里有苏麻喇姑、僧格林沁……祖母的骨子里时时都透出她对蒙古族深沉的爱。

在敖包滩上祖母的慈爱是出了名的，家里有钱的时候，没少往队伍上拿东西，她总是不忘接济乡里乡亲的。父亲也像极了祖母，更像村口的大柳树……

# 第十六章　哑大爷进城

　　父亲每天在大喇叭里说生产的事情，开始的时候大家似乎并不买账，有些人甚至觉得怎么叨叨还是那么穷，不愿意听的、说风凉话的、愤青的大有人在。

　　这天，长青媳妇又来唠嗑了，看着老姑开始编秫秆炕席了，听说一领能卖八块钱，她也想学着编炕席。

　　祖母说："长青媳妇，要学尽管来学吧！凤兰说现在要带领所有的妇女一起致富呢！"

　　长青媳妇将信将疑，问："真的吗？"

　　祖母说："当然是真的！先学的都开始挣钱了，来就知道了！"

　　长青媳妇问："老婶子，您不记恨我？原先你种几根葱都被我害得薅掉了！我这个烂嘴的！"话音还没有落，就看着她自己往脸上扇嘴巴子，一边打一边还问自己能不能记住教训。

　　祖母说："那些都过去了，孰能无过呢？既往不咎呗。"

　　第二天一大早，长青媳妇领着长海媳妇、长旺媳妇，来了妯娌三个，老姑教她们怎么泡秫秆、怎么劈秫秆皮儿、怎么掏趟子、怎么接靡子，教完一遍，让她们起头编自己的炕席，先起一个头儿，然后手把手地教，哪里不会了哪里问，教到晌午，就让她们拿了祖父劈好的秫秆回家继续编。后来又教会赵家的几个妯娌，房家的几个妯娌……

　　渐渐地，街上溜达的人越来越少，都在搞副业、编炕席、编草绳、缝蒲棒垫子。满屯子撒目，闲聊天串门子的人都不见了，家家炕上盘腿儿大坐的也不喝茶水了，仿佛整个村子像一台发动机都开始转动，忙得冒烟儿咕嘟的。

爱起早的、能贪黑的，为了一领炕席能卖八块钱，而快乐地忙碌着，抢着挣钱。就连半大孩子也加入了没有硝烟的战斗，放学回家把书包往下一扔，往秫秆垛里一待，聚精会神地拿着刀子劈秫秆皮儿。以前家里没有钱，也不敢去想挣钱的法子，现在党的政策好了，大家都想多挣一点儿钱，吃不上穿不上的日子终于翻篇儿了，急于想摆脱贫困的人都在奔忙。泥腿子一双拙手变成了能工巧匠，郭家的哥儿几个开始学习用红柳编筐，拿到土产公司换钱。

这年冬天，敖包滩人再也不穿补丁摞补丁的衣服裤子了。供销社里进了各种花哨的新货，供销两旺。赵金家头几年穷掉底儿了，就在这一年，赵家的哑大爷居然买了一辆新的自行车。左邻右舍的孩子们都争相来观赏，按按车铃、捏捏车闸、摇脚蹬板，后车轮转得太快，竟连反射太阳光都来不及，车漆反射的亮光能刺瞎眼睛，即使这样，穿得花花绿绿的孩子们还是久久不肯离去。

哑大爷单身一个人，以前没有饥荒，挣钱就去城里的五金商店买了一台崭新的永久牌28自行车，嘎嘎新的，车漆都跟镜子似的，能照见人。车铃一按，清脆的铃声非常好听，有了自行车兜里还有钱，哑大爷还想去城里出出洋相儿。早上，哑大爷顶着四点钟的星星向城里进发。路上没人，路边的每家窗口都是漆黑的，人都在梦境中。瘦猴似的身子轻，狗皮帽子外面还扎着围脖子。大爷帮人放羊，东家给的羊皮，熟好的羊皮漂白的，一件羊皮吊的袄，一条羊皮吊的裤，都是大爷起早贪黑一针一线缝的，羊毛贴着皮肤，暖和得不得了，一会儿工夫就腾腾冒汗。

"这三九天可真热！"大爷心里合计。

挨饿受冻的日子总算熬过来了，现在兜里揣着捂得发潮的人民币，激动得心都要蹦出来了。

令人困扰的问题是虱子，虱子咬人吸血，不领情不道谢，咬住一个地方就闷声吃。每到晚上大爷都在烛光下抓，抓住一个虱子，就两个拇指的指甲盖儿掐死。掐死虱子的声音尤为清脆，嘎巴一声，血就溅出来，整个晚上指甲盖儿上全是黑色的血。估计虱子也喜欢味道，专门藏在裤裆附近，白天不能抓虱子的时候，只能任虱子咬，羊皮厚手抓不透，虱子就在大爷的体毛里咬，在大腿的内侧咬，咬得刺挠，大爷就用手捶打，反正甸子上又没有人。一个人一间草房一个孤影，想想还只有虱子是身上的活物，能成为唯一的对手，争一个你死我活的。

天还没有亮透，不到七点大爷就到了城里，历时两个小时，这比以前赶着马车来城里要快很多，少了很多颠簸。一进城里大爷一头扎进了国营饭店，买了多少次夜里都能馋醒的油条和豆腐脑，坐在长条凳子上吃得那叫一个香，过去穿不上裤子的日子远去了。大爷新买了一件蓝色涤卡的衣服，褐色的趟绒裤子，都立整地穿上了。怕衣服下摆进风，大爷特意扎上新搓的麻绳。大清早，大爷也不忘灌点儿猫尿儿（酒），辣辣的酒进肚，从头顶辣到脚后跟儿，胃里火火的，大爷喝了一洋灰墩子（杯）酒觉得不过瘾，接着又来一缸子。红眼的耗子不怕猫，喝了酒，大爷又想去国营百货商店再买一床被褥。他也想碰碰女人，这辈子已经快七十岁了，这条件想找健全的女人是够呛了，邻村的瘸寡妇不知道能不能看上他。花了十五块买了两床单人的被褥，顺便让店员给做好，一共二十块。大爷听人描述说电影里有娘们儿，背着被褥来到了电影院，买了一张两毛钱的电影票，十二排七号，结果大爷错进了双号区，十二排六号完了就是八号，愣是没有七号，大爷想，没有就没有吧，站着也一样看。他没有再去找座位，而是背着行李，靠墙站着看完电影，直到电影结束，也没看见一个长得像样的娘儿们。恰好赶上的是枪战电影，电影的开头的确有几个大字，但是字的笔画连得太狠，大爷居然一个也不认识，都怪扫盲班把他落下了，硬是没有人找他去学习。电影里净是枪战场面，里面都是拿枪突突人的，是一群当兵的，就一个娘们儿还会使双枪，对这么能耐的娘们儿大爷是万万不敢想的，看得大爷腿肚子转筋，好害怕，怕娘们儿出来把自己给毙了。当听见那娘们儿喊了一嗓子"跪下"的时候，大爷的腿彻底软了，他"噗通"跪在电影院的过道上，影院里黑漆漆的，谁也没有在意他跪了多久，最后，大爷确认自己的生命不会受到威胁才从地上爬起来。

大爷有些失落地离开了电影院。想想自己一个人的夜晚是真的难熬，夜深人静的时候，只能听见犬吠虫鸣，谁能知道他想要什么呢？他想要一个娘们儿，再熬就要熬到土里了！过了晌午，大爷往回溜达，这回也没了奔头儿。走到邻村遇见一群坏孩子，大声说着顺口溜，似乎是在嘲笑他：

"屯儿二迷糊儿"进城，腰扎麻绳。

上身涤卡，下身趟绒。

先进百货，后进联营。

喝瓶汽水，不知道退瓶儿。

上趟厕所，跑遍全城。

喝得两眼通红儿，看场电影不知啥名儿。

活了这么久，大爷怕过啥，他就怕穷，兜里的钱长了小脚儿，不停地往出支棱。

大爷一直在虑量，顺路去了瘌寡妇的家。惦记的人在，能看见可心的人哪怕一眼，怎么走都顺路。

刚吃饱了黑色草籽儿的大家雀，又去别的草场撩骚。

不会说话只能比划的老光棍看上了邻村的老女人。

总是绕道过来张望……巴巴的不错眼珠儿。

黄寡妇跟她的第一任丈夫的那段感情是甜蜜而牢靠的，恩爱有加。两个儿子一个闺女，日子过得幸福且浪漫。可是一场大病就把壮得像头牛的丈夫给撂倒了，没有多少日子丈夫就归西了。

大爷慢悠悠地推着车子沿着黄寡妇家院墙边行走，唯这样才能看得真切，看见老黄大妹子儿一瘸一拐地出来抱柴火。晚上灶坑要添一把柴火才能睡觉，省得半夜炕凉，自从第十个丈夫死了以后，剩下孤零零一个人了，孩子们该出门子的出门子，该娶媳妇的娶媳妇，一个人的日子是真难过，想喝口水得自己端，想睡热炕得自己添一把火。

大爷顺路顺得正好，赶上帮寡妇抱柴火。大爷把自行车往路边一放就跳进院子来帮忙，抱完柴火，黄大妹子比划让他留下喝口面子茶水，大爷假假咕咕比划着，意思是东西还在路边。黄大妹子出来一看就明白了，大爷新买了被褥。正好到了该睡觉的时间，干脆让大爷留下算了，决意不再想自己那个让她寒心的儿媳妇。

我们乡下人管改嫁叫走道儿。黄寡妇领着两个儿子一个女儿第一次走道儿到老张家。黄寡妇一生走道儿九次，张、王、李、赵遍地刘，她为最后一个姓冯的丈夫把五个孩子养大成人，但是没有一个是她亲生的，想想她最后一次走道儿走向死神……

黄寡妇的婆婆曾经跟她说过："土地不光能长出大树，还能埋人呢！"时常想起，又时常忘记，这话还真的在理。

趁着天黑，黄寡妇一把从后面抱住了他，大爷一动不动，一股暖流直冲天灵盖儿，这是有生以来的第一次！大爷把铺盖卷都拿进屋，还有自行车也推进来，烧上一把火，把炕烧热，铺上新买的被褥搂着大妹子甜甜地睡去了。

有剩男没剩女儿，啥样的女人都可以被惦记，哪怕是黄寡妇。有老人传说这黄寡妇走了好几家了，妨夫。只要跟黄寡妇过日子，那这人的日子就快结束了，她跟的男人能再活一年的都少。虽说这大爷年龄有点大，他可是一个生荒子儿，能力不容小觑……

# 第十七章　挖塘养鱼

我爸认准的事儿就是养鱼，为了养鱼敢把地球挖个洞。

亲爱的爸爸，我要用可汗山的牛羊锁住你脸上的沧桑；要让东方的神鹿在敖包滩驻足，为你而歌；科尔沁的心，草场的远，托起你的希望。

六爷看好的坟地在圆圆岗子，那里地势高，那里长满了嫩绿的齐腰的苇子，寓意着人丁兴旺。六爷看好坟地，坟地里埋了曾祖父和曾祖母。家谱中爷爷他们"守"字辈的哥儿六个，六爷和祖父并没有分家，这一支"振"字辈的也是哥六个，到了"国"字辈的敖包滩的分支十五个男丁十五个女娃，一共三十人。

赵家知道柳六先生肯定会给自己家找一块风水宝地。于是赵金就动起了歪脑筋，说柳家的坟地那么好，就在他上面埋祖坟不就完了嘛，保证比他们还福泽子孙呀！赵金还真把自己的父母埋在了柳家的上面，正好在一棵歪脖榆树的上面，六爷当时就说赵家会出哑孩子，结果一起出来三个。六爷为什么这样说，一直无解。他罩住了柳家的风水，六爷说柳家这辈子人不会出当官的，赵家却出了三个不会说话的，老辈儿一个少辈儿俩，这是看人拉屎屁眼刺挠吧！

我爸坚持不懈地推土壕，挖坑，挖更大的坑。在月亮泡的边上又推好了一个养鱼池。在父亲的身上我几乎看不到黄昏，黄昏总是从土地里冒出来；从太阳燃烧留下的灰烬里冒出来；从铁匠的火花中飞溅出来。父亲不知疲倦地在地底下寻求光明和美好，最主要的还是有母亲在身后默默支持，就是这个他一眼就相中的女人成了他的曙光。

每年春天父亲都是天不亮就起床,天黑透了才回家。风吹日晒黝黑的脸上嘴唇干裂起皮,嘴唇发紫,胡茬子刚硬。每次他要亲我,我都把脸捂起来,我的手太小捂不住全部的脸,他还是能亲到我,后来他要再想亲,就必须得先逮住我,我会跑远了。我还是想让那个穿着脏衣服的男人抱我,我更知道他是爱我的!在我的身上有这个男人太多遗传的东西:比如长相,比如性格,甚至是神态。

敖包滩的人只要见到我,就会认出这是柳大嘴丫子的小姑娘。那天遇见王义夫他老姨,她问我:"你就是柳大嘴丫子的姑娘呀?"我灵机一动,想想小朋友骂的话骂她不是正好吗?"你骂我,我不听,你妈是个白骨精,白骨精,黑爪子……"王义夫他老姨看见我歪脖骂她,竟灰溜溜地走远了。其实我也不知道这句话为啥这么伤人,我只是一个小小孩儿,跟小朋友学的,居然一骂一个准儿。王义夫他老姨的父亲原来也跟别的女人搞过,还被抓住过,她就地瘪茄子了,脸挂不住溜走了。

每天中午我还是跟祖父去给父亲送饭。这天中午照例装好饭盒要出发,忽然从院子外面传来推土机的哒哒声。我看见父亲快步下车,脸色土灰,进屋就跌倒在炕上。我看傻了,祖母上去摸摸父亲的手指尖儿,又帮他脱下鞋子摸一摸脚趾尖儿。

祖母镇定自若地说:"冰冰凉,看样子是起'蚰蜒翻'了。"祖母拿来一个空的玻璃罐头瓶子,拿了一根针线笸箩里做针线的针,用酒蘸了一下,摸着父亲胸椎的第三节骨缝中间扎进去,瞬间冒出一滴黑色的血,那血像墨!然后用祖父的卷烟纸烧着,放进罐子里,祖母用手一挡火,罐口就拔在针眼周围。祖母又取来一把荞面,用温水和面搓成长条,在父亲的前胸和后背上揉搓,能看见有细小的金色的条从毛孔里被拔出来。父亲渐渐地好些了,他自己描述,说身上好像有成千上万的蚰蜒在爬行,万箭穿心炸裂了一样。父亲侧倚在被垛上,我看见父亲好些了,就凑上去坐在父亲的腿上,父亲搂着我。

父亲说:"刚才可把孩子吓到了,还以为自己不行了呢!"

祖母说:"你是在外面凉着了,再晚一会儿回来,还真要命了!"父亲静静地听着,也不知道他会不会后怕。

祖母继续说:"以后要再有这样的情况,发现手脚冰凉,马上要取一块生姜嚼一嚼,嚼碎了放在肚脐眼儿上,如果是臭翻,那就要放一瓣大蒜在肛门里,都是打凉上得的病,一定要注意保暖。"父亲点头应承着,还真以为自己是铁打的硬汉吗?突如其来的病竟然撂倒了他。

父亲陪我在炕上玩了一个下午,我俩头对着头顶哞儿,看谁的力量大,我憋足了劲儿父亲仍然纹丝不动。我把玩具都拿出来,有小皮球、布口袋、羊嘎拉哈、猪嘎拉哈,父亲还用祖母缠的红皮筋儿给我梳了朝天辫。那是我有生以来为数不多的甜蜜记忆,这至少让我知道,只要父亲有时间,他就会陪我一起玩耍的。可惜属于父亲的时间太少了,父亲每天都不在我的视线之内。

第二天一早父亲又开着推土机出发了。别人眼里已经报废的破车成了父亲的宝贝,一干就是三年,父亲的养鱼池也开始要出鱼了。每天祖父还要去喂鱼,每次鱼来吃食,水面上都是密密匝匝黑色的鱼背鳍,争先恐后来抢食吃。最近县里的土产公司由于效益不好,积压的存货过多,收的苇席子不给现金结账了,大家又闲着东游西逛了,都来看父亲的鱼塘。

盛夏的傍晚,敖包滩的人聚在鱼塘这里纳凉,像开会一样,三个一伙儿两个一串的。柳家的、赵家的、姚家的、房家的……父亲看大家来得差不多了,他想宣布一个决定。

他大声说:"来,大家走近一点儿,跟大家宣布一件事儿,那就是关于这个鱼塘的事儿……"父亲故意卖了一个关子,脸上有得意的笑容。

姚长顺在一旁说:"你要说啥?大家都看着呢,这鱼塘你开推土机都已经干三个春天了,人工是你的、车烧的柴油也是你家的,还有鱼苗、饵料,这个大家都是知道的!"虽然姚长顺说的声音不大,但是大家也能听明白,毕竟姚长顺当生产队长这么多年了,素质还是有的。

"难不成你要把养鱼池分给大伙儿？"姚长顺小声地嘀咕，显然是放低了音量，不想声张的意思。凭着直觉，他知道父亲还是能干出来这样的傻事儿。

父亲正好能听见他的话，父亲抬高音量对大家说："姚队长说的就是我要告诉大家的！以后这三个养鱼池就是咱们敖包滩所有人的养鱼池！"大家听完都面面相觑，都不太相信自己的耳朵了。

长青媳妇说："大兄弟，你说啥？你再说一遍！我的耳朵咋还嗡嗡叫唤呢。"

父亲又说："以后大家来养鱼池干活儿可以开工资，在咱们敖包滩开的鱼馆干活也记工时，到年底总收入按股分红！一户一股大家觉得怎么样？"

房三儿说："那不行，你干了这么长时间了，我们啥也没有干，一指头没伸，凭啥白分钱？"

祖父刚放下喂鱼的盆子，走过来一听要把鱼塘归大家，立刻就火冒三丈。他把鱼食盆子摔在地上，铝盆子在地上垫了几下、跑了几圈，最后落在了祖父的脚前面。

"妈了个巴子的，我他妈天天喂鱼。我家的玉米面都喂多少了，想分我的鱼，想得美！我看看谁敢！"祖父高高举起老榆木的拐棍儿，一副要打人的架势，祖父小眼睛一立立没有人敢再说话了。

父亲也后悔了，不应该在没有做通祖父的思想工作之前就宣布这个决定，现在打草惊蛇了，恐怕祖父说啥也不会同意了，只能看着大家草草地散了，只是偷偷地私下里议论，毕竟这个事情拿不上台面。鱼塘里的鱼已经长大了，而且有很多鱼，想都不敢想能变成大家的鱼塘。没有付出也能得到钱？咋想咋不像真事儿。

# 第十八章　冬捕分鱼

敖包滩上的养鱼池里有一簇一簇的芦苇和蒲草，时而有鱼会跃出水面，甚至蹦到船上去。水鸟在蒲草茂密的地方做窝孵卵，小水鸭子跟着鸭妈妈一起找吃的，循着水的波纹听着稚嫩的鸭子叫声。夏天的傍晚祖父带着我划着木船，送了晚霞一程又一程，火红的霞光映着波光粼粼的水塘。船的后面传来祖父摇桨的欸乃声，回望船后的水已经由浅蓝变成了深蓝。水和天连成了一片，在这里有"离离暑云散，袅袅凉风起。"竖着两个朝天辫的我已经四岁了。

当秋意被锁于一方庭院，夯土墙就围住了一家人的快乐。一起吃晚饭的时候，正是一个难逢的好机会。

我妈说："爹，咱家鱼塘的活儿都是您干的，真是太累了！今天我特意给您买了一瓶上好的高粱红酒，您尝尝这酒咋样！"母亲满脸堆笑，开始给祖父歌功颂德戴高帽了。

祖父接过我妈手里的酒瓶，仔细看了看"哎呀！这可真是好酒，52度的纯高粱红，真是好久没喝了！真能解解馋！"祖父嗜酒如命，看见酒，本来就小的眼睛都笑没了。

祖父拧开木头瓶塞，准备要倒酒，我妈这位乡妇联主席急忙走过来，"爹，来，我给您倒酒！"献着少有的殷勤，走到祖父的身边，要夺过瓶子给祖父倒酒。

祖父拿着酒盅的手躲了躲，"不用，我自己倒就行！"祖父嘴里嘀咕着，心想要天天有酒就好了。

母亲抢过酒瓶，"爹，来，今儿个我还非给您倒酒不行！给您这样深明大义的父亲倒酒是一种荣幸。"

母亲的一个眼神儿示意父亲换个位置吃饭，母亲挨着祖父坐下来，这时祖母端着最后一个菜上桌了。

祖母一看这阵势马上明白这是要干啥，祖母乐呵呵地说："人生得意须尽欢，莫使金樽空对月。要喝就喝三百杯，来二兰子给你爹的小酒盅满上。"祖母的态度很坚决要把祖父哄高兴了。

母亲倒满酒，"爹，我代表咱敖包滩的所有女同胞敬您酒！"祖父举杯干了，接着母亲又给祖父满酒。

"爹，我代表咱们所有的男同胞敬您酒！"母亲故意说走了嘴。

"这个你好像代表不了吧？是你喝多了还是我喝多了？"祖父笑着说。

"爸，那咋代表不了了呢？"父亲在后面一个劲儿地撺掇，鼓捣着祖父想让他多喝几盅。

"我想啥她能知道，怎么还就代表咱男人了？那我不是没有发言权了吗？不就是鱼塘的事吗？"祖父心里明镜似的，无故献殷勤肯定有说法呀，平时咋不买酒呢。

"鱼塘里今年眼瞅着就能赚钱了，怎么就成大家的了？你就说那些鱼饲料吧，花了多少钱你以为我不知道吗？"祖父瞪着父亲，他对儿子要干的事儿表示强烈的不满。

祖父的想法也无可厚非，赚钱了，往自己家拿，让家人有钱花，过上好日子。这放在哪朝哪代都是天经地义的事儿。

母亲不停地给祖父满酒，祖父也在不停地喝，温好的酒下肚暖意融融。

"一花独放不是春，百花齐放春满园。敖包滩的乡里乡亲还有吃不上喝不上的，咱们自己花钱买大鱼大肉吃着也不香，是不是？"祖母笑着说，脸上的皱纹仿佛舒展开了很多。

祖母的心是最澄澈的，一望见底儿，一生的善良让祖母看上去还如青春的少女一样美丽。好事面前祖母先想到的一定是别人，不是自己。

不一会儿祖父喝得微醺了，舌头在嘴里打摽儿。

母亲问祖父，"爹，你说咱共产党是干啥的？"饭桌上母亲一只手拄着脸，直视着自己的公爹，引导他让他明白，父亲做的事情是为了大家，不是谋一家的幸福。

母亲又说："那我告诉您，共产党要带领咱所有人一起过好日子，共同致富奔小康！"

祖父又问："那好日子在哪儿呀？"满脸的疑惑。

母亲说："在我们一起奔向的未来呀！"话语中带着激动。

祖父说："我跟你妈都这么大岁数了，我们还有几天的未来？唯一觉得对不起二兰子，结婚的时候什么都没有买，现在有钱了还是不给买，亏得慌。"

母亲耐心地说："爹，活一天让大伙儿快乐一天，那是多么幸福的事儿呀！像您现在，为了大家的鱼塘兢兢业业。党就是要带领大家共同富裕！这个任务多么光荣呀！其实这鱼塘现在大家是分不了多少钱的，要把大家的心团结在一起，那以后的工作不是更好推进了嘛！"

祖母在一旁插嘴道："老头子，我看这事你就别跟着瞎掺和了，反正你都说自己也没有几天了，管那么多干啥？"祖母伸手硬拉着祖父回屋休息去了。

祖父今天的确醉了，头一次看见他如此温顺听话。

母亲对父亲说："鱼塘卖了鱼，能挣那么多钱，你也该换一身棉袄了！眼瞅着赶年了，你看棉袄已经破得不成样子了！"

"不换，我喜欢军绿色，回头你帮我洗洗，再缝一缝还能穿呢！"父亲低头看看自己的棉袄说。

"棉袄不像单衣，缝缝补补倒是可以，里面的棉花一洗就不保暖了。挣了这么多钱，你还不能奖励自己一件棉袄？"母亲问。

"你给我买吧，大家的钱咱们不能花，多一分是一分，谁让咱家有你呢？"母亲半天没有说话，突然一拍大腿，"我爸有新棉袄，刚发的，明天我回一趟娘家，棉袄就解决了。"母亲收拾完碗筷，和父亲回到小道厦子休息去了。

母亲支持父亲的事业，是不附条件的，其实母亲一点儿不怀疑父亲挣钱养家的能力。但是父亲挣的钱没用在我们的小家，而是给了那个没有边界的"大家"。

母亲说过，我们不想在大家都没有富之前先富，钱也没有那么重要，相反精神生活才更重要。母亲的这句话跟范仲淹的"先天下之忧而忧，后天下之乐而乐"如出一辙。这天下之大，又有多少个可以像范仲淹一样的人，可以胸怀天下呢？

天一交九就开始嘎嘎冷，冬捕面临的第一个问题是没有那么大的网。这是第一次大网捕鱼，网是袁书记打包票才从月亮泡渔场借来的。借网的时候，人家领导还纳闷，借这么大的网干什么？小河溜子里都是一豁子长的鲫鱼，估计拿着这样的大网眼儿打鱼一条鱼都逮不着，渔场领导脑袋晃得跟拨浪鼓似的。

"就你们那几个臭水坑子能出鱼？能搁这么大的网打鱼？说破大天我也不能信，不会借网上我们的养鱼池来打鱼吧？那岂不是吃了大亏了，要想借网行，我跟着你们一起去打网，否则没门！"月亮泡渔场的邹场长一脸的不屑，"不是我小瞧你，那里要能出鱼，我这个场长那是用来白白打羼秆儿的吗？"

"看看看，你官僚了不是，就把臭水坑变成了养鱼池，你还别不信！"袁书记拍着自己的胸脯说。

"那需要多少土方量知道吗？你们乡里一没有机械、二没有会用机械的师傅、三没有钱当工费，用嘴吹养鱼池吗？要是能挖养鱼池，我天天头朝下走路！"邹场长完全不信，那嘴撇的，跟瓢似的。

"不信归不信，但是明天必须带上最大的网去看看，否则就是言而无信了。"袁书记也不想再多说，只等用事实来见证。

"我明天早上六点钟指定到，吐口唾沫是个钉，全当看热闹去了，我就怕你袁书记不敢去。"邹场长指着袁书记放话了。

第二天，天还没亮，敖包滩的男女老少像赶集一样全都来了。有说有笑的，呼出来的哈气粘着眼毛，还是要睁大眼睛看出鱼。邹场长准时赶着马车拉着网来了，祖父指挥着大家拿冰镩子打冰眼儿，按照竹竿的长度打眼顺竹竿，把网下到冰面以下，又在上面打了几十个冰窟窿，网下完后，这边就开始指挥着好几匹马拽着转盘往出拉网。在人群欢呼的冰面上，网的一头慢慢露出水面，随之头鱼露出来，随后活蹦乱跳的一尺多长的二尺多长的花鲢、白鲢、草鱼、鲤鱼就陆续地被网带到冰面上。活蹦乱跳的大鱼，啪啪地拍打着冰面，冰面上的老少爷们儿有说有笑，半大孩子也跟着忙活，跑前跑后取个东西传个话儿，争着抢着想多干点活儿。其中个头稍大的卖给水产公司，公司派人过秤就装车拉走了，壮男劳力手里都拿着钩子往车上装鱼，解放牌的汽车拉走了好几万斤鱼。每一户分八十二元钱，村里的大喇叭里说话了，都去房会计那里去领钱。稍微小一点儿的鱼一户分二十斤，大概也就是三条四条的样子，大家都舍不得吃，留着过年的时候再来个酱炖鱼。拿到手里热乎乎的钱，带着温度，姚家的二婶子捧着钱颤抖；瞎二娘竟热泪盈眶；还有赵家的胖婶子边走边抹眼泪……

为了答谢邹场长，安排邹场长在我家吃鱼宴，祖母亲自掌勺炖了一条刚刚捞上来的最上讲儿的大花鲢，袁书记亲自作陪，看来袁书记要亲自打一打邹场长的脸。

"哎呀，老邹，让你受累了！请贵宾上座。"袁书记现在是腰杆硬了。

"袁书记呀，今天是让我大开眼界了，没想到小小的池塘竟然出了这么多鱼，真是池小能养龙，人力胜天啊！"

袁书记开玩笑说："那昨天说的话还算不算数了？"

邹场长笑着说："当然算，从明天开始我得用手走路了！要说这么丢脸，本不应该来吃饭的，我就想看看是哪位高人能上天入地？这能耐也忒大了，我想请这位高人去月亮泡渔场工作，我甘愿把场长的位置让给他。"

邹场长已经没有了昨日的威风，现在终于相信地球是圆的了。月亮泡渔场二百多号人，都是吃闲饭的吗？还不如人家一个人的产量！

"来，我给你介绍，这位就是敖包滩村党支部书记柳振洲同志，来吧兄弟，你也洗洗手上桌来吃一口。这位今天打鱼的老把头你应该认识，这是振洲的父亲，还有这位端盘子上菜的是振洲的爱人，是我们乡政府的妇联主席，掌勺的是振洲的母亲，你看看，还有没有不认识的？"袁书记介绍一圈，一手拎起酒瓶子挨个倒酒，非好好喝一壶不可。

邹场长站起身，向我爸爸伸出带着诚意的手，我爸没有握手，很礼貌地点头，并行了一个礼。显然我爸是不想跟邹场长握手的，因为他知道自己的手有多难看。看着邹场长没有收回的右手，他只好伸手到邹场长面前，只想让他握一个手尖。

邹场长的手像钳子一样地捏住了我爸的手，手心朝上，昏暗的灯光下，他要仔细看一看这只手上究竟有多少伤。握手的时候，他已经预感到这是一双饱经磨难的手，粗糙干裂，再细看的时候，邹场长深情地捧着我爸的手，他哽咽了，他流泪了。这是看了让人心碎的手，血疱、老茧、划痕、指甲盖儿砸得紫黑色的好几处，其中还有一个小手指的指甲都砸没有了，黑色的机油已经渗透到手的每一条肌肤的纹理中。这是一双严重变形的手，像老鸹爪子一样。

"你就是驾驶员兼修车师傅？如果不是看见这双手，打死我也不信，一个村支部书记能是一个技术专家？你知道得省多少工费吗？无法计算呀！"邹场长这硬汉的脸上流淌着两行热泪，声音哽咽，五官都拧巴到一起，他惊异于父亲的非常规做法，整个月亮泡渔场也没有出那么多鱼。

"挖人就不必了，估计你也挖不走，还是回去总结总结吧，经验已经免费传授给你了。"袁书记今天特别高兴，好久没这样扬眉吐气了，给自己倒了一大杯酒。

这时祖母炖的大鱼已经出锅了，母亲端着鱼放到了圆桌子的中间，鱼头冲着邹场长，鱼尾冲着袁书记，我的父亲和祖父一南一北，这时袁书记示意母亲也坐下，母亲说要跟祖母收拾一下锅台，借机溜了出来。只要祖母不上桌，她总是陪着，祖母平时对母亲也像亲闺女一样。两个人捧着饭碗，一人在小米饭上浇一勺子鱼汤，相视而笑，也吃得有滋有味的。

酒过三巡，袁书记憋不住了，说出月亮泡渔场的玄机："水里的鱼没有数，渔场的工人白天上班没精打采，不乐意干活，晚上出来打鱼卖钱，一宿一宿地熬夜，挣钱揣进鼓鼓的腰包。实在不信，失眠的时候划船去看看就明白了。"

袁书记趴在邹场长的耳边小声说："你那些老鱼匠哪个不偷鱼？回去慢慢体会吧。"

这顿饭一直喝到四个人都沉醉，送客的时候父亲也感觉散脚了，向前每走一步腿都打摽儿。送完客人父亲回屋四仰八叉地倒在炕中间，嘴里还哼着歌……

# 第十九章　淘气包

大东北的冬天，贼冷贼冷的。大人嘴里吐着哈气，小孩儿尿尿冒着热气，玩得高兴，那一鞭怒水，裹挟着雷霆万钧，裹挟着旷世的刚烈，横空抽下，落地为冰。孩子们倒是玩得高兴，比着谁滋尿滋得高、滋得远，谁能滋到天上去。那边五六个孩子站成一排，这边七八个站一排，只能留一个人在中间当裁判，雪地上有每个人站着的雪窝子，哥儿几个掏出"家伙"，像一杆一杆扎枪喷射出亮白的尿，滋出的尿有多远看得一清二楚的。形成阳光下灼灼的弧线，像断了线的珠子左右摇摆。最终大家得出结论就是谁尿得都挺远，输的说没有输，赢了也不敢太张扬。谁要是嘚瑟大劲儿了，极容易被大家一起动手埋在雪堆里，只露一个小脑袋，哭也没有人救。

敖包滩的孩子最常见的活动是像傻狍子似的在雪地里漫无目的地奔跑。你掀翻我，我推倒你，在纯白的世界里狂野。把一个人摔倒，算不了什么大本事，把一棵树摔倒也并非不可以做到。但是，把一股肆虐的北风摔倒在地，却很难。

大大爷家的国顺哥一直执着地认为要是把北风扳倒摔成南风，就不会冻掉下巴，进而不必用黏米饭在腊八节糊住自己的下颌。他尝试了好几次。北风吼叫着，自带着威风，蔑视一切，包括想要摔倒它的人。国顺哥站在风口上，眼看着一个漏斗形状的卷云变成通天的巨柱，走过旷野的时候，还晃了几下肩膀，发力的一瞬间被国顺哥解开了裤腰带，北风裹着露出的臀部含羞地回到柳树底下的家，它战败了，需要重整旗鼓。

孩子们雀跃着，奔走相告，也就是明天，北风一定会从南边来，带来暖阳以及和煦的风……

孩子都是散养的，狼性十足，善于奔跑，时不时在树根处用尿来划一划领地，孩子头儿带着一帮小厮在一起混。打雪仗一般都是遭遇战，突然来了不速之客入侵了领地，就会攥最紧的雪球，用最彪悍的动作掷出最具攻击性的雪球，直到打得对方落荒而逃。

国臣哥惹起祸来花样繁多，能气晕我的瞎二娘。这不，一帮熊孩子闹玩儿推倒了姚长青家的墙，被长青媳妇骂了几句。

报复计划就地生成了。

"咱们哥儿几个去抓姚长青家的鸡怎么样？"国臣哥他们几个悄悄商量几句就走了。

"非好好搓磨搓磨这个老娘们儿，让他骂我！"国臣哥胆子贼肥，小声地耳语。

国臣哥领着国星哥和国文哥翻墙来到长青家，姚长青许是打小牌了，没在家。国臣哥的大手一把抓住她家鸡咕噜里正在下蛋的母鸡，用小木棍把大石子塞进鸡屁眼儿里，国星哥用手抓住鸡腿，国文哥在一旁望风。他们仨一进院子，散逛的鸡早就炸窝吓跑了，只剩下鸡咕噜里的几只大母鸡，挨个把鸡的屁眼儿里装进一些石子，并用木棍儿使劲擢弄几下才罢手。

"什么破鸡，拉我一身鸡屎，真埋汰！"国臣哥一边往土墙上蹭鸡屎，迅速逃离作案现场。

"一会儿回家，咱妈不得说咱们呀！"国文哥胆子最小，胆怯地说。

"妈啥时候管过咱们，她又看不见，怕啥哩！再说了，这工夫早不知去谁家串门子了！"国星哥壮胆说。

国文哥突然看见长青媳妇打北边儿的坡路走来，吓得急忙说："嘘！哥，好像来人了，快跑，快跑！"

"赶紧找地方藏起来！不要回家！"国臣哥一边嘱咐兄弟俩一边往

屯子东面跑去。

长青媳串门回家，一看鸡窝傻眼了，几只母鸡像身子灌了铅似的不会动了，上前一看鸡肯定是难以救活，赶紧杀鸡放血。杀完鸡，一掏鸡肠子，长青媳妇看到鸡屁眼里塞的石头，气得跺脚大骂："这是谁干的，抱你家孩子下枯井了，真他妈缺德，看我抓住你非得把手给你掰折了。"她回想着前后的情况，好像看见几个孩子从自家院子里跑出去了，肯定是他们几个干的。长青媳妇猜想那几个叫花子一样的孩子，好像是瞎二嫂家的。都怪自己眼拙，没看清是谁，认倒霉吧！白瞎这几只正下蛋的大母鸡了。

二大爷帮人家打家具挣了一匹老瞎马，因为是母马，一家人像对待家庭成员一样照顾着，国臣哥常常牵着马出去，在旷野里甩马鞭竟练成了绝活儿。马是有灵性的，一点就透，总会按照主人的意思和方向跑，马鞭打几下是什么意思只有瞎马能理解，省去了几声吆喝。

一个宁静的夜晚，全家人坐在院子里纳凉，墙边点着了艾草驱赶蚊子，艾草的火一闪一闪的，火树银花一般，瞎二娘一只手拿着燃着的艾草，一只手掐着旱烟卷儿，嘴撅着使劲吸着烟，总算是把烟点着了。烟卷是二大爷事先卷好放在烟笸箩里的，二娘的眼睛是二五眼，有些事情是她力所不能及的。一支烟抽完了，二娘借着艾蒿的火又点着一支，隐约还有艾蒿的香气。抽得正在兴头上，国臣哥一鞭子头儿就把燃着的火炭取走了，红火炭在空中完美地划出旋转的弧线，萤火虫一样地消失了。难道二娘的脸皮不敏感吗？竟没有感受鞭子带来的气流异常。

"咦！烟咋还灭了？活见鬼！"二娘自己小声地嘀咕着，最近诡异的事一件接着一件。

二娘家的两只黑猫在一起缠绵了很久，居然生出来一窝白猫，漂白漂白的毛，哪管有一根黑毛也不枉黑猫白忙活一回，这究竟是谁的种？最近大黑猫已经不再捉老鼠了，明显有了厌世情绪，看着这一窝白猫不停地挠墙，爪子都磨秃了，抓出了血，还在作妖。瞎二娘给母猫下崽垫的棉被被大黑猫拽走，它已经彻底散心了，日子还要一天一天地过。大黑猫在半夜绝望地嚎叫，听见的人都会毛骨悚然。

二娘家的院子白天静悄悄的，连个人影也见不着，能晚上作妖的，白天都在养精蓄锐。二娘家的白老母猪一直没有找公猪配种，最近瘦得不像样子居然越狱逃跑了。好几个月，猪都没有回家，二娘居然不知道，还是二大爷提起的，才被大家注意。二娘不着家，整天"驱鬼除魔"忙够呛，怎还记得猪去哪儿了。这老母猪真能逛荡，走了很远的路，去山上找野猪交配去了。不但领回一窝小猪羔儿，还拐回来了一头山里的壮公猪，足有五百斤重。这叫添丁进口呀！二娘的日子不想过好都不行。

也不知二娘是积了什么德，我亲爱的二娘竟健健康康地活到九十五岁才寿终正寝。

说来也巧，磨米厂房顶的高压线被风刮到一起连线混电，火花滋滋往出冒，正好国臣哥放马回来，只见国臣哥一鞭子下去两根导线齐刷刷地从接线口薅下来了，竟然避免了一场火灾。"神鞭"的外号不胫而走，更是传得神乎其神。有的说能打空中飞禽，有的说能探囊取物，传得越来越神。

国臣哥日复一日苦练本领，诸如骑马射箭这些技能已经到了炉火纯青的程度，他要在草原那达慕大会上成为真正的冠军。那达慕是草原蒙古族的盛会，国臣哥希望可以夺魁，再赢一匹上好的母马回来，顺便四下里撒目有没有姑娘能喜欢上自己。这不本村房家老英子看上国臣哥，已托媒人到二娘家问话。二娘一听嘴丫子都笑裂了，赶紧回媒人的话，准备会亲，全家动员收拾屋子，把多年没有擦过的箱子盖擦了一遍又一遍，彻底打扫屋里屋外，就差点儿把人重新回回炉儿了！

第二天早上，细得像线儿一样的线儿蚂螂落在了一棵蒲公英的花秆上，它的两个前足抱着花秆。英子由母亲领着来到二娘家，二娘特意请来四娘帮忙做饭，好酒好菜预备一桌子，席间英子母亲提到彩礼的事。

"我们家老闺女这条件也都摆在这了，身段和长相十里八村的也是拿得出手的。看看你们家能出多少彩礼钱？"英子妈试探着问。

"亲家母呀，国臣可不是熊娃，又是你们上赶着来和亲，那咋还张口闭口就提钱呢？拿姑娘做买卖呢？"二娘有些不悦。

二娘继续说："前些日子孩子他爹胃出血，在县上的医院看病花了不少钱，从老四家借了钱，得赶年村里分钱还饥荒呢！"二娘尽量想正面去瞅着亲家母说话，用祈求的口吻，想让亲家母能体谅和宽容一些。

"谈钱伤感情，没钱是万万不行的，寸步难行。闺女也是一口一口喂大的，养到现在了，不给彩礼钱，白送给你？那可不行，走，英子！"房老太太拽着英子就要走。

"娘，没有钱我和国臣可以慢慢挣，非他不嫁！要走你自己走！"英子果断甩开了母亲的手。她可不想让财迷的母亲搅黄美满的姻缘。

"这么水灵的黄花闺女，手里一分钱没有，就想把我闺女骗回家，那可不行。现在手里没有钱，可以出去借呀！不能连张罗的态度也没有吧？"房老太太略显豪横地说着，"借的饥荒得老两口背，我闺女可不负责还。"

"那你要多少？亲家母？你说个数，我好出去掂对。"二娘一边说一边揉眼睛，他的眼睛可真不好使了，看着所有人都迷糊。

"老嫂子你可站好了！听准了，一千！少一个子都不行！"房老太太斩钉截铁地说。

"要这么多钱，砸碎了骨头渣子也没有，赶紧把闺女领回去吧！砸碎了骨头渣子也没有，永远也娶不了这么贵的媳妇！你就一个闺女，房家有六个儿子，不是也都娶媳妇了吗？娶哪个媳妇花一千了？我问问你！"二娘生气地说着，絮絮叨叨的一肚子火气……

"走，回家，咱们回家！说实话妈也不想要彩礼钱。我是把钱要出来放在我那儿，日后你过日子缺了就来取，他家还有好几个儿子呢，日子太累，你知道不知道呀，我的傻闺女！"房老太太激动地拽着英子往出走，看着闺女不想跟他走，她有些气急败坏了。

"癞蛤蟆想吃天鹅肉，不过彩礼，就再不要让我看见你！"房老太太一边走一边回头呸了一口唾沫，"穷鬼！"

本来好好的相亲就这样地不欢而散。

祖母曾经说过："穷不扎根，富不长叶。"又有几个后生能记住祖母的话呢？

那达慕大会在秋天举行，场面盛大，前来参加的各路高手也不计其数。国臣哥参加了打布鲁项目，布鲁在他手中投掷出去，远远地把之前参赛选手的小旗落在了后面，不负众望获得第一名，奖品是一匹身披锦缎似的黑马。也是在那天晚上，国臣哥和房老英子一起失踪了，两个人骑一匹马，一骑绝尘飞奔而去。这应该就叫私奔吧！去了黑龙江，等到第二年回来，国臣哥怀里抱着一个刚百天的胖小子。房老太太费尽心机，一个子也没弄到手，闺女还跟人跑了，这事在滩上是尽人皆知的事儿，传得很快，弄得她见人就躲，像自己养汉被抓了一样。

敖包滩的冬天又到了，这是孩子盼望一年的盛宴，穿上笨重的棉袄、棉裤和棉靰鞡在雪地里驰骋。金黄的草垛摆在最显眼的位置，两排麻雀像应聘模特一样站满电线，满身脏兮兮的村娃就这样出发了。铁条撮的圆圈，手里拿着铁钩，遛铁环；孩子们在雪上打跐溜滑儿；滑冰车在飞奔；冰尜在飞速旋转；打雪仗的孩子攥紧的雪球在等着敌人或是朋友的到来；堆好的雪人孤独地站在天地之间，挨饿受冻，粪蛋做成的嘴，嘴角却露出甜蜜的微笑。

大冬天可以用铝饭盒冻冰块，在水里放点儿糖精，个把小时就能吃到甜滋滋的冰块了。

每年春节，一直到正月十五的元宵节，孩子们经常用罐头瓶子做小灯笼，天黑以后提灯笼到处跑。其实这灯笼也并非用来照亮的，而是孩子家境的真实写照，能吃罐头的人家才能拿出罐头瓶子做灯笼。这罐头瓶子也是厨房里的好东西，大人日子紧，断不会把瓶子让孩子拿出来玩的。灯笼都是精心做的，罐头瓶口要系上铁丝一共三根，确保灯笼的平稳，这是最简单的野外照明工具。冷不算什么，即使冻得鼻涕拉瞎的也在村路上穿行，一直狂欢到大半夜也不回家。白天在家睡觉，晚上出来作妖，可谓"金吾不禁夜，玉漏莫相催。"正月里大人们忙着玩小牌，腾不出来手，经常对犯错的孩子网开一面。

祖母最会糊花灯了，可以做一人多高的花灯。用铁条撼花灯的骨架，每一个接点都用锡焊上，焊点光滑顺畅。底下一个底座，是一朵莲花的绿叶，犹如夏天绽放的莲花一样，每一根花蕊上粘着花粉，莲花还可以自由转动。用薄薄的拷贝纸先糊一层，再用彩色的纸糊，莲花的叶子和叶脉，祖母是戴上老花镜用颜料一点一点画上的，线条精致，栩栩如生。这些手艺估计在祖母这里失传，晚辈中没有像祖母这样心灵手巧的人。正月里的每天晚上祖母都出来看莲花灯，祖母说多看看花灯不爱闹眼疾。

"奶奶，星星离我们远吗？"我一头撞进祖母的怀里，轻轻地发问。

"星星离我们很远很远，我们能看到的只有一点点微光。"祖母意味深长地回答。

"星星之火是什么火？您不是说'星星之火，可以燎原'吗？"此时正月十六的月亮，挂在深蓝的天空里，我望着月亮发问。

"哪怕是一个小小的火星儿，只要它是火，遇到可以燃烧的东西就会燃烧起来，只是时间问题，就像我们的党，不断地发展壮大。"

"怎么做才是您说的那样呢？"我用稚嫩的童音问祖母，"我也想成为您的希望。"

"当然，每个人的人生都会选择不同的道路，只要在生命的历程中为党做事、对党无限忠诚就对了。"祖母此时拉着我的手变得紧紧的，似乎向我传递力量！后来我明白祖母是让我沿着她的道路继续走。

"奶奶，那您是共产党？"我的突然发问让祖母略微愣了一下，环顾四周，只有我们祖孙两个人。

祖母小声说："奶奶是一位忠诚的共产主义者，由于条件的限制不能正常进行组织生活，所以奶奶还算不上优秀的共产党员。但是奶奶希望你能做党优秀的儿女，我的好孙女！"祖母说的我还不太懂，祖母俯身双手托着我红红的脸蛋。

"你是奶奶的乌兰，要像一团火燃烧自己照亮别人。记着党永远是红色的。"祖母抱着我，我们在院子里绕圈儿，若干年后，我再回忆起当年，也许这就是薪火相传吧。

"斗柄北指，天下皆冬。看见北极星了吗？"沿着祖母指的方向在两颗星的延长线上我看见了天空一颗最亮的星星。"以后奶奶不在了，会在天上看着你，就是那颗星，你看见它，就像看见奶奶一样。"祖母用手拂了一下眼角，夜色中丝毫不会有人察觉。

"奶奶，那你不在了，是变成星星了吗？那么遥远怎么去找你呢？"祖母的脸上噙着泪，我用小手擦拭祖母脸上晶莹的泪花。

"奶奶教你唱首歌吧，等你学会了，以后想奶奶的时候就唱，好不好？'唱支山歌给党听……'"奶奶一句一句地教我。二月的风已经没有太多的寒意，春天的脚步近了。

"孩子，你一定要记得浙江嘉兴南湖上的那条红船，那是共产党人开始的地方，共产党人的初心和使命就是为中国人民谋幸福，为中华民族谋复兴。到咱们这里就是为敖包滩的乡亲谋幸福，带领大家走向富裕。"祖母的话一字一句，也许这就是她留给我日后砥砺前行的动力吧。

"奶奶我记住了！"这时祖父走过来，祖父问我记住什么了？我扮了一个鬼脸，吐出舌头给他，一溜烟儿跑了。

如果属于祖母的那颗星消隐了，也只是参与到更深邃的暗蓝色的夜空中。每个人都带着自己的星图走一条执着的心路和不一样的人生。

# 第二十章　乌兰牧骑

十五的月亮升上了天空。

马拉着两辆勒勒车咿咿呀呀地响。草原上骆驼的脚步伴着驼铃声声声入耳，带来了日思夜想的乌兰牧骑。草原上的百灵鸟飞到科尔沁草原的最深处，这里的路淹没在一人多高的牧草里，深深的车辙，与人的脚印相叠而行。悠悠草场在白云的更深处，在河水的更远处，水肥草美，风吹草低，到处呈现吃草的牛羊。嬉戏的马儿在草原上奔跑相互追逐和自然而然地交配。乌兰牧骑队员在敖包滩的敖包附近借坡儿搭起了舞台，迟暮之年的祖母从那片草原来到这片草原，第一次邂逅红色轻骑兵。

祖母找出了压箱的一件粉紫色蒙古袍，笑得像一朵晚开的花。团长专门拉马头琴给祖母伴奏，让祖母用蒙古语演唱草原的牧歌。那古老悠长的音调伴着转经筒的摇动一圈儿一圈儿在草原上扩散开去，引来在刚搭的电线杆上站了一绳子的麻雀，它们显然是来凑热闹的。

敖包旁千万条彩带随风朝一个方向飘动，祖母的白发在风中起舞。祖母的演唱还真是像极了专业演员，字正腔圆，极具女中音特色，曾是那片草原上最会歌唱的夜莺，自从来到这片草原，她就不再歌唱了，也许是科尔沁草原的草没有呼伦贝尔的好吧！

走上这呀，

高高的兴安岭，

我瞭望南方，

……

祖母唱完一首，大家还想让祖母再唱，祖母说："不唱了，岁数大了气息不行了，要再年轻四十年还能唱！"贤良淑德的祖母向观众行礼，回到了观众中。

天地之间空空荡荡，故园有些失魂落魄。星辰坠下几颗，落在祖母的铁锅里。饮食是天大的事，为了让她的儿女能吃饱穿暖，祖母在穷其一生地折腾。

祖母深情地瞭望美丽草原，美丽的草原永远是她的家，即使没有了生命，她也会留下魂魄守候这片草原。祖母的确是老了，如果一头草原上的骆驼知道自己生命行将结束，它就会向着草原的最深处离群的方向远走，做一次最远的旅行，一次没有归途的旅行，静静地，静静地……躺在壮美的草原画卷中。也许祖母已经设计好了行程。

乌云姑娘表演顶碗舞，像云间飘落的红衣仙子，头上顶着六个黄色的碗。姑娘们迈着舒缓的舞步，用手上的顶针和小碟敲着节奏，继而逐渐加快，时而独自芭蕾般急速旋转，时而组合为千手观音，如几十只翩翩的蝴蝶，飞舞在观众面前，迎来阵阵掌声。曼妙轻盈的舞步，如花盛开是飞旋的长裙；如风铃阵阵是首饰的撞击；如葡萄晶莹是黑亮的瞳仁；如杨柳摇摆是纤细的腰肢。耸立的瓷碗稳稳地随着姑娘的身姿飘来移去，组成一幅幅流动的画面，似天空的行云，如地面的流水，惹得驻足的鸟儿都差点儿从树上跌落。

团长的马头琴独奏的《草原之夜》技艺炉火纯青。悠扬的马头琴音，仿佛把祖母带回了遥远的呼伦贝尔大草原，带回到额吉的怀抱里。沿着蒙古族长调行走，她找到了曾经骑过的骏马，找到了拴马的木桩，在一群穿着蒙古族盛装的孩子们中间找到了年轻的自己，找到了在河流、在草地、在旷野、在马蹄声中奔跑的每一个清晨和傍晚。

祖母坐在草地上，一身草色，她把一份痴望的命运像一棵草紧紧地抱在怀里。她想拥有一个穿过金色的草原梦，远方的蒙古包，依旧炊烟飘摇，穿越时间依然相依为命，沿着草原的风声追寻，驻马回望千山万垫。端起银碗，痛饮下甘甜的河水，双膝跪地，那血液里盈满了额吉的慈爱，犹如燃烧着阿瓦的每一寸肋骨。蒙古高原的血脉在她血管里流淌，把思念的地界划向遥远的天边。

萨仁姑娘深情演唱《辽阔的草原》，祖母的心在游荡，魂在敖包山顶俯视着狗尾草上停驻的蜻蜓。

祖母回忆这一生的错爱，嫁给了祖父，这一错就是一辈子。祖母的心襟早已驰骋草原，如果还能骑上骏马，她想让马儿带着她去海上的仙山走一走。她不想要"玉容寂寞泪阑干，梨花一枝春带雨。"她还是想要"画得春山眉样好，百年有结是同心。"她跟祖父之间的婚姻完全是一个错误，走错了，无法回头。反思错误无法改变的现实，祖母想的是："心比天高，命比纸薄。"经过了这么多年，爱与不爱又何妨？

草原上的轻骑兵还在表演《筷子舞》《炒米飘香》《腾飞的骏马》等节目，看完了节目，太阳已经落山了。大家第一次在敖包旁点燃冲天的篝火，手牵着手跳起蒙古族的安代舞。祖母拉着祖父的手，带着我的一众亲人们伴着马头琴声跳舞，一圈一圈。篝火的噼啪声点燃了人们的激情，火焰在草地上成长，燃着夜的深蓝。一个人拥着一个人，手臂缠绕手臂，展示着温暖的胸膛。

在祖母的脑海中，热血在沸腾，仿佛又看见宽阔的海，坚固的岸，水在石缝里轰鸣，心在草原驰骋。

炭火上的肥羊已经烤好，滋滋冒油，香气四溢，小刀割下一块又一块的肉，吃到嘴里满嘴流油。我站在燥热的火堆边上，久久地不肯离去。

"奶奶，乌兰牧骑明天还会再演吗？我还没有看够呢。"我奶声奶气地问祖母，眼里充满太多的渴望，希望得到肯定的回答。

"不会来了，勒勒车已经带走了所有的演员，任何表演都有谢幕的时候，再来就不知道要等到何年何月了。奶奶这些年只盼来了这一回，是不是？"祖母耐心地告诉我，这草原上的盛会不会天天有的。

"奶奶，你新教我背的毛主席诗词我会背了！'独立寒秋，湘江北去，橘子洲头。看万山红遍……'"童音的吟诵让祖母沉醉了，祖母笑吟吟地看了我半天，"孩子你咋这么聪明呀！快让奶奶抱抱，我的乖孙女。"

水是草原的灵魂，用水洗过的文字如诗纯净，用水洗过灵魂如诗人神圣。我的祖母是草原上行走的诗，她用脚在草上写满诗篇。她让自己的生活充满诗情画意。

"奶奶我还想问'问苍茫大地，谁主沉浮？'谁会主沉浮呢？"祖母毫不犹豫地说："当然是毛主席和共产党呀！"

祖母以她弱小的身躯像一只萤火虫举着初衷；祖母的手里捧着种子可以燃烧这草原；祖母像立于绝壁的鹰，早已站成一块抽象的石头；祖母是晨曦的鸡鸣，试图唤醒她想唤醒的一切。

她希望这草原上的红色一代一代地传递下去，人不会永远地活在这个世界上，支撑我们脊梁的灵魂却一脉相承。眼前的这个小孙女就是祖母一手带大的红，她希望乌兰的心中可以随时能够迸发的共产党人的热情，可惜我还太小，无法理解祖母急切的心情。祖母知道属于自己的时间已经不多了，在生命的最后时光里，她要让乌兰快点长大，好能明白她的意图。

十五的月亮挂上了树梢，十五的月亮跑遍了毡房。月亮明亮的时候，忽略这漫天的繁星，那条银河躺在天际的黑蓝里。女人如水，即便再能耐也只是房子的一根柱脚，梁柁应该由男人来当。祖母背起了她能抗的所有压力，她的坚强无人能敌，她的身上是蒙古族人的倔强，骨头是硬的。对一个爱喝酒、爱耍钱、唯独不爱回家的男人，祖母选择了将就，靠祖母一个人硬生生地撑起一个家。祖父和祖母结婚的那天为啥就没有个神仙拦着点儿呢！估计拦也没有用，被荷尔蒙冲昏头脑的人无法阻拦。可贵的是祖母凭借一把想象铸就的铁锹在生命里挖掘，把无限循环之水留住，滋养着生命。

随缘吧！这世间没有那么多的回头路，即使有回头路又有几人会回头呢？白狐回头，必有所求。祖母的梦里常常看见那只白狐一步三回头，仙袂飘飘藏不住迷人的傲骨，据说那是因为祖母在还未出嫁之时，曾在老林里救了一窝白狐崽儿，这些白狐暗中护佑祖母才得周全，是报恩的。

祖母积德行善，是敖包滩的大好人，会修盆盆罐罐，且技术超好。谁家的盆坏了，拿来让祖母修补，祖母的铝片和铆钉把盆子的窟窿补好，即使别的地方再坏，祖母补的地方也不会坏。祖母的巧还体现在做铝的蒸屉，即放在锅里熥食物的圆蒸屉，虽然祖母没有学过数学也可以算出直径和半径，用两厘米宽的铝条揻成圆圈，把铝条的两头铆在铝圈上，做得精工细巧，有了这个蒸屉，做菜的时候就能熥饭能给主妇省火还省时间。敖包滩的人家都有这个铝器件。

祖母的奶茶使我们家成了大家茶余饭后的聚所，常常是这个来了，喝完奶茶走了，门口又来了一个。有眼力见儿的前客让后客，把座位让出来，像我的瞎大娘和二娘都是屁股沉的，非家里来人找才挪挪屁股走人。

每到过年，大家都会找祖母要窗花，贴在最显眼的位置，其中有小老鼠的图案最为精妙，来自孩子的童谣："小老鼠上灯台，偷油吃下不来，喵喵喵，猫来了，急哩轱辘滚下来。"灵动的小老鼠费力地爬上灯台，小眼睛滴溜溜地转，神气活现的。她手拿刻刀，抠去镂空的地方，手起刀落切得不多不少，刻画得细致的地方就连老鼠的根根胡须都清晰可见，这手艺应该是刻纸技术的绝活儿了。

祖母对这样的红色感情深厚，因为跟随了党的领导，带出一帮军人，一众良民，祖母用自己的一腔热血染红绿色的草原，祖母用额吉的爱养育了草原上的一辈辈人，在草原上播种了革命的火种，火树银花迸射出火焰，形成了燎原之势。

回家的路坑坑洼洼，祖母不小心摔倒了。我握着祖母的手，想把她拉起来，可是我太小了。剧痛中，祖母说腿好像折了。

"乌兰，你回家，让你爸拿木板来抬我！"祖母一边说一边看着自己的大腿。

我飞奔回家，中途还摔了几跤，满身是土，顾不得拍打继续往家跑。刚进院子就上气不接下气地喊：“爸！快！快去抬奶奶！拿木板！”

爸爸飞快地拿起木板，后面跟着妈妈、老姑，祖父拄着拐棍儿，跟在最后面，一群人把祖母抬回了家。

祖母瘸腿的日子是留给祖母最后的时光。即使是钻心的疼痛她也是极度冷静的，她自己把腿骨用手捏上，错位的骨头居然复原了，祖母的头上全是冷汗。她自己打了石膏，用白毛巾缠上大腿。这应该是她在支援抗联的时候，为战士们接骨中学会的，现在用在自己身上了。在没有麻醉的情况下，自己当大夫给自己接骨。她仿佛不知道疼痛，也许她是人间的神，即使在生命的最后，仍让后人看见刚强。

她就是敖包上的那棵日月火，永远不屈地站在敖包之上。

# 第二十一章　酒厂轶事

敖包滩的高粱花子飘了一年又一年，时光的花盆里将记忆的残片采集在一起，遇到润物无声的细雨，花盆里便长出新的欲望，关于高粱，那红得像火一样的高粱亦开始了躁动。

年味儿是渐渐淡去。过了二月二，大家各忙各的，吃完了猪头肉，味蕾就要忘记肉香的时候，袁书记又开始大展宏图。

书记跟我爸商量能否发动大家大面积种一些专门酿酒的矬巴子高粱，乡里要建白酒厂，却苦于没有优质的原料，酿出的上好高粱红稳箱保存，酒糟卖给养殖户。

还别说，有了鱼塘赚钱的甜头儿，大家都扩大高粱的种植面积，父亲开始带人盖猪圈。以往一看见干活儿就跑的懒牤子也不跑了，油嘴滑舌的也不逗屁儿了，大家砌砖的砌砖、和灰的和灰、拎水的拎水，几天工夫一个干净漂亮的大猪圈就盖好了。

天有不测风云，这年的庄稼是五黄六月出现低温障碍型冷害，八月里日最低气温在12摄氏度以下，严重影响农作物开花授粉，庆幸这种矬巴子高粱的收成并没有受到影响。手快的先去把打好的高粱送到酒厂，还真像袁书记说的现金给结算。后去的人却没办法结算了，一打听，得知乡里招商引资引来老板开办酒厂，一共也没投资几个钱，老板竟圈钱跑路了。留守的会计付了几次高粱款，酒厂就没钱雇工烧酒了。

我爸得知乡亲们卖高粱受挫，立即召集党支部研究解决办法，大家一致同意集资接手酒厂的经营活动，用高粱换股份，入股分红。姚家和房家的高粱入股的数量最多，长顺叔又是酿酒的行家里手，理所当然地当上了大股东。这样既保证了酒厂的正常运行，又会使村民受益。酒厂里来了一些爱干活儿又喜欢喝酒的家伙，分料、添料、拌料、倒料，干活时谁也不含糊。

酒要经过四次发酵，每次发酵蒸出酒料要摊平晾凉，拌上酒曲子放回窖里继续发酵。长顺叔可是酿酒的专家，要往高粱里加一些大米、黑黏米、玉米粉等增加酒香，这样出来的酒，米里的果胶就会释放出来，果然是酒香不怕巷子深，闻到这酒香味，酒厂就来了一些愿意喝几口酒的人。长顺叔对酒厂的管理宽紧有度，当生产队长的本领全用得上，他是半夜里吃了萤火虫——心知肚明。

每天发酵的酒料会散发浓重的酒糟味儿，池子里热，老爷们儿都光着膀子干活儿，有烧火拉风匣的、有挥锹攒料的、有推手推车运料的、有接酒测度数的，干得热火朝天。长顺叔也渐渐地成了甩手掌柜，没有啥大事就在家多歇一会儿。郭家的老大和老二倒没种多少高粱，来酒厂干活儿挣零用钱。这天晚上大家吃了从家里带的馒头、窝头、大饼子还有咸菜，对付一口继续干活儿。房六哥心眼儿多，看着郭家这虎哩叭叽的哥俩就想调理戏耍他俩，正巧看见郭二在往发酵池子里撒尿，就骂开了。

"大家都瞅瞅，都瞅瞅，干啥呢？往这里尿什么黄尿，有尿上外面尿去！"房六是酒厂里的小头头儿，一点儿不给面子，急头掰脸地骂道："我说这屋里怎么一股子怪味，原来是骚味儿，搞破鞋的味都带进来了，你们家天天窝吃窝拉呀？茅楼儿都省得垫土了吧！"

"我往哪儿尿，关你啥事儿？这里头这么热，出去尿尿怪冷的！"郭二这尿泼子还真长，说了半天话的工夫，还没有尿完，一边尿一边为自己辩解。

"今天还就管了，非让你记住教训不行，信不信？"房六操起铁锹假意要拍郭二。

这时房家哥儿几个都过来看热闹，房六哥跟哥儿几个使了个眼色，只见人高马大的房三哥从后面直接就给郭二锁喉了，臂弯端住了郭二的下巴子，憋得郭二喘不过来气。

"还往不往池子里尿尿了？"房六哥的脸上带着奸笑，时不时用点儿手劲儿。

"再也不敢了！"郭二开始求饶了，赖赖叽叽地说。心想："今天你们房家哥儿几个都在，等我得把的，挨个收拾。"

"你不是牛吗？"六哥笑着问，"刚才说你的时候你还满身是理呢，七个不服八个不忿的。"

"六哥，再也不牛了，下次一定去外面上厕所，冻死也去！"

"指定能记住？再抓住咋整？"房六哥质问，"再抓住我，你想咋整就咋整，绝无二话。"

"六哥，你轻点，太疼了！"郭二哎哟哎哟地叫。

房六哥自己也憋不住乐了，盘算着乐和乐和算了，耽误了生产厂长来了又该罚钱了。

那边的猪圈里先买的老母猪已经下了头窝猪羔子。有酒糟掺上玉米面，母猪的奶也好，再给猪仔添巴点儿开口料，猪仔们就欢实了。祖母在敖包山上采了一些喂母猪的益母草，给二姑写了喂小猪的饲料配方，按照祖母的方法，那些猪一个个潮湿的拱嘴，翕动鼻子到处闻，找吃的。猪羔子一个月以后就分派发给大家饲养，不要钱不说，还要送给各家一些仔猪料。大家没事儿的时候就去酒厂拉酒糟，长顺叔就会把酒糟的钱记账，顶年终高粱款。

我们这些孩子还经常上山割一些猪爱吃的野菜，一边玩乐一边背回来一大捆菜，孩子们编了歌谣哼唱：

星期礼拜，

我上山捋菜。

捋菜我喂猪，

猪长得飞快。

过年杀猪，

我一斤不卖。

肥的我熗油，

瘦的我炒菜。

猪肠猪肚我拌凉菜，

猪尾巴根儿炒肉丝儿一咬一嘎吱儿。

苇塘的芦荻花婆娑摇曳，风过的时候，仿佛告诉它一些什么，才使它的根深深地植入这片土地。

鸟是隔岸的花，空中密布划过无法归类的线条，终于被放松了条件，以至于找到了各自的归属。

洮儿河水日日丰腴，像一个盘着发髻的贵妇，残荷枯枝来参加清明节后的复活仪式。湖面上的水鸟顽皮地撩拨一江春水，蒲棒上的蒲绒被风带走，隔年的残絮领着又一个生命出发了，开始新的远行……

稳箱的酒是越陈年越金贵，这个谁都知道，姚家和房家的酒本就是不想卖，放进挖好的地窖里。那地窖比城里的防空洞都宽敞，能开进去汽车，看来长顺叔是花了大价钱，修得像日本侵略者在敖包滩上建的飞机包一样！

大家心照不宣：今年村里的鱼塘还会分钱，家里的花销也就差不离儿了。

姚家已经开始一天天的财富积累，长顺婶应该是那只滴水不漏的匣子。她勤俭持家，少花钱还能把日子过得有声有色。

姚家的屋里婶子用竹篾做风筝，一米长的燕子一米二宽的翅膀，薄薄的竹篾用丝线系紧，糊上薄如蝉翼的拷贝纸，涂上彩色的颜料，一只活灵活现的燕子就做好了。春风发出了邀请，姚家的大哥俩就拿着精致的风筝出发了，一只燕子带着剪刀似的尾巴去与风为伍。他们紧紧地攥着手中的线板，生怕连自已也被风筝带到天上去，脚掌抓着地面，屁股向下蹲，即使拼尽全力还是被风筝拽着跑。

他们跑遍沙滩跑遍山岗，最后把风筝挂在了够不到的树梢上，眼巴巴地拽着风筝线哭丧着脸回家了。婶子领着他俩来到树下，猴子一样地爬上树，上到最高处，直接把那根树枝用脚踹折，看着风筝掉在地上，才从树上下来，把姚家的哥俩看傻了，才发现母亲会爬树！身手相当了得，也给儿子们上了一课，爬树是有要领的，双腿夹住树干，双手抱住树干，靠着双腿夹树的动作向上行进，如果经常爬树那裤子的内侧就会磨坏。

从那以后，树上的榆钱就成了美食，大吃大嚼……

# 第二十二章　鞋

敖包滩人依水而得以生活，受益但也深受其害。每年洮儿河涨水的时候都担心河水会越过堤坝狂泻而出，如果水大了，不光地里的庄稼被淹，颗粒无收，房子和家园也一起泡在水里。父亲有一个形象比喻，他说："洮儿河，洮儿河，它就像一个淘气的'小儿'，乖的时候顺着河道流淌，不乖的时候就会出来捣蛋。"为对付这个淘气的"小儿"，这些执着的人们就要展开斗争，水退了，人还会回来继续在这里生活。祖母讲过，有一年，祖母种的土豆大丰收，个顶个的硕大。秋头子，祖母生孩子还没有出月子，就在地里起土豆，眼看着水头子冲着自己袭来，祖母拼命往高的地方跑，确认安全后，看着自己辛苦一年的收成被一片汪洋所淹没，心痛不已。等水退了，祖母拼命地用手去抠泥里的土豆，以至于她作下月子病，后来只有拇指有知觉，祖母常常会骂手里的针和线不听使唤。

我爸有了买推土机的经验，又买了一台趴窝的铲车，父亲好长时间才把铲车修好。先请教老师傅，然后自己拆开发动机大修，光是发动机就反复拆修了五遍，费力时心想不就是钱不够，没有买新的，有一些根本买不到的零件父亲只能上车床自己做零件。数九寒天，父亲躺在地上往下拆零件，刺骨的寒冷谁能挺得住，后来把一张熟羊皮铺在身下，才稍微有点温度。有一次手脚冻僵了，动弹不得，用微弱的声音喊出来，声音被耳尖的祖母听见了，才从屋里跑出来，祖父和祖母两人合力才把父亲从车底下拽出来，进屋后脸色发紫，很久才缓过来。

修车是个精细活儿，只能戴很薄的白手套，手套厚了没有办法拿工具，手套浸什么油都有，也不会经常换。我发现一个比较魔幻的事情，那就是父亲的白手套可以指尖着地，手套居然能从任何一个角度立起来。父亲的手是一双不敢摸我的手，因为手太粗糙而且开裂，怕碰坏我细嫩的肌肤。父亲抱我的时候，会尽量用胳膊将我夹起，或者我干脆偎蹭在父亲的怀里，用小脸贴父亲的胡子拉撒的脸，父亲的笑脸是那样的慈祥，我还可以贴近父亲的耳朵说悄悄话，把自己的小心思告诉他。

铲车修好之后，父亲领着大家在秋头子加高堤坝。迎水一面是缓坡儿，坝修得要高，上去的虚方土要夯实碾压。父亲的铲车从远一点儿的地方铲土过来，从坝根铲土容易把坝底挖空，溃坝会很危险。铲过来的土要把铲子高高举起到坝顶上，大家拿铁锹平土夯实，一点儿也不能马虎，平土的、端土的、拍土的大家干得热气腾腾，一个偷懒的都没有。村里劳力以工代赈，整整将近十公里的大坝修二十几天，大家期盼在洪水到来时，它能成为抵御洪水的第一道关卡，确保村民安全和庄稼丰收。

父亲平时用铲车干活儿挣钱，现在把钱拿来给铲车加油，每家每户出人工来修堤坝，大家知道我爸铲车推来的土干活要省好多劲，也知道铲车是白用，自己还要搭油钱，更知道他一直甘愿吃亏。如果没有铲车，其他地方要老百姓用土筐装土，抬到大堤上，其工作量是可想而知的。有人偷奸耍滑，只是薄薄地敷一层土糊弄完事儿。人挑肩扛取土的地方远，工作质量差缺乏监督，来水的时候，只能闭上眼睛等，那叫尽人事听天命了。

在敖包滩都鲁巴有一只力不从心的萤火虫，那微茫照亮方寸之间，它的闪烁是一种证明。在黑暗中挖掘更深层次的黑暗，同时它也在用血液向四周蔓延。它点亮的是星星的火焰，它试图移动黑暗，常常被自己打动。一个人拍打着翅膀飞起，随着翅膀的翕合会让更多的人看见他想照亮夜空的梦想。这肉眼可见的微光让人们相信未来会更加光明。

其实，家里的生活也需要钱，好在母亲有工资，还有供应粮能养这个家，父亲常常是连烟都买不起的"穷光蛋"。我就曾遇见过父亲喊我去给他买一包烟，可是掏遍所有的衣兜，连几毛钱的烟钱都凑不够。最后只能无奈地向我摊摊手，晃晃头，有烟瘾也只能忍着了。父亲不仅不往家里拿钱，有时还要央求母亲要零用钱，父亲的语气总是在要钱时显得温柔缠绵，母亲从来不为难父亲，总是给予最大的支持。哪怕是想办法再去外公那里借钱，也要先给父亲的钱挪出来。

外公在县城公安局工作，人送外号"李大巴掌"。外公的威严让犯罪分子闻风丧胆，但我和母亲都不怕他，因为外公对我和我妈很好，曾用他的大手抱我，把我举得高高的，舍不得撒手。他对我妈那更是娇惯得可以，我妈说的话他无条件都答应，还会偷偷地往我妈手里塞钱，塞钱的时候一般不背着小孩儿。

母亲在乡里负责妇女工作，父亲做的很多工作母亲是知道的，母亲不让父亲管大家的钱，钱由会计管，父亲也从来不会从大家的钱里往出拿钱。我家生活由母亲安排妥当，父亲干的活儿是要带领大家一起脱贫致富。"巧妇难为无米之炊，一分钱难倒英雄汉。"父亲想方设法地增加集体经济的份额，扩大就业，让闲置劳力创造价值。自己也经常出去找活干，挣来的钱都用在敖包滩的工程里。寒来暑往，父亲一直没有给自己添置什么穿戴。

有一次要去县上开会，父亲脚上的一双棉靰鞡引起了母亲的注意。上面全是乌黑的沥青，洗不掉的那种，母亲知道父亲对自己极度严苛，但也不能穿成这样去县上开会。其他干部都穿得体的衣服去开会，可是父亲唯一一双皮鞋底掉了。母亲只能给父亲拿钱，让他去城里买一双，可是父亲刚出门就让袁书记撞见，说正好拉着一起去县上开会，这样也省了往返的车费。父亲也没有再提买鞋的事情，就一路坐着顺风车到了会场。在会议散场时，大家都往出走，父亲被县委宋书记一眼就"瞄"到了。

宋书记热情地跟父亲握手，说："你是个能人呀！敖包滩的群众基础好，工作抓得实，让我印象深刻呀！"话语中带着真诚和质朴，意味深长。

父亲握着宋书记的手并没有撒开，说："对不起呀！宋书记，上次您去，猪场的母猪正在生产，还是难产，腾不出身子，没有当面向您汇报工作呀！我深刻检讨！"父亲深深给宋书记行礼，低头就瞧见这双丢人的鞋子。

宋书记此时也在往下瞅，接着说："小柳同志，这是刚从工地来吗？穿一双满是油污沾满泥土的鞋？"宋书记的眼睛一直盯着父亲的鞋，父亲觉得这脚怎么放都不对，想找个地缝钻进去。

父亲红了脸，不好意思抬头，只能瞅着自己的鞋，心想今天可真是糗大了。更多的人已经聚拢过来，他知道一会儿要是撞见那个本就不喜欢自己的岳父大人，还不得被他笑掉牙。

"宋书记今天情况特殊，没有来得及换鞋。"父亲惭愧地说。

"就需要你这样的基层支部书记，脚踏实地，脚下沾满泥土！要号召全县广大党员干部，尤其是所有村支书向你学习呀！"宋书记话语中带着赞许，不无炫耀地对旁边的同志说。

这时外公也被挤进人群，看见讨论得热火朝天的，外公解围地说："凤兰不是让你到家里换上我的新鞋再来开会嘛，你怎么没有去？走，跟爹回去，家里另外还有一双新鞋没有上脚儿，顺便给你拿上，咱爷俩再好好喝两盅！"临走外公还向县委宋书记挥挥手，以示告别。外公和宋书记是一个战壕的老战友，外公的脾气宋书记是知道的，人群这样就散了。

借坡下驴，父亲跟着外公往家走。甚至不敢回头再看一眼宋书记。到了外婆家，进了院子外公就喊外婆，"老太婆，赶紧做饭，炒两个菜，我跟二姑爷喝几盅，好好唠唠。"外公拉着我爸的手迈进了门槛。

"来，洲呀，赶紧进屋，试试鞋。二兰子说你也是43号的，咱爷俩一样呀！"外公翻开箱子盖儿，一边拿鞋一边说。

"爸，我穿这双鞋回去就行，家里有鞋穿。"父亲还是没忘曾经被外公痛打，至今仍心有余悸。

"乌兰都这么大了，难道还生我的气不成？还客气个啥？要说你这也算老姑爷儿了，脚步都没送过一次，咱们还是一家人不是，面子还这么矮呢！"外公假装生气低着头自己嘀咕，似乎在反省自己的错误。

"行，那我试试，看看大小。"父亲接过外公手里的鞋，一只脚蹬上一只，大小正好。

"孩子，脚上这鞋也不知穿多久能磨成这样！修堤坝挺累，开车更费鞋，还有几双胶鞋也一起拿回去吧，我一个老头子儿也穿不上了。"外公又从箱子里拿出几双鞋，一起装进父亲肩上的旧军挎里。

时钟在不停地响着，正午敲了十二下。外公惬意地拿出小酒壶，把酒温上，非要跟女婿好好喝几盅。这时外婆端上麻婆豆腐、排骨炖豆角，还有盐焗花生米和一碟辣白菜。

"来，喝一个，这是咱镇东的好酒呀，就是敖包滩酒厂的稳箱高粱红，你应该喝过吧？"外公问。

"爸，你要喜欢喝，过几天给您搬两箱子来。"父亲看看这酒瓶，的确是长顺叔家的。

"那敢情好！爸就好这一口。"外公把酒瓶子往桌上一放，仔细端详眼前这个二姑爷，老丈人看姑爷儿真是越看越耐看。

"你小子还真有点儿能耐，听二兰子说了你的事儿，又修堤坝又养鱼的还真能折腾。这样也对，农村经济以前就像一潭死水，搁捞搁捞就能翻起浪来！"外公兴奋地说。

"爸，让二兰子跟我一起受苦了！"父亲看着外公的脸有些难为情地说。

"路是自己选的，以后怎么走还是自己决定吧！带领大家共同致富这也是好事儿，爸支持你们。"外公语重心长地说："任重而道远呀！"

"咱们家都是党员，党员就要有党员的样子，既然选择了艰辛，那就要以苦为乐，走下去。爸会一直支持你！当初我的确是看错了，看来我的眼力远不及我闺女呀！"外公注视着眼前的这个人，不无忏悔地说。

父亲已经彻底让外公高看了。父亲脚踏实地，头顶苍穹，用年复一年的行动打动了岳父大人。

# 第二十三章　祖母与世长辞

人生就像一个圆圈，总有回到原点的时候，大脚板的祖母终于用大脚丈量完所有的生命旅程，她未竟的事业让她不舍离去。一代人抱着一代人的梦想，脐带连着脐带，断不了对母亲的依恋。洮儿河北岸的小村庄，目光所及的丘丘壑壑，有太多的放不下。敖包上的年轮永远定格一颗柔软的心房。

一九八〇年，改革的春风刚刚吹暖敖包滩的土地，敖包滩的大地蕴藏着即将爆发的勃勃生机。然而生命的逝去，总是让人猝不及防。

元旦刚过，祖母和祖父时隔三天就先后去世了。那时我还是个懵懂的孩子，上小学一年级，还不知道何谓生死。祖父病重的时候，摸着自己的脉搏说："小振洲呀，赶紧去给我准备料子吧，我快不行了，脉像线儿那么细了！我已经八十四了，到寿禄了！"祖父是看淡了生死的，也许他连自己死的时辰都已经知晓了。

父亲找来好几个远近闻名的大木匠，掌灯让木匠赶工攒料子。谁想到祖母却好像害怕祖父抛下她，先咽下了最后一口气。临终前祖母气若游丝，指着身旁的木头箱子，示意我打开。箱子的右手边有一个精致的檀香木盒，祖母又示意我打开盒子，里面是一面鲜红的党旗，一面沁着木质微苦的奶香味儿的党旗，还有一只绿色的翡翠玉镯，祖母说这是留给我做嫁妆的。然后祖母就再也没有说话，一口气比一口气短，很快就没了气息。祖母留下的是一条路，一条希望我能继续坚定地走下去的路。从我出生到祖母离开仅仅只有九年的时间，这个祖母带大的孩子必定会走一条和祖母一样的路，这就是缘。祖母为自己的生命画了一条延长线……

我是祖母的小乌兰，像极了祖母的性格。还记得祖母扶我骑上骏马驰骋在茫茫草原，还记得祖母拍打马背让马儿载着我奔跑，风传耳信，在成长的岁月里，时时都有祖母的呵护和嘱托，祖母的怀抱永远余温绵绵。

祖母离世的很长一段时间里，只要一想起祖母我就会眼含热泪，那个在黑夜里哄我睡觉的祖母，只能在照片中看见她的微笑了。她对党无限忠诚，还要求后代保持对党的忠诚。时光悠悠的，祖母的后人心里燃烧着一成不变的火焰，廓落的大地呀！每一棵枯草都有惊心动魄的来临。

祖母占了给祖父准备的料子。祖母死后，父亲按照蒙古族的习俗，用牛拉着棺材在草地上走了很久很久，成群的鸟儿在父亲的头顶盘旋着、鸣叫着，仿佛是在为一只火凤凰悲鸣。祖母在这黄草更黄处看尽满眼的风景，看遍这草原已经换了新天地，共产党会带领咱一代又一代的敖包滩人继续走下去，日子会越来越好。狼群在退却，牛鬼蛇神在隐身，祖母期待的美好生活已经开始了。红旗已经飘扬在草原的每个角落，祖母可以放心地撒手西去了。沿着蒙古族长调行走，祖母找到了前世的骏马，还有拴马的桩子。在河流、在草地、在旷野，马蹄声伴随着日升日落，直到牛车走不动了父亲拉着祖母的棺材才回到柳家的墓地，埋了，祖母先进了坟地。祖父在祖母死后的第三天水米没打牙，平静地离开了，祖父八十四，祖母七十三，第五天就合葬圆坟了。有人说他们这样难舍难分，来世还是夫妻。许是真的吧！老话儿也是这么说的：七十三、八十四，阎王不请自己去。

父亲没有通知大家，但是很多敖包滩人都会自发来帮忙，父亲和母亲在极度的悲伤中张罗着大事儿小事儿。

四娘一袭青衣，手指轻轻地拂去眼角的泪水，嘴里絮絮地叨咕着："老婶子走得太早了，要是能把寿禄给她，我宁愿少活几年……"

在祖母的遗物中，父亲发现了祖母当年送粮食给抗联的一张收条。墨迹虽有些斑驳，却也看得明明白白。

"兹收到敖包滩党员白淑春同志送来的粮食一车，收到马三匹，胶轮车一辆，感谢她的无私付出，特以此为据。"落款是抗联十二支队。

看完这张夹在党章中的收条，父亲才知道祖母当年在党最困难的时候加入了党组织。祖母把车马送给抗联是完全自愿的，回来的时候，说自己被胡子劫了，车马都被抢跑了，因此被家中的长辈责怪，忍辱负重，谁委屈谁知道吧。父亲哭着，泣不成声，他要沿着祖母走过的路继续走下去，不为别的，只为让所有的敖包滩人过上好日子。共产党人为大家做事儿就应该不求回报，祖母走的时候那么坦然，她的精神留在那座巨大的敖包之上，敖包滩人心中会永远记住这位共产党员——白淑春。

父亲为祖母写了令人悲戚垂泪的悼母文：

慈母生于公元一九〇六年九月九日，殁于一九八〇年腊月初十卯时，享年七十三岁。那朝永诀，痛彻儿心；儿呼此际，母醒何时？望音容兮何在，寸断肝肠；抚手泽兮尚存，两行泪涕。叹慨一生之梦，愧报三春之晖。谨具清香，恭惟薄祭；虔呈蔬爵，痛托哀意：

母十八岁嫁柳家，贤良淑德，饱读诗书，做饭洗衣，一肩挑起，针线笸箩从未离手，上得厅堂下得厨房，文可比柳宗元，武不输杨门将，勤俭持家，上敬公婆，下育子孙。战争时期，母献身革命事业，党员吾母，鞠躬尽瘁，捐粮捐车马，舍小家顾大家，母尽心尽力，含辛茹苦，独自承担。正值国泰民安，子孙满堂之时，母却病魔缠身，积劳成疾，终驾鹤西去。

淑乎母也！捧一颗心来，不带半根草去。寒来暑往，历尽艰辛；星移斗转，饱经风雨。手窘家寒，赖野菜以裹腹；骑马放枪，女流何逊须眉。筋枯骨瘦，皱纹满布沧桑；腰弯背驼，鬓发尽染银辉。真诚母爱，浩瀚无边！

贤哉母也！忠厚处世，尽人悉知；克己待人，有口皆碑。济困扶贫，无分老幼；怜孤恤寡，不论贤愚。论功德之高，实无量也。

此去三千界外，乐渡慈航。朗朗之日月含情，功悬绩像；默默之田园拭泪，迹留余香。泣立寒碑，青山起敬；痛悼慈骨，黄土开光。家仰高风，永步勤劳之路；世留美德，长流俭朴之芳。

慈母有灵，

伏祈

尚飨！

葬于柳府陵园

饱含深情字字浸满泪水！祖母的一生可谓波澜壮阔、跌宕起伏，她是一位伟大的母亲，她一共孕育了十二个生命，同是在孩子五岁的时候，送走了七个活蹦乱跳的儿子，只剩下后来的五个儿女，她内心的苦有谁能知晓？无论什么样的情况，她都把儿女护佑在自己的身后。家遇灾荒没有吃的，她冷水中下河捕鱼，即使面对的是子弹也丝毫没有过畏惧。最喜欢马的人，在抗联最艰难的时候，把自家的马和车留给了部队。

# 第二十四章　百日祭

　　祖父和祖母的百天祭日，三姑和三姑父赶着马车从洮儿河南岸的后新荒赶来；老姑和老姑父从哈吐气的铁蛋屯也赶着马车过来；五大爷已经当上了兽医是吃供应粮的，从城里的新家坐长途汽车来的。父亲还在忙养猪场的事儿，猪场里的大黑猪性欲不强烈，不乐意配种，好几头母猪还空着肚子，配了几次大黑猪都不配合，研究要换种猪了。我爸拿钱让二姑安排大伙儿在她家吃饭，二姑特意让二姑夫赶了一趟大集，还去城里买了鸡鱼肉蛋和青菜。恰逢一个大晴天，一众人在圆圆岗子祖父和祖母的坟前烧纸上香，跪拜磕头。礼数是一样也没有落下，个个都是孝子贤孙。回到二姑家就等着吃饭了，坐在炕上闲唠嗑。

　　二姑说："今天的天气还真是清清明明，风也柔和许多，上坟的时候，坟头还出现了七彩的光环，分明是爸妈有神有灵在护佑我们。"

　　三姑也说："真是天老爷开眼头一回，上坟还能看见七色光环，看来爸妈已经上天做了神仙！"

　　三姑父磕磕巴巴，还愿意抢话："哎呀……哎呀！这是你们……老柳家祖上……有德呀！"

　　老姑父不太爱说话，慢慢悠悠地说："我就希望雅芳的身体能越来越好，能让咱爹妈在那边不再操心！"

　　三姑说："看咱家祖上的坟头，苇子有一人高，保证能添丁，眼看着人气越来越旺。"

　　老姑嫁到铁蛋屯以后，身体一直不好，得了肺痨（肺结核）这种病，日子过得紧紧巴巴，庄户人的日子最怕家里有病人，本来粮食还够吃。如果要卖粮食看病，粮食还不值钱，到秋收粮食接糊不上，出去借就是变成饥荒。

老姑父是个文艺青年，不识谱居然拉得一手好二胡。来的路上在五棵树老乡手里买了一把旧二胡，在二姑家的火墙后面的炕沿边上调弦试音，一会儿"吱"的一声，一会儿"呀"的一声。但是声音很小，也不影响火炕上唠嗑的老姊老妹。五大爷就爱招猫逗狗的，在二姑家的院子里给黄狗立规矩，显然狗是不怎么买账的，冲着五大爷直龇牙。不大一会儿五大爷进屋来，老姑低声下气地恳求，要向五大爷借五十块钱，用来还邻居王家借款，王家儿子要说媳妇了。或许老姑认为在这个青黄不接的时候，只有吃皇粮的五大爷手里能有活运钱。

"五哥，你帮我掂对点儿钱呗？"

"我可没有钱借给你，你们两口子又是秧歌又是戏的，还有钱买乐器，想朝我借钱，门儿都没有，我的钱还有用呢！再说了，一个人头顶上有一个露水珠儿谁也帮不了谁。"五大爷张嘴就说了一番让人听了噎人的话，众人也都诧异地相互交换着眼色。

五大爷又指着手拿二胡的老姑父说："你到底会不会拉，你以为长手就会拉二胡，纯是猪鼻子插大葱——装相。"

老姑父大手一扬，把二胡递到五大爷跟前，"来，你会拉你试试，你要能拉成曲，我管你叫爹！"老姑父一脸的不屑。

五大爷不敢接二胡，因为他知道不会拉，"我不拉，我也不买乐器，更不管别人借钱。你能耐，别让你媳妇出来借钱呀！"五大爷气人那是专业的，非直戳痛处不可。

"你是当哥的，妹妹有病花钱管你借两个又能咋的，又不是不还你！看把你吓的，一分不借还损人，哪里还有个当哥的样子？还是国家工作人员，要不是振洲他老丈人你能有今天？这素质！"老姑父愤愤地说，老实人也有不乐意的时候。

五大爷不依不饶接着说："我是工作人员咋的,我没钱,有钱也不借。你啥也不是,没能耐养家,我妹子跟你就是嫁错了人！"五大爷指着老姑父的脑门子叫嚣。

"兔子急了还咬人呢,你跟谁俩的,该你骂的吗？"老姑父开始还嘴骂他了。

"就骂你！骂你能咋的吧！你个损种玩意,不爱待就滚！这也不是你家。"五大爷继续骂着,非骂够了才算完事儿,感觉还是不解气,满屋子都是老柳家的人,非占够便宜不可。五大爷在屯子里干仗,骑在人家墙头上,非骂够了肯定不会走的。

这时老姑父从炕沿边儿走过来,冲着五大爷坐的炕头走去,五大爷一看事儿不好就往炕里倔蹭。他知道打仗他不是老姑父的对手,老姑父身材魁梧,那力气都能拉动两头牛,此时的老姑父已经彻底动怒了,一步跳上炕,越过正在炕上坐着的三姑和老姑,在炕上跟五大爷搭起了黄瓜架,老姑父猛地一拥五大爷倒向了二姑家的火墙,一瞬间,一股烟儿,火墙扑通一声倒向了东边的炕上,只见火墙冒出的火苗子和黑烟噌噌地往上蹿,蹿出来奔着白纸糊的棚和苇子搭建的房顶就去了……

二姑父正在大锅炖小鸡呢,灶上火很大。老姑父还没有饶过五大爷,上去就是一拳,抬腿就是一脚,五大爷只有招架的功夫,众人拉不住架插不上手,直到老姑苦苦哀求,老姑父才住手。

"柳雅芳,咱们回家,饭也不吃了,不受他这蝎虎气。"老姑穿上衣服,拎着提包哭哭啼啼地走了。

二姑父最无辜,炖了好几个菜,又炒了好几个菜,忙得满头是汗,一进屋惊呆了,火墙倒了,棚熏得黢黑。这都是什么客呀,一会儿工夫差点把家拆了。

炕上吓得惊魂未定的二姑和三姑呜呜咽咽,三姑父套上马车回新荒,一边走一边骂："领着媳妇回娘家上坟,连顿饭也吃不成,掐着一个瘪肚子回家了,还有十几里的路呢。"

五大爷被老姑父打得浑身是伤，脑门子都挂彩了，拍拍身上的埋汰东西跟没事人儿似的，让二姑夫把桌子摆上补补营养。

"先撺客再吃多好，这么多好吃的，可劲吃呀！"五大爷得意地说，"都走了才好呢！我自己吃。"

"长利，去猪场把老舅找回来，告诉他说开饭了。"五大爷命令的口吻，其实他也看不上他这个在家务农的外甥。

很快，我爸被长利哥找来吃饭了，父亲看见二姑家被推倒的火墙就知道肯定是发生了什么，但是父亲没有多说话，甚至也不想问。等五大爷吃完饭走了，我爸就帮二姑父和泥重新砌火墙。

"你说小振洲，我这是招谁惹谁了？你今天拿了钱，本想让大家坐下来好好吃顿团圆饭，结果差点把家里开成武馆，就是拳术交流大会嘛。"二姑夫内心是愤怒的，但是当着大家的面儿还不能表现出来。

"二姐夫，就知道他一来准没啥好事儿，我故意晚来一会儿，还真是错过了一场精彩的'武打片'哩！"父亲一边给二姑父递砖一边笑着说。

"五哥这张嘴呀，最爱撩骚，人家一能耐他就成软蛋。"二姑父总结性发言。

嘴是用来吃饭的，不吃饭容易饿死，嘴完全可以不说话，尽量表达有用的信息，可是有些人偏不。就像林子里的傻狍子一样，其实傻狍子跑得非常快，看见人以后就会逃走，想抓住它很难，可是它很好奇，好奇猎人为啥追着追着就不追了呢？它一定要回来查看一下，看看猎人究竟干啥去了。猎人掌握它秉性特点，所以追着追着就不追了，就在他想不明白的时候，猎人的枪响了，狍子倒在血泊当中……

# 第二十五章　粮　票

在我家的红皮供应粮本上只有我妈、我还有我弟，唯独没有爸爸的名字。也就是说，我们家只有爸爸是农业户口，农民。

八分钱加一市两粮票买一个面包，油汪汪的面包，黄色的油筋，大海螺形状，香喷喷甜丝丝，想想就可以半夜馋醒了。如果母亲不在家，只能等我做饭了，吃粗米粝食。红本上领的高粱米其实很难煮，常常因为午饭的时间太短而无法煮熟。嚼着坚硬的米心子，心里诅咒着，整个下午胃里都会泛酸，又要挨饿。即使年龄小，心中的怨气还是像积雨云一样，越积越厚。常常在心里埋怨他俩，两个不负责任的家长，

老师通知大家，乡里中心校要开运动会，我想弄到手一点儿钱，在运动会上买汽水和花生蘸，那样可以感觉很富有。回家以后到处寻觅，墙上的钉子上挂着母亲的上衣，上衣有两个口袋，趁着母亲没有下班掏了掏衣兜，只有右手兜里有三毛二分钱，三个一毛两个一分的纸票。

我还意外发现了箱子里存放着一九七八年竖版全国通用粮票，一沓嘎嘎新的"十市斤"粮票。起初我还以为自己眼花了，平时看见的都是几市两的粮票，要知道一个面包八分钱一市两粮票，那是本省的粮票，倘若没有粮票，那是绝对买不成面包的。按理说全国粮票应该比省里的粮票贵很多，平时管母亲要粮票她都是一两一两给，可是她却在箱子里藏着那么多十市斤的全国粮票。我开始想办法，趁着母亲开完箱子的空隙偷了一张十市斤的全国粮票。左看右看这张绿色的粮票，绿色田地里有绿色的收割机正在收割作业，也许这预示着我国未来农业的机械化，

到那时再也不缺粮食，再也不用小面额的粮票了。

我还是有些害怕的，但是贪欲打败了我，胆儿突把粮票揣进了攒钱的火柴盒。令我意想不到的是一分钱两个花生蘸，十市斤全国粮票居然可以换四百个花生蘸，卖货的老大爷还破例赠两个花心儿的玻璃球。我拿着这两个玻璃球一会儿看看太阳；一会儿看看同学的脸；一会儿再看看火柴盒，我想我是真的富有了！我给几个要好的同学分着吃了花生蘸，自己也一个接一个地吃。吃到吃不进去的时候，非常渴，简直快渴疯了，甜得齁住了，也没有心思看运动会了，站在水桶边上不停地喝水。中午回家也不想吃饭，这时弟弟居然发现了我衣兜里的花生蘸了，他拽出塑料袋子，花生蘸撒了一炕。

母亲过来问我："搁啥买的花生蘸？"母亲一脸的疑惑，很严肃地问。

我支支吾吾说不出来，母亲拿出来别在镜子后面的鸡毛掸子，在炕上先抽打了两下，打得炕席直冒烟，说："钱是哪儿弄的？"母亲大声地呵斥我，我有些害怕，腿肚子抽筋。

"家里，是的，在家里。"我此时变得相对镇定了，想着夺路往出跑，因为我妈肯定是跑不过我的。

"胡说，家里没有钱！你再想想在哪儿偷的钱！"母亲生气了，上去就是一鸡毛掸子抽在我屁股上，我揉了揉屁股，屁股上已经肿起了一座高山。

母亲忽然想起了什么，"哦，用粮票换的，胆子越来越大呀！有主意了！家贼难防呀！"

这时母亲拿出钥匙打开箱子，数了一下粮票，的确是少了一张。

"我揍死你，还敢偷家里的东西，长心眼儿了！"母亲又是一鸡毛掸子，母亲觉得还是不解气又打了两鸡毛掸子，这次我躲了，居然打在胳膊上，火辣辣地疼。

这时父亲回来了，救星终于来了！

"你说这孩子，把给敬老院的粮票换花生蘸吃了！"母亲还想揍我，这时我已经跑到父亲的身后了。

父亲让我赶紧吃饭，说吃完饭领我出去走走。我大口小口地吃完了饭，站在门口等着父亲，生怕再挨揍，不敢再跟母亲对视。

"走，爸领你去敬老院看看。"父亲俯身抱起我的小弟弟，我跟在父亲后面，往敬老院的方向走。

走进敬老院，我看见好多上了岁数的爷爷奶奶，有手在耳边打罩的、有扶着墙上把手走路的、有腿一走一擦的，在他们身上有各式各样的缺陷。这些都是无儿无女的老人，孤苦伶仃。裸露着日渐干瘪的皮肤，身体僵硬而失去活力。

父亲放下弟弟，让我俩到外面玩儿，他义务帮助这些老爷爷理发、刮胡子，父亲的手推子咔哒咔哒地有节奏地响，一会儿工夫大家都收拾利索地坐了一排，脸上洋溢着笑，一笑褶子都舒展开了。他们个顶个的瘦，有的甚至是皮包着骨头，在皮与骨之间空空荡荡，坐在凳子上会发生撞击，行走到一起会发生撞击，是硬碰硬的撞击。除了他们先天不足以外，还有的就是营养缺失。他们齁喽儿气喘的，半天也喘不匀一口气，说不定哪一口气上不来就结束了生命，就像祖父咽气的时候一样，连喘气的力气也没有了。

这里的粮食不够吃是铁定的事实。母亲特意攒的粮票让我换糖球吃了，我还是没有悔意，他们又不是亲人为啥要帮助他们呢？我不能理解。

父亲抱着我坐在椅子上，对我说："姑娘，能不能去让爷爷奶奶稀罕稀罕你？"

我应了一声就连蹦带跳地跑过去。

我走到他们跟前，用小手搂个脖儿，他们看我的笑容是那样的慈爱，笑得眼睛都没有了！那一张张苍老的脸，浑浊的眼，那一份被世人遗忘的悲凉，我都看在眼里。

这是一些等着慢慢走进坟墓的人，生无可恋的样子。孤老棒子们大多没有生育过儿女，也因为没有后代，晚年变得更孤独。

他们真的非常容易满足，没有孙男嫡女在膝下，别人家的孩子也是那样的可爱。

父亲跟我讲前几天刚来的一个老太太出去捡柴火，掉水坑里淹死了，就埋在敬老院的后院，父亲用手示意我，透过玻璃看见的一个坟包。还有更离奇的传说版本，众人口径不一，已没有人去深究。

父亲问我："你想想偷粮票是不是做错了？"

我点点头，父亲说："我们节俭一点儿，就可以让他们过得更幸福一点儿。"

我没有再说什么，父亲领着我去了供销社，第一次给我买了"四喜豆"吃，比花生蘸还好吃，塑料袋包装的，还买了一袋五香瓜子，还有一盒铁听的午餐肉。

回家以后，父亲表扬了母亲，说："你给我生的是一儿一女一枝花！"

我在地上蹦蹦跳跳，感觉也在夸我一样。我凑到父亲身边，要抱抱，父亲抱起我，在地上转圈圈……

# 第二十六章　参加婚礼

三九天，嘎嘎冷。当大地都冻开裂痕，冻得左一条瞾右一条瞾的时候，冷气就开始沉到地下，越沉越深。南北的瞾、东西的瞾，一道道几丈长，冻到能冻住猪肉桦子的程度了，年猪就活到头了。杀年猪，把猪肉桦子放外面挂一层冰蜡，这样可以保住肉的美味。有嚼谷儿了就可以请客吃饭，就可以把各路神仙都请来作证举行婚礼了。

就在这棒打不走的三九天，三姑家的王德义举行婚礼，把这两个亲舅舅请去参加婚礼，我爸跟本家五哥一商量，约好一起先坐客车到套保，从套保坐火车到安广，然后三姑父派人赶马车去接站再到后新荒。坐马车这一路上这个冷，天冷到了极致，围脖子结半尺长冰溜子，睫毛上结的冰晶越结越长，直到感觉抬眼皮都变成重体力劳动了，上下眼睑粘连着。十几里的土路，马车轮子轧得雪壳子嘎嘎响。整个世界都被冻住了，没有了风，太阳不眨眼睛，只让人感觉遥远得不能再遥远，仿佛热量够不到地球一样。马拉车连跑带颠儿，像是把人放在簸箕里上下抖动，即使是这样，太阳也不等人，渐渐地下山了。

天刚擦黑儿就到了后新荒，办喜事儿喜欢人多，两个亲娘舅理所当然成了坐堂客，大家有说有笑，吃客不拉桌，来的就上桌吃饭，大块吃肉大口喝酒。在这里随三块五块的礼钱，全家能吃好几天，尤其是男爷们儿，本来就馋酒，在家喝酒甜嘴巴舌，娘们儿还动不动就抢酒瓶子，现在可以管够喝，喝到冒漾……

院子搭建遮阳篷布，五十斤的白色塑料桶装酒，咕嘟咕嘟地往出倒酒，翻着酒花与主人的热情一并倒进酒杯，再由喝得嘴大舌长的男爷们儿陆续倒进嘴里。有些人不喝酒，专门在酒桌上说一些鼓捣别人喝酒的酒嗑：

感情深，一口闷；

感情浅，舔一舔；

感情厚，喝不够；

感情薄，喝不着；

感情铁，喝吐血。

酒席一直延续到公鸡破晓的黎明，做菜大师傅的马勺还在不停地翻炒着，下酒的菜凉了再热，尽显主人的热情，就等着天明的宜娶吉时娶新娘过门了。这个新娘也有点情绪，因为彩礼的事还在跟婆家闹不愉快。

第二天早上，天还没亮，大家就穿好衣服理好发型，女人抹上口红，男人擦上头油，打扮漂漂亮亮地等着迎接新媳妇。因为是同村的，几乎是全村出动，只有三姑父不去，他在门口站着数人数，去的时候是单数，回来加上新媳妇是双数，三姑看着炕沿儿边，鳏寡孤独的人是不允许坐在炕沿边上的，据说是不吉利，需要避讳。

新房到处摆放着香烟、喜糖和瓜子，窗户贴上大红喜字，手巧的还编了红色的拉花挂在房梁上。地上全是烟头、糖纸和瓜子皮，今天一天主人是不能扫地的，扫地是撵客的意思，不管多少脏东西都不能扫，踩着踢着冒着烟，和着厨房的热气屋子里面乱哄哄的，不时有人从外面进来，冻得嘶嘶哈哈，搓着手，被人让到炉子跟前烤手。

接亲的回来了，有主事的、支客的，安排娘家客落座。新郎挨个给点烟，点烟的时候就是借机大家互相认识，这些人大多是一个屯子的，彼此都认识。所以在王德义点烟的时候就有捣蛋鬼来吹灭火，火还没有划着就鼓着腮帮子等着，划着了马上吹，王德义双手护着火还是从手指缝儿吹灭了。吸烟的小青年更难为人，火在烟这头点着，吸烟的人竟然从过滤嘴往出吹气，那是永远也点不着的。大多数人不会吸烟，也要点着了，不吸可以在新郎离开就扔掉，这让平时没钱买烟的馋鬼甚是心疼，仅点一个烟头，就把烟扔地上被踩扁。哎！不给谁点烟都丢了礼数，但是满地的长烟头真让人可惜了。

盘子里装满香烟，新郎王德义拿着火柴耐着性子给点烟，娘家主事的挨个介绍，七大姑，八大姨，三叔二大爷，都要点到为止。

今天的新娘的确是漂亮，可以形容为：北方有红妆美人儿，绝世而独立。一顾倾人城，再顾倾人国。宁不知倾城与倾国，尤物难再得。新娘是真好看，骄人的身材，瘦削的脸，一掐都能冒水儿，唯新娘满脸不高兴。

因为三姑父吹牛说家里有钱，新娘的父母非得再要二百元的改口钱，那个年头生活都不富裕，彩礼钱已是东拼西凑了，临办婚礼前哪里弄二百块钱呀！头天晚上王德义去新娘家问话的时候，岳母就铁了心要这二百块钱，今天新娘叫门，三姑没有给改口钱，新娘和娘家人生气就要回去，三姑父好生央求新娘子才留下进门。现在整个炕上坐的全是娘家的人，三姑吩咐厨师赶紧上菜，让娘家人赶紧吃饱，吃完麻溜走人。

上菜了，有四喜丸子、扣肉、炒粉、红烧肉、羊肉小炒辣椒……少不了的酒水，一样一样地往上端，汽水、饮料、啤酒、矿泉水，桌子上摆得满满当当。娘家人狼吞虎咽不领情地白吃，看见娘家人开餐，五大爷就抻不住劲了。

"三姐，咋不让我上桌陪客呢？"五大爷看出了门道儿，开始叽歪挑理了。

三姑不敢声张，也不能在娘家人的面前说出真实的想法，就把五大爷叫到外面去，对他说："没看见今年娘家人不对劲吗？因为没有给改口钱，人家要把姑娘领回去呢！我就想让他们自己吃完赶紧走，也没啥好说的。喝酒的礼数太多，让来让去的一时半会儿也喝不完！要是喝高兴了，再啰唆个没完！"

"那不行，外甥结婚怎么能不让我这个亲娘舅上桌陪客呢？都大老远来的，再说我还是国家干部！"五大爷满脸的不乐意，横叨地说。本来五大爷就觉得在农村自己是上等人，看着这些个"屯老帽儿"吃饭简直是对自己的奇耻大辱。

三姑近乎求了，说："小振刚呀，你别上桌了，让他们赶紧吃完走得了，一会儿三姐给你重新上菜，你看咋样？"

"那不行，我既然来了，怎么能不抛头露脸呢？怎么能让娘家客不认识我呢？参加亲外甥的婚礼不让他亲娘舅上桌陪客成个啥事呢？那可不行，别人上不上桌我不管，我一定得上桌！"五大爷歪着脖子提高了调门喊着，甩开了三姑拉他袄袖子的手。

"这大冷的天一百多里地赶过来，那不是白来了！不把我当回事儿可不行，再不让我上桌陪客，我把老王家作翻天，看我能不能干出来！"五大爷放大了嗓门在门口发火，唯恐旁人听不见。

娘家人也发现不对劲儿，都伸长了脖子往窗外看。

三姑说："小振刚呀！你别破马张飞地行不行？把老王家作翻天能说你有多大能耐？你不压事咋还挑事儿呢，舞马长枪地！要实在觉得怠慢了，那你就赶紧走吧！"

"让我走，把我随礼的钱退给我！"五大爷的小心眼儿跟针鼻儿那么大，本能的反应就是经济损失怎么弥补。

"说大话，使小钱！"人堆里有人在议论着，冲着五大爷的后背指指点点。

三姑父一听，赶紧从兜里掏出来五块钱递上来，五大爷愤怒地扯过来一张"炼钢工人"，就招呼我爸跟着一起回家。五大爷昨天晚上的酒还没有醒，我爸就冲我三姑挤挤眼睛，走一步退两步地拽着五大爷离开了。

五大爷一边走一边回头说："以后你们老王家再有事儿别找我，我不来，没那闲工夫！"

我爸扶着五大爷向安广方向走去，来的时候还有马车，现在只能步行十几里路到安广了，谁让自己领着这么一个不着调的哥哥呢。回去的路越走越长，五大爷借着酒劲儿对人家路上走的娘们儿还说长道短的，也不怕祸从口出。

回来以后，父亲向母亲讲述了发生的这件事情，母亲大笑。父亲对母亲说："以后五哥去的地方我肯定不去，他不去的地方我再去，跟他丢不起这个人！"五大爷在三姑家吃了一夜的酒席，临走还要把随礼的钱要回去，这种行为在农村是要被笑掉大牙的。钱到底是什么东西，在物资匮乏的年代有些人管钱叫祖宗，看见了就想据为己有；有些人视金钱如粪土，宁愿把东西分享给大家。人生匆匆百年，人过留名雁过留声，剩下的事情只能留给后辈去评说……

# 第二十七章　听评书

　　祖母走后，老宅空落落的。春节快到了，母亲把屋子院子打扫得干干净净。入了腊月，鱼塘的钱逐户分完，家家开始置办年货。父亲的毛笔字写得好，忙着写春联，村子里大半个屯子的人家都要找他写，春联的内容也不尽相同，大抵都是期盼和祝福的话吧！

　　父亲写的春联给村民送去吉祥如意，更寓意明年的好年景。"千门万户瞳瞳日，总把新桃换旧符。"家家户户把大红的春联贴在门上，出出进进在身上沾满喜气，这样即使没有啥好吃的，也算是精神上过年了。孩子们东家串到西家，东山跑到北山，羊圈跑到猪圈，房顶跑到柴火垛，领着大狗一起玩耍。晚上还要提着小灯笼夜行，像极了"左牵黄，右擎苍，锦帽貂裘，千骑卷平冈"的那位太守大人。阵容庞大，浩浩荡荡，所到之处鸡鸣狗跳，好不热闹……

　　那时候，评书播得正火。下午五点天擦黑儿了，屋子里常常坐得满满当当的，全是听书人，前街后街的，甚至有爱听书的人，走上几里路也来听。孩子们急急忙忙地写完作业，放了学也赶来听。屋里凳子坐不下，便从院子里搬来一条木板，齐齐地坐在炕沿底下，两手托着腮，昂着脸，仿佛夏日梁上的乳燕。时间还有一会儿，母亲冲了茶送到屋里。老人在谈论年成，年轻人相互嬉戏逗趣，孩子们大骂冗长的广告，吵闹的声音直到清脆的"书接上回"才会戛然而止。

　　村里花钱给大家买了话匣子，晚上很多人来到老屋里听《岳飞传》，每天晚上炕上地下人头攒动，柳家的、姚家的、赵家的，大家在评书开讲的时候鸦雀无声，一口气听个酣畅淋漓，好不痛快。听评书的有瘾，每天必听，否则隔一天就连不上了。总有上气不接下气赶来的，有抱孩子来的，干了一天的农活儿，孩子们白天也淘累了，一边奶孩子一边听说书的，孩子睡着了都没有觉察。每天听完评书，大家还要对比较玄乎的情节讨论一番，有的忙活没有吃上饭的，还会在这里蹭点儿吃的。

这天父亲蒸的黄米面粘豆包，一锅豆包，父亲正在起锅，他拿着祖母用过的竹板在每一个豆包的缝隙沾上水插一下，靠着锅边的豆包插三下拿起来，中间的豆包要插四下才能起出来，厨房雾气缭绕也看不见人，国育哥今天去猪场帮忙了，刚回来就到吃饭的钟点儿，还没有来得及吃一口饭就来听书。

"老……老叔，你可真厉害，自己会蒸豆包。"国育哥说话挂不上挡，油嘴滑舌的。他跟这个小老叔同岁。

"那还不是跟你老奶学的，你老奶多会蒸豆包呀！剩下的黄米面子，现在不蒸过伏天该辣蒿了。"父亲抬头看着国育哥说。

"想吃的话，给侄儿媳妇也拿回去几个，赶明天早上给孩子们熥着吃。这有这么多呢。"父亲指着豆包说。

"那……那还用说，我赶紧拿盆装几个，可得谢谢老叔，替孩子他妈谢谢你。"国育哥一边装豆包一边油腔滑调地说。

这时肇长利跑进来，站在灶边，门口一只大狗在看着他，这个大狗不知道是谁家的，一直跟着肇长利跑到这来。

"这是谁家狗？"父亲说着瞅了一眼肇长利，不知道他又耍什么鬼胎。

国育哥说："我……我也不知道呀！这小小舅子，这……这狗跟你来的？你……你认识这狗是谁家的吗？"

肇长利眨巴眨巴眼睛，说："这狗也太过分了，刚才我蹲房后拉屁屁，它就在旁边看，等我拉完了，它一口就吃了，吃完屁屁还跟着我！真想把它套住吃狗肉，一条傻狗。"

"好……好像是饿了吧？"国育哥磕磕巴巴地说。

这时肇长利拿起一个刚刚起锅的热豆包就给那狗扔过去，扔完豆包把自己的手烫够呛，马上插进水盆里。只见黄狗一口接住豆包，顺着劲儿就要咽进嘴里，当狗反应过来烫，已经来不及了。豆包粘在狗的上牙膛，狗上下张嘴，烫得马上想把豆包吐出来，可是还是向食管的方向吞咽，吃容易，吐出来哪有那么容易，任它怎么甩也甩不掉嘴里的豆包，烫得狗呜呜叫唤，用狗爪子往出扒拉豆包，豆包牢牢地粘在狗的上下牙膛及食管里，狗夹着尾巴往院外跑，喉咙发出哭丧的嚎叫声，估计是回家了。这时屋里听书的福哥媳妇杨国杰探出头来，一看，"哎呀妈呀！这不正是我妈家的大黄狗嘛！"看见狗痛苦的样子，嫂子猜到肇长利肯定是干了坏事儿。

国育哥说："他……他给狗喂热豆包了，我看见了，你快跟回去看看狗吧，估计几天不能吃食，狗嘴恐怕是烫坏了。"慢慢腾腾说了半天。

嫂子等他说完话，着急说："二哥呀，等你说完话，估计狗都到家了，我还回去干啥？"

杨国杰冲肇长利骂道："你说你一个坏孩子，啥正事儿不干，不学好，我非去找二姑算账去，让你妈给狗治病。狗要死了，让你家赔！"

肇长利知道自己惹祸了，跟嫂子说："我不回家了，你去找吧，在我老舅这里躲几天。"

嫂子赶紧回家，进门就问她妈看见狗没有，她妈说狗回来就进窝里待着，叫都不出来。

嫂子走近狗窝，黄狗用憎恨的眼神看着她，估计黄狗眼中所有人都成了坏人，它失去了对人的信任。

嫂子想跟她妈说狗嘴坏之事，想想还是算了吧，一个半大孩子，也不能把他咋地，狗又不会说话。杨国杰在心里暗骂这个小叔子："那豆包那么好吃，人都吃不上呢，他喂狗，真是祸祸人，缺德孩子。"

没过几天大黄狗居然死了，饿得骨瘦如柴，连吃狗肉的价值都没有了。嫂子就把死狗埋在葡萄树下，到秋天葡萄甜得舳人。杨国杰逢人就说肇长利给狗喂豆包的事情，从那以后，敖包滩的狗都躲着肇长利，怕死于非命。

狗是忠于主人的，即便家里没有狗的食物，宁可挨饿，狗也不会像猫一样出走。有句老话说："来猫走狗，不挣就有。"这句话的意思就是家里养猫养狗，招待流浪猫狗的日子会越来越好过，猫狗能给主人带来好运。善良的人会在门口放一些流食给它们……

# 第二十八章　288 洋鸡

敖包滩上的大柳树风来时弯腰,雨来时低头。每个春天来临的时候,它都眺望着洮儿河里的那汪绿水。

祖屋门前的杏花已开满庭院,三两只小麻雀在花间嬉戏,发觉有人来了,抖抖翅儿扑棱棱飞向高处,调皮地望着路过的人,脚步匆匆,来来往往。

老屋在杏花丛的掩映里,略显苍凉与孤寂。由于年代久远,房上长草,墙皮被岁月剥蚀,几近脱落,墙体也略有几处剥痕。看到老屋,使我一下子想起许多美丽的童话。是的,记忆里许多童话小人书是在老屋的窗前读过的。而童话里所描绘的小房子,在我的记忆里常常变成老屋的结构,陪我读这些童话的祖母却走远了,再也不能见到她,所以我常常想做梦,希望在梦境中见到慈祥的祖母。我亲爱的奶奶,奶奶……不知道你有没有想你的小乌兰。她常常对着北极星说话,盼望着快点儿长大,做一个像祖母一样受尊敬的女人。

普普通通的泥草房,靠东山墙一扇木门,木制窗户四方条格整齐排列,支窗小木棍是为纳凉准备的,青色的石墙纹路清晰,踏在石阶上足音清脆……

祖母的老屋总是在春天花香四溢,而花瓣落地,就像抚摸着祖母曾经生活的每一寸土地。"落红不是无情物,化作春泥更护花。"那是我生命萌芽的地方,又是怀念祖母的地方。

仰望杏花,仰望祖母高洁淳朴的一生,祖母姓白,就代表一尘不染的"白"。

在敖包滩最常见的就是溜达鸡，房前屋后到处都是三五成群的鸡的身影，时而打鸣、时而拍翅、时而飞上矮墙，但是溜达鸡不爱下蛋，受外界条件的影响很大，下蛋的数量也不多。

乡里一直在推一种新的鸡苗——288洋鸡。据说这种鸡每年可以下288个鸡蛋，一般的母鸡是两天一个鸡蛋，288洋鸡是每年只有七十七天不下蛋，看起来收入应该非常可观。288洋鸡下的蛋是白皮的，比本地鸡的蛋大一些，二姑家响应号召养了一百只洋鸡。刚开始养鸡雏的时候还可以勉强支撑着，喂一些玉米面和小鱼，但是这些洋鸡实在太能吃了，饲料却成了大问题，大人们经常要派孩子去河里捞马蹄碗子、小金鱼、红红的鱼食还有水草来拌玉米面喂鸡。孩子常常不务正业地招猫逗狗去河边玩耍，鸡的食物竟忘记到脑后了，没有办法本来让规模饲养在鸡舍里的鸡，竟出来溜达，变成自由鸡，自主寻食。

记忆中的某个星期天，我来二姑家找妹妹艳欣玩儿。一进院，正赶上大公鸡们从二姑家的鸡窝里飞跳出来，恰巧遇见我，就向我扑过来，这是我的感受，但对于鸡来说的确是偶遇。一只只雪白的288洋鸡，血红的冠子，鹰一样的喙，鸡爪子像大人的手，又高大，又威武，爱斗狠，眼神中迸射出敌意。它们轻而易举从我的头顶掠过，就算不会被它尖利的喙啄到，单是被它粗壮的鸡爪碰上，也会划出几道血痕，就连大人也惧它三分。我自然不是对手，吓得大叫，没有祖母的庇护连鸡也能欺负我。我的手被鸡啄出血，这种鸡一看见血就会发疯似的都往上冲，继续叮带血的地方，我被鸡围攻了。

危急时我的真命天子出现了，而且一出现就是两个，两个长我两岁长得一模一样的双胞胎姚旭日和姚东升。他俩是路过，正要去滩上捉青蛙和哈什蚂，看见我被鸡围攻，不顾一切地冲进来，姚旭日顺手拿起门口的铁锹就往鸡身上拍，姚东升拿起扫帚将我挡在他身后，288洋鸡好斗，一群鸡一点儿也不示弱，一轮又一轮地扑过来，前仆后继，勇往直前。更凶猛的一轮袭击又开始了，只见旭日哥挥舞着铁锹砸向鸡，那鸡一落一飞竟没有砸到，偶尔能砸到鸡翅膀，有的时候能碰到鸡爪子。

这时旭日哥喊："东升，快带着小乌兰去找大人！咱们对付不了，鸡太猛了！"

我已经吓得不敢哭了，手上还流着血，我和东升哥逃跑的时候，还有几只极具攻击性的大公鸡跟着，越过了矮土墙追来。

东升哥跟正在园子里种辣椒苗的国臣哥说："快，快去你二姑家，那些288洋鸡简直是疯了！蹬人！抄家伙去你二姑家！"说着飞奔冲着另一户人家。

国臣哥领着国星哥、国文哥还有国营哥，奔着二姑家的院子跑去。二大爷岁数大了，一走一瘸跟在后边喊："别把你二姑家的鸡都打死了！"二大爷斜倚着墙头儿气还没有喘匀乎。

东升哥又去四大爷家找来了福哥、二孩子、三蹶子，都是拿着家伙来的，这时东升哥操起四娘家的二齿子就返回二姑家。

院子里混战还在继续，姚旭日也受伤了，脖子上手上都已经让鸡蹬坏了，为了救我，难为他一个人对付这么多鸡！

国臣哥拿着锄头，一边刨鸡一边说："还他妈没人了呢，就知道欺负小孩儿！""哐"一锄头打鸡脑袋一下，砸晕一个，又一锄头又把鸡脖子砸折了，这帮人不一会儿就把二姑家的三十只参加战斗的鸡全干死了，满院子是血。还有些鸡飞出了院墙，算它们识相。战斗以鸡的惨败收场了。二姑家的院子里横竖躺着的都是鸡，还有几只没有断气的鸡在挣扎着，扑棱着翅膀。鸡血浸湿了院子，还有那些死不瞑目的鸡，它们的眼皮还闪动眨着……

这时旭日哥才想起我来，他来到二大爷家找我，领我回到姚家，他说鸡嘴有菌，把我的手又挤出来一些血，然后拿出利凡诺尔和白纱布，小心地帮我抹上药水，缠上了纱布，还关切地问我："疼不疼？"我说："疼死了。"他说："别害怕，有我在。"像模像样地在我的头囟儿上摸了几下，一边摸一边叨咕："摸摸毛吓不着，摸摸头囟儿吓一会儿。"我看见姚旭日的身上伤比我还多了，我拿着利凡诺给他擦拭，他疼得直咧嘴，脖子上、手上、胳膊上有好多划痕，有的深深地抓进肉里，会留下疤痕。我知道，这些疤痕是为救我留下的，我不会忘记，因为他为了我可以不顾自己的安危。我趴在他的伤口上给他吹一吹，算是减轻疼痛吧。还有一个东升哥，关键时刻能把我挡在身后。在学校里他俩一直保护我，不让别的男孩儿靠近，更不让其他男孩儿欺负我。我的桌膛儿里常常会有吃的，我也知道是他们放的，有时是包子、有时是油炸糕，姚家的酒厂效益一直不错，他家吃得好再正常不过了。

二姑家的288洋鸡死了那么多，大家分着吃了，旭日哥让婶子去取鸡，说他想吃小鸡了。姚婶去取的时候就剩下三只了，婶子给二姑拿了二十四块钱，相当于是八块钱一只，也够饲料钱了。邻居们你两只他三只的都把鸡拿走了，等我爸赶来的时候鸡已经没有了，我爸一听我被鸡叨坏了马上就着急了，赶紧去寻我，在老姚家把我找到，父亲听过前因后果有些后怕。

他说："明天一早我得赶紧通知大家，一定不让这288洋鸡出来惹祸了，这可了不得，要把我这么漂亮的闺女给毁容了，后悔都来不及。"

我说："爸，今天旭日哥和东升哥救了我，要不我得让鸡蹬得满脸花儿！那鸡真厉害，见着血都往上上，太恐怖了！"

长顺叔留我和我爸在他家吃饭，"这不锅里炖着小鸡呢，在我家吃了再回去。"

"盛情难却，却之不恭，恭敬不如从命。"父亲领着我在姚家吃了第一顿饭，父亲和长顺叔一起喝酒唠嗑。

这也是我第一次在小饭桌上和姚家的两兄弟一起吃饭。

鸡腿肉都让我吃了，他俩都那么谦让。吃完了，我抹抹油嘴儿，旭日哥说我还没有擦干净，用手帮我抹了一下。

旭日把他的小皮球和花口袋送给我，他家还有好多气球，各种颜色的都有，我们三个接着往上推气球，不让它落地，弹一下弹到棚顶，落下来。孩子就是这样天真，这样简单的游戏也能玩儿出新花样。旭日哥可以倒立用脚弹气球，我和旭日在炕上，东升在地下，玩得正高兴，旭日倒立的时候没有立住，一脚踢在我头上，我抱住头，眼泪一串一串地往下流，一声都没有哭，旭日在一旁看着，不知道如何是好，我看见旭日对自己行为的悔恨，更看见他对我的疼痛的感同身受，还看见他眼里的泪在打转。我知道他不是故意的，被踢到是意外，我停止流泪，眨巴眼睛，咽回了多余的泪水，故意说："我没事了。"

旭日哥家北墙上镶着五六个相镜子，我爬上凳子，趴在箱子盖上看照片。最中间的是他的祖父和祖母的合影，祖父是汉族有一双精明的眼睛，国字脸方方正正；祖母头上戴着方巾，大脸盘穿着蒙古族的长袍，显出瘦削的身材，看上去是个非常有眼缘、慈爱的奶奶。旁边的镜子里有穿军装的生疏的面孔。我在一个角落里找到了他俩小时候刚满月坐着的照片，劈着腿露出来小鸡鸡，旭日哥发现我正在看那张照片，就过来用手捂住照片不让我看，非常难为情，东升搂着我的腰把我从对柜旁挪走了。

"乌兰，咱们去院子里藏猫猫？"旭日的大脑袋挡住了我的视线。我才不上他的当，他不想让我看照片而已。

"才不去呢，我要看照片。"我扒拉他，试图继续看，他趁势拉住我的一只手就往外面拽，没有办法我的力量不够，还是顺其自然吧。

三个人石头剪子布决定谁先藏谁先找，旭日把半块叫作"靴子"的砖头抛出去很远，东升跑去捡"靴子"，旭日领着我钻进了柴火垛，在这里有絮好的窝儿，藏在里面等东升来找，东升本来就知道这里，直接钻进了窝儿里，这样玩儿也没有意思，等到我爸要带我回家了，这才挥手告别。

# 第二十九章　亲密接触

敖包滩的冬天总是无尽的长，春天也像冬天，秋天也像冬天，春天有倒春寒，秋天有一场秋雨一场寒。春天的小苗在地里刚刚萌芽，一场倒春寒就冻死了，秋天的作物还没有成熟突然来一场早霜冻，那也是毁灭性打击。

为了利于植物生长，促进农民增收，为敖包滩早日脱贫，家家户户在院子里试着盖温室大棚。正月过后，大地的阳气上升，就把大棚盖上，给土地增温，大棚里面暖洋洋的，几天以后就可以种上香瓜的种子培育瓜苗。播种时要把不用的书一页一页地撕开，卷成桶，目的是生长过程中分开根系，上面浇水，土壤湿润以后用树枝扎眼儿，种上饱满的种子了。

父亲整天忙猪场的事，新进的东北母猪母本，兽医站的技术员正在进行配种。父亲是下了大决心的，一定要对猪种进行改良。父亲把瓜苗培育的事情交给了母亲。恰好这天是星期天，我做完作业就去帮母亲干活儿，我蹲在棚里扎眼儿，母亲在后面种种子，蹲了半个小时我的腿就麻了，棚里温度高，满头是汗，昏昏沉沉，感觉要睡着一样。又过了一会儿，我妈被乡里的勤杂小李找走了，走的时候母亲说让我赶紧出来，怕里面缺氧，嘱咐我出来时，把大棚的门盖好，然后再出来玩儿。我满口答应着，看母亲走了，开始一只手扎眼儿，一只手撒种埋上土。等到腿彻底麻木了，我就坐在地上挪，或爬着或跪在地上干活。这时姚家两兄弟来找我问作业，进屋找了一圈，屋里没有人就要走了，这时我喊住他们，正好抓两个劳工。

"哎，在这儿呢！"我故意用喉咙发小声，试试他们的耳朵捕捉声音的能力。

姚旭日耳朵灵眼睛尖，问："在这里干啥呢？出来吧，我要问你留啥作业了。"

我说："作业咱们不是在课堂上早就写完了嘛！我在种瓜呢。你怎么老问作业，是不是拿问作业当由头，就来看看我？"

"这里头好玩吗？不热吗？看你累得跟傻子似的，满身是土。"他关切地问。

"好玩不好玩的，进来不就知道了嘛！"我向他勾勾手，用一个媚眼勾引他，让他帮我干活儿，靠我自己恐怕在天黑之前干不完了。

"来吧！进来帮我干活儿，从门帘子那儿进来。"我指一下北侧的门。

这时姚旭日捅开帘子进来了，问："神神秘秘的，到底干啥呢？"

我刚要起身，发现自己的腿麻木站不起来了，眼看就要摔倒在泥水中。

姚旭日手疾眼快，一把护住我的屁股，一只手将我拽住，顺势把我抱在怀里。我想挣脱，可惜我的腿无法移动。他先是将我立住，让我抱住大棚里的柱子，帮我捶腿，捶这里我"哎哟"，捶那里我还"哎哟"，最后他说让我使劲儿跺脚就好了，我跺了好一会儿还是没有好，我急得要哭了，以为自己不会走路了呢，这时他不假思索地抱起我。

"你不要着急，我先抱你进屋歇一会儿。"旭日哥说。

"我可以自己走！你放我下来！"我生气地说，"你赶紧搂着我的脖子，别说我手滑把你扔地上。"我转过脸不瞅他，然后手环着他的脖子抱住。

"我不放，你早晚得是我媳妇，我为啥不能抱？"旭日哥面带笑容很认真地说。

"我不是，凭啥说是你媳妇？"我仔细地看着阳光下的旭日哥，他那张英俊的脸，迎着我的目光，我垂下眼，不得不向下看，这是第一次完美的心灵交流，我柔软的目光表明已经向他投降了。

走进屋子，他轻轻地把我放到炕上。这时东升哥也过来了，他俩一人端着我的一只脚，抖我的腿，好半天终于是好了。我看着这两张一模一样的脸，真分不出有什么不同。我的脸红红的羞羞的。

这时旭日哥问我："以后还能不能抱？"

我说："能，抱吧！我就是一块臭肉，不嫌臭你就抱吧，随意。"我一脸破罐子破摔的无奈，也是醉了。

东升哥满头的雾水说："什么能不能抱，抱谁？"东升看着旭日莫名地问。

旭日哥用脸微微地向前，示意东升哥，"抱她，我们的小乌兰！"他俩的眼睛都在盯着我。

东升哥不高兴了，问："那我也想抱怎么办？你都抱了，我也一定要抱一下！"毫不示弱，没有商量的余地。

东升哥刚要伸手，我起身往炕里爬了，东升哥穿着鞋也上了炕，一把逮住我，双臂把我抱起。我的脸羞得更红了，想要逃走，却深陷两个人的怀抱中，无法挣脱。我只能任他们两个悠来荡去的，一个抓着我的两只手，一个抓着我的两只脚丫，大约几分钟的样子，衣服和裤子中间露出我的胖肚皮，嬉闹了半天玩儿累了，最后被两人扔到炕上。我是一个小胖姑娘，怎么也比不了小猫小狗那么轻。

"你俩帮我把瓜籽种上吧！"我没忘妈妈交代干活儿的事，商量的口吻问他们。

"好的，那赶紧的，一会儿到吃饭时间了。"他俩一边答应着一边跟我来到大棚，开始干活种瓜籽，一会儿工夫就种完了。

"我俩回家了，下午再找你玩儿。"他俩说着一起往家的方向走去。

看着他俩的背影，我心里还在得意，我喜欢的男孩子今天抱我了，尽管情有可原，但还是抱了，脑海中回想着姚旭日的话：

"你早晚是我媳妇……"

"你早晚是我媳妇……"

"你早晚是我媳妇……"

我真的能成为他媳妇儿吗？心目中的男孩子会是什么样子呢？像旭日哥那样的大帅哥吗？我会是谁媳妇？会跟谁携手同心，相伴到老呢？

"桌堂里姚家好吃的东西我没少吃，要是不给人家做媳妇那可怎么还呀？"我心想着。给旭日当媳妇也不错，真的很喜欢他。少女的心萌动了，回忆着在他怀里的感觉一脸的娇羞……

杨柳风吹软了枝条，草地上返青的嫩芽已经冒锥儿，满眼的蒲公英黄花遍地，看着草地上撒欢的马群，忽然萌生了想要骑马的念头。说实话蒙古族的孩子天生就会骑马，第一次骑马还是祖母扶我上马奔跑！于是在那个午后，我叫上旭日一起向着马群的方向跑去。今天放马的是赵家的二叔，各家的马集中起来，轮流着放马。

我们走近了，二叔问明来意就说："你看看，这么多散养的儿马，连鞍子都没有，你们要能上去，我就让你们骑。"

因为我的个子小，所以我没有找身材高大的马，目光在马群里搜寻着，选择一匹深棕色的矮马，我径直上前摸了摸，矮马甚至还向我打了一下响鼻儿，我试了试就翻身上去。

旭日哥却翻身上了一匹毛似锦缎黝黑黝黑的大儿马，翻身上去就要骑走。

这时二叔叫住他，"孩子，你俩赶紧下来，二叔可不敢跟你开玩笑，可不能骑没有鞍子和缰绳的儿马，摔了你们，我可担不起！这样，你们骑二叔这匹马行不行？这马已经训出来了，脾气好。"

旭日从大黑马上下来，二叔把青骢马的缰绳交给了他。二叔看见我也想骑马，就扶我也上了这匹大马，二叔拍一下马的屁股，旭日左手抓住缰绳，右手拿着我的胳膊放在他的腰间环抱着，我抱紧他的腰，冲着草原的深处奔去。我一点也不害怕，藏在他的身后，脸贴着他的脊背，或许是我们的基因里就有蒙古族骑马的技能吧。草场在我们的身边快速的退，新的更宽阔的世界打开画卷。我想起了祖母讲的故事，祖先在这草原上征战厮杀，洮儿河在这里蜿蜒流淌，这水草丰美的月亮泡是那些英雄驻马留恋的地方，留下这些蒙古族的种儿，天生会骑马的种儿，血性阳刚的种儿。让草飞起，策马扬鞭，笔直向前，如云飘逸。

二叔已经看不见我们了，跑了很久才拢住缰绳，在马背上的颠簸真是心潮澎湃，如果有箭，感觉我也可以挽弓射雕，向着惊起的兔子飞去一支比它跑得快的追风箭。我们回到二叔的马群，翻身下马。

"姚老三，知道你奶奶过去的事吗？"二叔问。

"不知道"姚旭日回答。

"当年你奶奶和乌兰的祖母是一起嫁过来的，那都是女中豪杰呀！你很像呀！你小子真有种儿！"赵家二叔不吝赞许。

"小乌兰，你还真有你奶奶的风范呀！你奶奶当年就是骑马射箭的高手，双手会打枪，男爷们儿都自愧不如的！"二叔兴奋地说。

"二叔，改天我们还想来骑马，可以吧？"我问。

"行呀！来吧，看你的样子以后应该是咱敖包滩骑马射箭的高手呀！练好了参加草原那达慕去！二叔乐见其成，乐见其成呀！"二叔轻抚我的肩膀点着头，对我给予了充分肯定。他想见证一个马背上的巾帼英雄的成长历程。

藏在旭日的身后还真不错，他能保护我，给我挡风雨，有他我就不怕了。如果可以，我真想永远藏在他身后，青梅竹马两小无猜，长大了当他的新娘。

我知道，终有一天我会跨过奔涌的嫩江，离开温婉柔美的月亮泡。穷其一生去目睹无数不可攀的名山大川，亲历风吹浪打的江河湖海，我会记住命悬刀尖上依然要燃着生命之火，燃烧了自己只为照亮前方……

让我想不到的是，那个小时候想离开的地方，却是我长大后魂牵梦绕的地方，至今无法回归的梦中草原。

# 第三十章　分瓜苗

敖包滩的人靠天吃饭，天要是不下雨谁也没有办法。战天斗地可以，但是斗不过的时候人总是伤痕累累。有俗语"大旱不过五月十三"。

传说在宋真宗时，有南海妖龙作恶祸害民众，宋真宗求助张天师派关羽出战，终驱逐妖龙。宋真宗封赐关羽"义勇武安王"。

自此，关公于每年农历五月十三，必亲临南天门外磨刀扬威，以防妖龙再作恶寻乱。中国各地民众敬仰关公忠义神武，护国佑民，功德昭彰，逐渐形成风俗，定于农历五月十三日为"关公磨刀节"和"雨节"。就是说即使出现再大的旱情，到了农历五月十三这天也会降雨，假如这一天还不下雨，那后面的旱情后果就更严重了。

草原高处的风，已经搬走厚重的乌云。无数双眼睛开始变得贪婪，之后又濒于绝望。云走了，马群迷失在干热的风里，风把燥热的天空变成喷火的巨龙。海市蜃楼中的水毕竟不会流回人间，牧歌里的春天早已沦陷。

一直过了五月十三，敖包滩还是没有偏得一场雨，本来大家想种甜梨瓜，能在春脖子长的年景赚点儿零用钱，可是地里旱得冒火瓜秧枯死。我家大棚里的瓜秧早就已经放好了风，应该移植到瓜地里。可是母亲的工作忙，一直没有时间管自己家种瓜的事儿。突然昨夜的一夜透雨又让大家重新燃起了种瓜的希望，都想种瓜秧，可是谁家都没有，只有我家大棚有瓜秧，父亲跟母亲一商量，决定把瓜秧分给大家。父亲在大喇叭里一喊想要瓜秧的就在我家院子里排上队，拿着土篮子来领瓜秧，可以继续种瓜的人觉得今年种瓜应该会有个好收成，天气旱，瓜含糖量高，会很甜。再说了瓜秧已经这么大了，种啥也没有瓜长得快呀，最重要的是我家的瓜秧是白送的。

我跟姚旭日种的瓜，现在成了大家都想要的香饽饽，还挺抢手。

村民排着队相继把瓜秧取走了，等到姚家哥俩来的时候已经没有了，我两只手全是泥，一直帮着母亲干活。大棚里就剩几根边边落落的水稗草，已经抽出了小尾巴。

我问："嗨！你也来取瓜秧？"旭日看我累得没了精神，赶忙扶我靠着柱子直直腰。

"我妈说让我俩往园子里种瓜，立秋就可以吃了，几棵就行。"旭日哥说。

"你看看吧，一棵也没有了！都是你俩帮着种的，看来咱们整个夏天也没有瓜吃了。"我咬着嘴唇，有点尴尬了。

"没有就没有吧！咱们吃别的。"旭日哥说完挎筐就往回走。

看着他远去的背影，觉得有点儿抱歉。他干得最多，没有分到一棵，也不埋怨我一句。

七月二十日开始放暑假，这时地里的甜梨瓜陆续成熟，诱人的瓜香在敖包滩四周飘散。一大早，还没有起床就听见四娘来送瓜了，我揉着眼睛爬起来，看见一筐甜梨瓜，一个比一个可爱，圆溜溜白嫩嫩的甜瓜，不吃都能闻到甜味。母亲切开一个，我先用舌头舔一下汁水，一直甜到脚后跟儿。四娘看着我吃完甜瓜才高兴地回家了，真是可爱可敬的四娘。

我跟母亲讲了，种瓜的时候姚家兄弟帮忙才种上的。母亲让我挎上柳条筐送瓜给他们吃，我挎着筐，兴高采烈地向姚家走去。想着那天让旭日哥抱着的情景，一想起来又脸红了，开始有心事儿了。还没进姚家院子，旭日东升兄弟远远看见我，一起跑出来帮我抬筐。

"想我了？给我送瓜？下次再来不用带东西，人来就行。"旭日哥用手摩挲两下香瓜就递给我一个。

"一边去！烦人，赶紧把筐倒出来，我拿筐回家。"

"来都来了，还回去干啥，一会儿哥领你玩去。"

分享了美味的瓜，旭日哥领着我去水边儿抓蜻蜓。因为干旱，以往非常深的水坑才剩下一点点水，蜻蜓需要在这里产卵，也就是课本里说的蜻蜓点水。在水边抓蜻蜓最容易，旭日哥用"人"字形的树杈缠上蜘蛛网，粘蜻蜓，抓住的蜻蜓穿在一根一米多长的细铁丝上，穿好了，由我拿着。再去小河沟里抓青蛙，旭日哥抓住青蛙后，给青蛙剥皮，剩下的就是青蛙的肉和骨头都可以吃。我跟在旭日哥的后面，剥完皮的青蛙我负责穿到铁丝上，一上午的工夫可以抓满一米长的铁丝。旭日哥领着我去找干树枝，在火上烤捕获的"战利品"。蜻蜓只要在火上过一下就能吃，烤好了旭日都让我先吃。青蛙要用盐腌渍一下再烤，香味诱人，哈喇子都流出来了。旭日哥磕一磕上面烧焦的灰，弄得手上都是黑灰，他突然在我的脸上抹了一道黑印儿，我想躲也来不及。

"你这个馋猫！"旭日哥笑着看我。

旭日哥把烤好的美食先放进我的嘴里，他看着我吃。

我吃了几口以后，他直视着问我："好吃吗？"带着哄我的口吻。

我倒出来嘴说好吃，他随手再递给我一只，然后自己才吃。

旭日哥怕我渴，又去水清的地方捧水给我喝，喝完了，把剩下的水迎头甩在我脸上。甘洌沁凉的水是河边长大的孩子最魂牵梦绕的灵物。即使多年以后离开了这滩、这水，也会在梦中常常回到这里。

吃饱了，也累了，在草垛上躺着，沐浴着夏日的阳光，太阳将骨头晒得酥软，索性站起来伸个懒腰，倚在草垛边出神远眺。看着青草更青处的大片野花，羞涩含苞。微风轻轻拂过，青纱帐里沙沙响，在阳光下懒散地藏在了树后。耳边偶尔凉风袭来，像是对我私语。我看着他，他也看着我，笑着闹着，他笑我脸上的黑道儿，我笑他的坏。

躺够了，偶尔会去玉米地里找乌米吃，是一种食用真菌，它的学名应该叫"玉米松露"，口感像蘑菇。钻进一人多高的玉米地会有些缺氧，玉米花粉也会因为我们推搡碰撞而掉落到头发上。旭日哥很快找到吃的东西，然后塞进我嘴里，我只管吃，吃完了坐在垄台上手撕玉米叶，撕成一条一条，舒心快乐，总是感觉时间过得太快，匆匆忙忙就又到了回家的时候。

每次在外面疯够了回家时，都会听到从村口传来的呼唤，披着夕阳的余晖回家。偶尔回来晚了，母亲会把饭菜热在锅里，灶膛里红红的火炭温热着锅里的饭菜。灶台上的温暖似母亲温热的手，抚慰我幼小的心灵。我把母亲给我热在锅里的饭菜一口一口地吃进肚里，温热的饭菜温暖着我的肠胃，滋养我的身体，年幼的生命，在灶台的炊烟里享受着父母真挚的呵护。我是吃着柴火烧出来的饭菜长大的，母亲总是用最朴实的粗粮，简单的萝卜、白菜、土豆变着样做出美味佳肴。

黑夜来临，有时我们拿着铁桶来到村部的水银灯下，来抓拉拉蛄、屎壳郎、老骚、水鳖，偶尔还有螳螂。有风的时候，虫子少，要耐着性子慢慢抓，先装进瓶子，抓满了瓶子再往桶里倒，桶上有盖子。只有在一点儿风丝儿都没有的夏夜，虫子们在洞里待憋屈的时候，才会有更多的虫子前来聚会或者婚飞。水银灯附近密密匝匝的全是虫子的翅膀，飞一圈就落在水泥地面上，用笤帚往撮子里面扫，扫进去以后用笤帚挡着往桶里倒，倒完再去扫，一堆一堆地划拉进拌猪食的大铁桶。这些虫子是喂鸡和鸭子上好的高蛋白饲料，会以双黄蛋形成回馈。虫子在铁桶里发出各种各样的叫声，它们仿佛会说话似的，好像在异口同声地喊"救命"。旭日哥还是抓虫子的高手，眼疾手快，我一般都是跟在他后面溜达，不怎么干活儿，他总是愿意领着我参加这些男孩子的活动，有时抓虫子到后半夜，他一直保护我，最后把我送回家。回家的时候，他拎着装虫子的铁桶，如果真的太多太重，我会帮他抬着，抬到我家喂鸭子，把剩下的放在鸡笼外，等着母亲第二天早上喂鸡。我让他拿回家一些，他却不要，说他家的鸡吃酒糟不吃这个。人家替我抓了半宿虫子，却一个也不要，有点于心不忍。于是我把煮好的鸡蛋或者鸭蛋偷偷递给他，作为补偿。端午节的早上，同学们都会拿蛋来碰，旭日好斗，他的蛋撞坏了，我就拿出鸭蛋给他，好歹比鸡蛋抗磕呀。只要不遇见鹅蛋，那鸭蛋就能撞碎所有的鸡蛋。他会率先发力，先撞过去，一股儿冲劲就把其他同学的鸡蛋撞碎了。

在日晷测出的光阴里，唯有爱才是最深的刻度，草木葳蕤蓬勃茂密，领受圣洁的甘露。我们一起走过了最纯情的少年，上天在塑造我们的时候仿佛就配了对子，如果还有以后，嫁给初恋是最好的选择。

# 第三十一章 老白大姑父

人常说："穷在闹市无人问，富在深山有远亲。"

老白大姑是六奶的闺女，女孩儿应该是更像父亲，遗传了父亲更多基因。大姑的智商明显要比哥哥弟弟高很多，而且在婚后非常顾娘家。我之所以会这样称呼她是因为她嫁到了白家，我的大姑父就是从北山里把三大爷背回来的白如林。老白大姑父是祖母远房的侄子，白家在北山里的产业很多，而且规模很大。

大姑父是部队上的军官转业，是一名老共产党员，身形高大魁梧，那曾经是挎过匣子威风八面的人。当兵的时候，一次大姑父路过敖包滩带着部队的同志来到岳父家，正巧六爷出去给人看坟地没在家，这下可把六奶给吓坏了，连孩子都不看了，軥嵝儿气喘地跑出去找我祖母。

"老胖子，老胖子，你赶紧回家，白如林挎着匣子来咱家了！"六奶火急火燎地说。

祖母随着六奶回来一看，战士们陪同探家来了，个个都挎着枪，马上做饭招待女婿。其实来的时候老白大姑父已经跟六奶说了半天了，可六奶就是不信，非要赶他出门儿，那可真是瞎子点灯——白费蜡。

老白大姑父转业的时候，婉拒了组织上的工作安排，他说自己可以挣钱养家。回到敖包滩以后，没住几天就举家搬迁到了北山里加格达奇去了。大姑父上山伐木，采挖中药材，绝对是男人中的硬汉。很快家里的日子就过得风生水起，过上富庶的生活以后，大姑就常常往娘家倒动钱和物，老白大姑会裁剪和缝纫，她用趟绒的边角料拼成被面、褥子面。

这些东西对穷人来说可都是宝贝，要知道，这几个兄弟家里的被面、褥子面早已千疮百孔了，不比杜甫的"布衾多年冷似铁，娇儿恶卧踏里裂"强多少，现在拿来这么抗磨的东西还耐寒，成了人前人后炫耀的话题。用竹条重新把棉絮弹一遍，抖去千年的油泥万年的尘土，留下细软儿的棉絮做被褥。这样的细活儿都是女人的，别人干不了。娘们儿会把旧棉絮打成薄薄的小片，将棉花里面的尘土去掉，使其恢复原有的棉纤维的弹性，放在箱子盖儿上用木板压成棉花片儿，尽量压薄，再絮在腾棉花的纱布上，纵向缝上密密的针脚。

大姑用趟绒做鞋帮鞋底，直接用蜡绳缝合后穿的千层底布鞋。用羊皮的边角余料拼成羊皮袄羊皮裤寄回敖包滩，给自己的弟弟们分。不知道需要熬上多少个不眠之夜，那细小的针脚儿，寄托了大姑对家乡的无尽眷恋之情。

老白大姑一共有七个儿子两个闺女，一家人她是主妇，起早贪黑屋里屋外地忙活。白天在服装厂上班蹬缝纫机做成衣，一干就是一天，大姑是服装厂里的技术骨干，手里管着几十号人的车间。晚上还要给孩子们做衣服裤子，薄的厚的，大姑在当时被评为国家级的劳动模范，戴过大红花，上台领过荣誉的。

大姑父经常领着孩子们进山去挖草药，采松茸、云芝蘑、老牛肝、白灵芝。大兴安岭属于极寒地区，幅员辽阔，空山寂寂。加格达奇爱美的女子在夏天也要注意保暖，穿裙子，外面也要穿风衣。昼夜温差大，围着火盆吃西瓜也是那里的真实写照。老白大姑父就爱喝一口高粱酒，平时上山背一杆枪和一个军用水壶，壶里自然是他最爱喝的高粱红。感觉冷的时候就会抿一小口，微醺，血热。

老白大姑父那可谓是枪王，他的枪法在部队上练得炉火纯青，百步穿杨那是绝对没话说。这天他一个人还跟往常一样慢慢悠悠地走在林间小道上，树枝上的雪在阳光的照耀下簌簌地往下落，偶尔打破沉寂的是近处的鸟，拍打着翅膀飞起来，再找一个自己觉得安全的地方落下。大姑父在四处寻找着猎物，目光在树枝间搜寻。忽然间感觉耳后生风，他意识到危险从自己的正后方来临，预感到应该是个大家伙。

他赶紧往旁边一跃，趴在草窝子里，抬眼一看，"我的妈呀！居然是一头黑熊。"大姑父心里一紧，心头的那一点儿热量唰的一下凉了。

猎人是不会一个人去触怒黑熊的，即使是几个猎人那也不希望遇到黑熊，可是大姑父是谁呀！他是一个人守住全连阵地的战斗英雄。他像往常一样把枪栓拉开子弹上膛，对着黑熊就是一枪，但是这次他失误了。黑熊没有被打中，它甩甩自己的皮毛，穷凶极恶地向大姑父扑来，当黑熊熊掌向他的头上扇过来的时候，在这生死瞬间他沉着冷静一枪从熊嘴里穿过，近距离狙杀，子弹从熊的后脑海射出，随着喷溅出来的鲜血，熊应声倒下了。

要知道那黑熊的身上有几厘米厚的松树油子，一般的枪是打穿不了它的毛皮的。老白大姑父自己也有些后怕，但是作为一个成熟的猎人，他还是万分警醒地往家走，到家以后叫上十多个壮汉去山上抬熊，大家拿着杠子和绳子进山了。初秋的大兴安岭已经开始下雪了，银白的世界里，雪花打在脸上，大地异常寂静。

来到刚才打死狗熊的地方，一眼望去熊一动不动地倒在雪地里，再向前几步，声嘶力竭的叫声传入了每个人的耳鼓，愤怒而绝望。这时所有的人都意识到了危险，一头体型巨大的雄性黑熊冲着人群奔来，身后还有一头嗷嗷待哺的小熊。这时大姑父意识到自己是惹祸了，刚刚打死的是一头正在哺乳的母熊，刚才母熊本来是有机会逃走的，为了保护小熊它冲向了猎人。猎枪放倒了母熊，惹怒了觅食回来的公熊，公熊仿佛感觉人还会来抬猎物，就原地打了一个伏击，等着复仇。

公熊上去一巴掌就扇倒了一个壮汉，又冲着另一个壮汉奔去，又是一巴掌打倒在地。这时大姑父的枪响了，并没有打中熊的要害，却吸引了熊的注意力，熊冲着大姑父奔去，又一枪响了，熊抖抖身上的毛继续向前冲，大姑父知道自己的机会不多了，向天上开了一枪，喊着让大家赶紧跑，这时熊扑倒了大姑父，上去就撕咬开了，那尖利的爪子深深地抓进了肉里，熊恨之入骨，用嘴咬断大腿最粗的骨头，后面又传来枪声，熊只是抖抖身子，大姑父已经鲜血淋漓，怒不可遏的黑熊什么都不顾了，继续撕开大姑父的身体。这时树后的人一枪打中了小熊，公熊回过头去，发出了声嘶力竭的吼声，它已经一无所有了！它把浑身的毛倒竖起来，长吼一声扑向树后，一爪子就将树皮剥下来一大块，撼动了一棵碗口粗的树，瞬间撅折了。树后的人一看情况不妙，赶紧往山下跑，熊咬死几个人以后，喘着粗气，长声地嘶吼。而后，像一个丧妻丧子的男人，绝望地仰天长啸，泪如泉涌，呜咽……呜咽……

大姑父在山上流了好多血，竟奇迹般地被救回了一条命。回家以后在炕上躺了一年身体才渐渐好转，大姑曾几度感觉大姑父要坚持不住了，几次跟死神擦肩而过，在大姑父头脑昏昏沉沉意识不清的时候，还在呼喊着让大家快往山下跑。

黑熊袭人事件还重伤四人，轻伤的也有几个。这是一场人与熊的恶战，没有赢家，在这之后的很长一段时间，这只公熊时常下山，见到小孩儿又撕又咬，经常半夜里嚎叫，长声地呜咽泣血。它是在痛斥人类对它的伤害。

养好了伤，尽管家里日子过得比以前紧巴，大姑父还是决定不再上山打猎了。他把珍爱的猎枪装进了匣子，决意永远不再拿出来了。

其实大自然的生态本可以自然维持平衡，整个食物链也是自然闭合的状态。人类一旦介入，自然的状态就会被打破。曾几何时，人们因为饥馑与贫穷，用猎枪和刀斧向大山索取，无情地把枪对准了同样有血有肉的动物，它们就会露出尖牙和利齿向人类展开无情的报复。冤冤相报何时了？

山上的空地种上了红松树，除草浇水，种植黄芪、赤芍、五味子。大姑父成了看护这些野生动物的护林员，戴上红色的袖标穿行在山林之中。打狼的夹子见一个拆一个了，粘鸟的网具用打火机烧干净，猎人的陷阱翻开遮盖物填死废弃。其实人和森林之间完全可以有另外的相处方式。

金雕站在山巅，俯视着一切，在一块岩石上凝固了飞翔的梦，它想抓的鼠和兔学会了在要被抓住的瞬间突然改变奔跑的方向，金雕扑了一个空，因为金雕无法在几分之一秒内拐弯儿。

曾经悲伤至极的公熊在领地上嗅到了令它着迷的母熊的味道，爱的莽撞让公熊跋涉了十几道山梁才找到相爱的伴侣，公熊有了新的家，不再孤独，不再找人类复仇，常常幸福地哼哼。

高处不胜寒，喜鹊一家在稍矮的树上筑密不透风的巢，小喜鹊常常给飞不动的妈妈带来可口的佳肴。这些都是森林里的顺其自然，风可以是东南西北风，旋风也无妨。人在若干年前就已进化完毕离开森林，为啥还要回森林里来掺和这些本不该管的事情呢？

而一株厌倦了飞翔的金达莱，在盛大的秋风里头顶白霜，兀自端坐，有着拒人于千里的凉薄。超然的大姑父找到了重生一样的感觉，每天抚花弄草好不自在。他在瞭望塔上守护着森林……

# 第三十二章　二　姑

女人可以不贤良淑德，但是不能让所有的人都痛恨你。

一道夕阳的创伤，整个荒原都被点燃。草，红色的鬃毛一般，奔跑向天际。天空越来越黑，夜像刷过的漆。有人试图用蒙古族长调侍奉秋天，还有人用百灵鸟的叫声擦拭洁净的天空，唯独容不下一个偏执的女人压抑的内心，她能使整个世界都是阴云……

二姑的第一个婆家姓黄，打八刀。然后又找了后来的二姑父，是后那不台村的，姓肇。二姑夫是老三届，来到敖包滩在村里当民办教师。二姑父的性格懦弱至极，曾经当过他的学生都挑战过他的底线甚至会欺负他，尤其是房家的几个少爷。二姑欺负他那更是家常便饭，欺负狠了，他只会哭，哭是他唯一的抗争，不管面对什么劫难、不平以及灾祸。

有一次，他上课时，读课文打起寒噤，瑟缩着咳嗽几声，接着就是一连串的咳嗽声，显然是教不下去了，他向学生们挥挥手示意继续读课文，朗读声盖过他的干咳声，也使孩子们忽略了他剧烈的咳嗽。为了不打扰学生，他自己去门口咳嗽，干咳了半天，终于吐出一口痰，带着鲜红的血，看见血使他意识到病情的严重性，立刻蹲在地上哭，嗓子眼儿里面的嘶鸣！孩子们都围拢过来，二姑父以为自己得了不治之症，课也不上了，一溜烟儿地跑回家。

二姑早就知道他咳嗽，拖了好几个月，终于严重了。套上四娘家的马车往县城赶，到县医院胸透拍了片子，大夫一看，说是大叶性肺炎，而且很重，需要住院治疗。二姑父听了又是哭，蹲在医院走廊的地上哭，哭到无法呼吸，声音低沉而无助，家里一分钱没有，怎么住院呢？就算把医院哭倒了，住院的费用也是免不了的。这时二姑想去自己五兄弟家借钱，五大爷那是一点面子也不讲，对管他借钱的人是一视同仁的，一分没有。因为没有偿还能力，借了就是打水漂儿，连点儿声音都听不见。

二姑哭着说："振刚呀，你说二姐家杀年猪啥时候不给你拿一角子肉，你咋那么下得去眼儿呢？如今二姐夫都快死了，管你借点救命钱也不行？"

"我没钱，一分钱也没有，有也不能借！因为借出去就得等到你宽绰时候才能还给我，你啥时候能宽绰呀？你啥时候能成有钱人呀？"五大爷理直气壮地灵魂发问，冷漠至极。

"二姐给你跪下了，你说不向你借，城里还认识谁？还有谁能帮我呀！"二姑苦苦地哀求亲弟弟。

"你爱找谁借就找谁借，实在救不了就回家等死就完了！三条腿的蛤蟆不好找，两条腿儿的活人不有的是，回头我帮你找更好的！"五大爷一脸冷漠，不愿意把目光放在二姑身上，顺水推舟地继续说。

"三个孩子都那么大了，怎么能见死不救呢？这么多年能一点儿感情没有吗？我可不能忘恩负义。"二姑的果决证明她是一个很有主意的女人，不枉平时在家里的豪横。

"救吧，救到人财两空，到时候哭都找不着调。"五大爷发狠了，摔门而去。

二姑绝望了，抹着脸上的泪从五大爷家出来，再往前走不远就是我的外公家。二姑心想："哎！见庙烧香、见佛磕头，死马就当活马医吧！"二姑硬着头皮走进外公家的院子。事实上我妈和我爸结婚的时候家里是不同意的，亲家没有会面，二姑没有见过我的外公外婆，这院子她更是第一次进，以前只是听旁人说过，说我的外公家就在五大爷家附近。

"家里有人吗？"二姑擦了擦眼角的泪，轻声地试探着问。

"谁呀？"这时我的外婆推门迎了出来。

"婶子，你不认识我，我是二兰子的亲大姑姐。"二姑特意在"亲"字上用了重音。

"敖包滩的呗？我知道，我知道，那快进屋吧！"外婆拉着我二姑的手进了屋子。

"她二姐，你是有事儿吗？你怎么哭了？是遇到什么难事儿了吗？"外婆问。

"孩子他爸在医院病重了，大夫让我出来借钱，说让住院，我刚才去我五兄弟家借钱，他说不能借给我！都怨我家穷，穷得没了志气！"二姑一边哭一边说。

"孩子，别哭了，我这里倒是有一些钱，你看看能不能够？大夫让你借多少钱？"外婆问。

二姑不再哭了，她说："住院费二百元，大婶子，二百就行！"

外婆说："那你在城里吃啥喝啥？二百肯定不能够，我给你拿二百二十，你自己也得吃饭不是？"外婆回身去箱子里取出钱，递给她。

二姑双手接过钱双膝跪地，泣不成声。"现在我知道二兰子为啥那么好了，原来大婶子你这么善良！"

二姑发下毒誓，年关之前一定把这二百二十元钱给送回来，有借有还，再借不难。

有了钱，二姑父住院两周以后就回家养病了，再也没有咳血。

后来二姑非常支持我母亲的工作，也许跟这次借钱不无关系吧！

二姑认为自己也是善良的，但是事实上她常常像一只孤狼慢腾腾地穿行乱石间，用嗥叫填满幽怨的山谷，报复每一个欺负小狼的人，她记住每一个使坏的黑影。

二姑家的大姐性格像极了二姑父。嫁到坦途镇一户姓张的人家，刚结婚的时候，感觉小两口还挺好的，姐在家里炸麻花，姐夫出去卖，自从孩子出生整个家庭犹如闯进了魔鬼黑色的旋涡。孩子本来是顺产，接生婆看见孩子的脑袋露头儿了，可是任凭怎么使劲孩子也不往下走，接生婆就用产抽子往出拽孩子，孩子是拽出来了，头盖骨严重变形，由于孩子窒息时间太长，只会哭不会动，生下来几天就发现这个女孩儿是脑瘫，只知道吃奶，不会动弹。张家的上上下下都觉得姐姐是丧门星，姐姐性格跟二姑父一样的懦弱，受气是再正常不过的家常便饭了。姐姐经常以泪洗面，这里距离敖包滩又很远，孩子离不开姐姐照顾，没有办法跟父母倾诉苦水，只能去老姑家诉苦。老姑哪里是让人的主儿，领着二姑去找婆家的人复仇。

她俩走到张家的大门口，二姑用脚踹了一脚黑色的大铁门，铁门是用铁板做的，院子就像缸瓮，闷声不响。

从外面只容一只手伸进来开铁门拴，怒火中烧找茬儿干仗，便狠踹一脚，"哐"的一声，门被踹开了。

"有没有人！有没有人？人都死净了吗？"二姑大声喊着眼冒蓝光，急切地想拉火儿干仗，趁早激怒这些仇人。

这时最愿意欺负大姐的人出来了，她就是什么事都搅劲子的姐姐的奶奶婆婆，她颤颤巍巍站在院子中间，院子里的人也陆续多起来，有姐姐的公公婆婆、哥哥嫂子、弟弟弟媳，甚至还喊来了路人和邻居。

"老张家人都死绝了？喊了半天也没有人应承一声。"二姑站在院子里继续破口大骂，其他人都不知道什么来头儿不敢搭话儿。

"就你们这家啥脓水儿也没有的人，还敢欺负我闺女？"二姑往旁边睄了一眼，捋了捋自己的"五四"头，摸着头卡还在。

"你说你这个老不死的！咋不嘎巴一下瘟死你，留着你吃闲饭，还知道欺负儿媳妇！"二姑嘴巴嘟叽地指着姐姐的公公骂着，张家人还是没有人敢接茬儿。

"你们家人不就是愿意欺负人吗，今天我就好好欺负欺负这些王八犊子！你家祖坟冒青气了，出来一帮王八犊子！毛嘟噜的犊子！真有能耐，不收拾你们，就不知道马王爷三只眼！今天来，就要把你家的祖宗板给你骂翻了！"老姑更是气不打一处来。

"不是愿意欺负人嘛，欺负欺负我俩试试，来呀老张头子！"老姑挑衅地说，指着老张头儿的脑门子，吓得死老头子腿肚子都筛糠了，直往后移动，直到退到墙边。

"啥时候欺负艳丽了？她过得不是挺好的吗？不缺吃不缺喝的。"姐姐的婆婆赔着笑，脸色煞白，恨不得把来的人鞭墓戮尸。

"好个屁！你个死老婆子头几天不是摔艳丽一身饭粒子吗？还敢照着她肚子踢，现在就把你的腿撅折了塞进屁眼儿里！"老姑上去就要挠她的脸，毕竟是人家老张家，上来人拦着，没有打着她。

"亲家母、她老姨，别生气，看气坏了身子怎么办？有话咱们进屋说。"老张头儿陪着十二分小心，示意二姑和老姑让她们一起进屋说。

"不进屋，让街坊四邻给评评理，也知道知道你们这人家做的什么损！艳丽在家受气不说，还挨揍，夫妻俩打仗老公公也跟着打儿媳妇，我就没有听说过！老张头子你是嫌你儿子打得轻？你也跟着打？你是哪根手指头刺挠了？我非给你掰下来不可！"老姑依然不依不饶，步步紧逼，踩着老张头子的脚。

还是没有人敢接茬儿，二姑絮絮地骂："真他妈活见鬼，你们家人那么能耐为啥没有人说说，也逞逞能让咱见识见识。"

二姑操起门口的铁锹，冲着老屋的窗户拍去，玻璃被拍碎了。这时姐姐从自己屋里出来，畏畏缩缩地，她已经让人家给打怕了，酥骨了。

"奶，爹妈，我妈来干啥是她干的事儿，我不是没说啥吗？我是我，等她们走了我还会好好孝敬你们的！"姐姐胆怯地说，行乞似祥林嫂一样。

二姑和老姑一听，这是真卷面子。

"肇艳丽，以后你要让老张家人打死了也活该！不许再找我们！"老姑说完转身就走，二姑也跟着老姑灰溜溜地离开了老张家。

若干年以后，再看见姐姐，满头华发，满脸木雕画一样镌刻的皱纹，在她的那个年龄完全不应该有的磨难和沧桑都镌刻在她的脸上！她不幸福，甚至活得很悲哀。她要照顾不能自理的三十多岁的傻闺女，无法离开那个家！真是磨碎了一颗心，没有收入没有地位，习惯了无法设想的种种非人的生活。多想告诉她，还有很多种活法比她现在的生活幸福，她的懦弱让她不敢抗争，不敢寻找更好的生活，甚至不敢早早地死去。也许生存和生活完全是两码事儿，她只是想着生存而已……

姐姐的一生或许就是用时间的酒煮一枚青梅，接受干渴的沙漠。度人的鹰隼还没有来，黑暗中的人刨开滚烫的心，用一生一世去恳求，求雨，浸染花朵的往事……

# 第三十三章　我的"熊猫"

菜园里有一种叫"贼不偷"的西红柿，用正常人的经验来判断应该不会摘这样的柿子，更不敢吃，因为它大概率会很酸。在菜园里看见拉红线儿的柿子谁都不会放过，这种焦绿焦绿的柿子熟的时候，只会越来越黑，除了主人应该不会有人摘，因此得名。这贼不偷的柿子营养丰富，富含钙、磷、锌、铁、核黄素和胡萝卜素等微量元素，倘若在主人手里偶尔得之，决不会再错过这种美味。

我的"熊猫"是一条公狗，像极了熊猫，大黑眼圈儿，通身白，有熊猫的大黑点，这是父亲给我拿回来的小狗崽子。白天它会让我抱着，晚上它会钻进我的被窝，自从有了"熊猫"，我的浑身上下总是沾满了狗毛，有白毛有黑毛，它只要看见我就会扑向我，哼哼唧唧要抱抱。它非常聪明，母亲横它的时候，它只是装一脸的无辜。如果我在，那就完全不一样了，它可以向着母亲龇牙咧嘴，大声地"汪汪"，还会在我回来的时候向我告状，感觉是母亲给它受气了一样。我写作业的时候，它就一声不吭地趴在炕桌底下，等我写完了，它就会叼我的裤脚让我出去遛它。我俩一出屋子，它会跑前跑后、走走停停，到处寻寻觅觅，总是在同一个地方撒上狗尿，划定属于他的领地。

它渐渐地长大了，体型越来越大，大到我已经抱不动了。白天它在家，看家望门，晚上拴在门口给我和母亲壮胆，因为父亲离不开猪场，尤其是那些母猪经常半夜下猪羔子，一下就十几个，如果没有人看护压死的可能性会很大。我的"熊猫"成了房前的"护花使者"，一旦有不熟悉的人路过，"熊猫"都会发出不友好的叫声，再加上它的体型很大，一般人是不敢进我家的院子。

敖包滩上的人一辈又一辈，亲戚连亲戚的，即使连八竿子都打不着的，亲戚都论不上的，也有可能还是朋友，比亲戚还近的朋友。

我们家常常是一把"锁头将军"把门，那是再寻常不过的事，父亲不是在猪场值班就是去养鱼池干活儿，母亲妇联的工作也是南北二屯地忙。

一个晌午，家里没人，忽然有人走进院子，"熊猫"冲着进院子的人汪汪地叫，这个人往屋子附近走，走到门前，用手里的刀一捅锁眼儿，锁头就开了。这时"熊猫"疯狂地叫，要往人身上扑，可是锁链太短，够不到门口，"熊猫"死命地怒吼，叫得嘴里直冒沫子，拼命地叫，要挣开锁链。

人进屋了，翻箱倒柜地找值钱的东西，或者说在找钱，贼感觉屋里一定会有钱，甚至会有整沓整沓的现金，说不定钱会藏在墙壁的夹层里。贼四下用硬物敲着墙，希望哪面墙壁有夹层有意外的收获。

我妈是乡里的妇联主任，一个月挣个百八十块现钱，我爸这个村支书又挖鱼塘又经营猪场的，肯定不能少往家里倒动钱呀！整个滩上最有可能有现金的人家就是我们家。可是贼在屋里找了很久，所有能藏钱的地方全都找了，只在我的储蓄罐里看见几个钢镚，没有存折、没有像样的家具，甚至都没有一样值钱的东西。看见的是旧的被褥、红砖铺的地面、虫蛀的炕沿、炕上只有炕席，连一块新时兴的地板革都没有买，什么可以偷的东西也没有，贼彻底失望了！

贼叫郭三子，早就到洮儿河南岸某村当了上门女婿。这些日子一直去邻村赌钱，实在没有钱堵窟窿，才有了偷钱的念头。我们家还真让他空手而归，一分钱没有偷着，结果像熊一样雄壮的"熊猫"最后挣脱了锁链，它把钉在地上的炉钎子硬生生地拔出来，"熊猫"上来就把郭三子给扑倒了，腿上和手上让狗咬坏多处伤口。这时正巧四大爷路过，四大爷急忙进院子把"熊猫"拴上，看见郭三子被狗咬了，四大爷就明白郭三子肯定是来偷东西，门锁也撬开了，只是郭三子手里并没有赃物，否则就人赃并获了。

"一闻就闻到你身上的贼腥味儿，干啥来了？"四大爷问，声音不大，但是带着磁性，震慑作用极强。四大爷人高马大的，行伍出身，一身力气。

"我……我……我输得没有钱了，想出来看看。"郭三子一看四大爷，就地麻爪了，也没有啥狡辩的，就直说了。

"你偷的钱呢？藏哪了？赶紧拿出来！"四大爷喝令着郭三子问，伸手就要扒下他的衣服，郭三子一躲，四大爷那双大手将郭三子的一排衣扣尽数揪掉了。

"四叔呀！我一分钱也没有找到，找了半天了！"郭三子跪地上把手一摊，说："不信你搜吧！要是有一分钱我都是你做的！"

"胡说，谁信呀！你赶紧拿出来，你要不拿出来，咱们就去派出所走一遭！让公安同志审问你吧！"四大爷说着假意揪着郭三子要报官。

这时院子里已经来了不少人，都是听见狗叫过来看的。有看井的王秃爪子、长顺叔、二大爷等街坊四邻，还有过路的人，围了一大圈儿。二大爷家距离我家近，本来是听见狗叫就来的，无奈这两天腿越发的不听使唤，走了半天才气喘吁吁挪蹭到院子里来。

"振吉呀，先别问了，要不咱们把振洲找回来再说吧！"王秃爪子给四大爷使了一个眼色。

"赶紧的，长顺呀，去招呼振洲吧，顺路问他咋整？"四大爷冲着长顺叔一比划，长顺叔就明白了，往东头走找人去了。

"郭三子，你说你，啥好事儿也找不着你，什么鸡鸣狗盗的事儿呀，什么赌博呀，凡是坏事指定能跟你扯上关系，没见你干过啥正经事儿。"二大爷在一旁怒斥，话还没有说完，又气得上不来气了，靠在墙头上捯气儿。

院子里有人看见"熊猫"的脖子上在流血，就把"熊猫"的链子解开了。可是"熊猫"并不叫，而是站在郭三子的跟前，每一根狗毛都竖着，它的眼睛一刻也不离开郭三子。

不一会儿，我爸跟着长顺叔一起回来了。

"郭三子，干啥呢？赶紧站起来。跟你说多少回啦，不让你赌博，不听！"父亲耐着性子说。

"老叔，我错了，鬼迷心窍寻思你家里能有俩钱儿的，可是找了半天一分钱也没有！该找的地方我找了，你让我也死个明白，你们到底把钱放哪了？"

"郭三子，你敢上我家来找钱，亏你想得出来，就你老婶挣点工资，月月都不够花，已经月末了，想来偷倒是问问我呀！看看我，买烟的钱都没有，兜比脸还干净！"父亲伸手把两个裤兜拽了出来，示意让郭三子仔细看。

"猪场买药的钱我还得找房会计借去呢！你说说，我家有没有钱吧！"父亲如实相告了。

"老叔，我以为你家又养鱼又养猪的，家里指定能攒不少钱！"郭三子说着开始抽自己嘴巴子。"老叔，我错了！你家里看上去比我家还穷！"

"我亲家房会计说，咱们每年养鱼池和猪场分的钱，振洲一分没拿！"王秃爪子认真地说，他的表情总是把现场的气氛渲染到极致。

看热闹的人你看看我、我看看你，大家觉得不对劲儿了，为啥说好一人一份的，书记却没有要呢？平时还净往里搭钱。父亲挥挥手，示意大家散了。

这时郭三子也站了起来，父亲说："你也回去吧！我家中午也没有你的饭吃，你老婶中午在乡里有工作，不能回来，我还得给小乌兰做饭呢。"

郭三子一听赶紧溜走，一边走一边还回头儿回脑儿的……

左邻右舍的也都散了，各自议论着钱的事儿，大家的心里都有一杆秤，摸着口袋里热乎乎的钱，被一股暖流温暖着……

中午回家，我看见"熊猫"受伤了，给"熊猫"擦药，它疼得皮都有些颤，万分心疼"熊猫"。我跟父亲说家里没有人的时候，就让"熊猫"在屋里待着，也别看家了，反正咱家也没有啥可以看的，父亲居然同意了。从那以后，"熊猫"只能白天无聊地待在屋里等我回家，越来越胖，它从来不在屋子里拉屎撒尿，只是躺在狗垫子上呼呼睡觉。

每天放学后，我就带着"熊猫"出去溜达一圈儿，撒一个欢儿，然后再写作业。

"熊猫"狗生也算没有托生到好人家，一生清淡，饭菜清汤寡水，本可以吃鱼吃肉的一生却因为这个不贪财的主人给耽误了。

# 第三十四章　驮鱼路

奔腾流淌的洮儿河水总是带着鱼虾的馈赠一起来。河汊子、水沟子，甚至是田间放水的浅渠里都有鱼在游动，往来翕忽。

初夏挂锄时，河边的人闲来无事总是会去河里打鱼摸虾，除了自己吃，小鱼小虾的直接倒在地上喂鸭子，或者用锅烀熟了拌玉米面喂小鸡。主要是因为鱼虾出水以后能保持新鲜的时间太短了，起网不及时就已经不新鲜了，这就要求驮鱼的人在很短的时间内要把鱼拉到城里的集市上售卖，时间长了那鱼就臭了。敖包滩有了幸福250的大摩托，一边挂一个鱼箱子，一次可以驮三百斤鱼。村路是一段土路，骑到县城的时间在一个半小时左右，这样就可以把活鱼变成钱拿回来，这是一件多么诱人的事情呀！大大爷家的国顺哥、赵老斌子、房四哥、房五哥几个人天天晚上出去打鱼，下完挂子，凌晨三点起挂子装鱼，五点半到城里，六点可以在南市场把鱼批发给鱼贩子，这样八点就能回家睡觉了。去掉摩托车加油钱一天挣个百八十块钱，晚上接着打鱼。摩托车颠簸在大堤上像风浪中的小船，从波峰到波谷，摩托车的减震会常常漏油，弓片被巨大的冲击力闪折是三天两头的事。

路，成了驮鱼最大的拦路虎，敖包滩泡沼纵横，没有像样的路，雨大了四面都是水，雨后黑黏土路非常难走，人走在上面，拔脚是很困难的，鞋深陷在泥里，泥自带的吸力，只能把鞋系在腰间，光着脚丫在泥里跋涉，一跐一滑。如果骑自行车，要拿一个铁钩抠自行车瓦盖和轱辘之间的泥，不抠骑不动。不管鱼有多么值钱，遇上雨天，只能眼看着无法变现。

俗话说："要想富，先修路。"没有路，想干啥都难。这年秋天父亲带领大家开始修路，几十个壮劳力从两边挖土往道眼儿上扔，挂上线，一天能干个百十来米。为了加高路基，父亲开着破推土机平土、压实，长顺叔赶着马车拉上河流石扬在土路上，站在车斗里扬河流石的是姚家的两兄弟，这活相对轻巧。这样修路可以使土路暂时好走一些，上面的河流石对路面有硬化作用。通村公路一共有五公里，大家是以工代赈的形式参加劳动，相当于干村里的活儿顶乡里的义务工。大家都很卖力，中午不回家，带饭或者家里的闲人送饭到工地。

这天中午母亲特意蒸馒头，菜是肉炒榨菜丝，让我骑着自行车到工地送饭。我把一袋馒头夹在车后架上，一盆榨菜丝用丝兜装好挂在车把上，骑车来到工地。大家一看见吃的就围拢过来，我打开袋子，一人两个馒头、一双方便筷子、一箸子榨菜，来不及拿筷子的直接用手抓着馒头跑了，瞬间馒头就没了。我本来是给父亲送饭的，结果父亲什么吃的也没捞着，父亲走近我，一看这情况转身又回路上去了。

这时路上撒河流石的姚家父子在车上开饭了，长顺叔朝着父亲走过来。

"你是不是啥吃的也没有了？"长顺叔问道。

"还真被你说着了，馒头一个没剩！"父亲还在往路那头儿走。

"人是铁，饭是钢，一顿不吃饿得慌。不吃饭怎么行，快叫上你闺女，咱们一起吃吧！"长顺叔说。

这时父亲才看见，长顺婶送的大米饭还有大鹅炖的酸菜，居然把菜盆都端来了。

"我不吃了，再干一会儿就去乡里开会，不干活感觉不出来饿！"父亲用脚踩着路边没有压实的土，一边踢着石头一边说。

旭日哥朝我喊："你还在那看啥，赶紧过来吃饭呀！"我是吃惯了姚家东西的人，每天桌堂里的美食已经让我不想在家里吃饭了。

我也不见外，走过来爬上车，拿起筷子吃起鹅肉来，长顺叔特意给我盛了上尖儿一碗白米饭。我吃着饭，就听见有人说话了。

"你闺女都吃饭去了，你还外道啥？"长青叔抢过父亲手里的铁锹。

"干活儿也不差这一锹两锹的，赶紧吃饭去吧！你嫂子特意给送的饭。"长青叔拽了一把我父亲的衣袖。

"亲家都给你带饭了，赶紧吃一口，饿坏了可咋整？"一旁的王秃爪子笑着说。

"我看你俩这亲家是做成了，长顺又不能亏待你闺女。"房会计也跟着帮腔。

"净瞎说，你俩成亲家以为别人就成亲家了？孩子还在这呢，瞎逗啥？"长顺叔嗔怪着王秃爪子说，"啥事儿都让你整那么邪乎！"

"我说的保证准，嘴开过光！你俩要是不成亲家，以后每年放水的工钱我都不要了！"王秃爪子神气活现地说，这滩上的人乐于奉献的仿佛越来越多，都有人敢放话不要工钱了。

"你这个豁鼻子，这不是拆人家姻缘吗？五百块钱就坏了人家的好事儿？好把你老姑娘给长顺家，还不知道你这点弯弯肠子？"长青叔在一旁指着王秃爪子笑着说。

"你看看，这姚旭日眼睛都长到脑瓜盖儿上去了，啥时候这么听话过，还知道给人夹菜呢，真是太阳打西边出来的！千年的铁树也能开花！"房会计心思缜密，什么蛛丝马迹都逃不过他的眼睛。

"老房二大爷，夹点儿菜也能做文章，要不你搬我心里住算了，都知道我想啥！"旭日哥坦然地承认了。

"他老丈人，赶紧吃饭吧，姑爷都给你盛饭了！"房会计堵着我父亲不让他往前走。

这时旭日哥手里正拿着给未来老丈人盛好的饭，递筷子过来。

"吃就吃，不就是搭个闺女嘛！我看行！"父亲的脸笑开了花儿，开始调侃我们。

我羞红了脸，放下饭碗要走，父亲拦住我说："没事儿，开个玩笑而已，先吃饱了再说！老姚家的大鹅多香呀！不吃岂不是亏了？"

"说正经的，晚上让她长顺叔把陈年的高粱红给我送去两箱子，想要我闺女我可得多要点儿彩礼！"父亲对长顺叔说。

"好！晚上给你送酒去，咱们的高粱红可不是乱送的！给亲家喝没问题！"长顺叔爽快地答应了。

这两个人仿佛一拍即合，我突然感觉被推出去交易了一样。

父亲看着我说："看把我闺女羞的，脸都红到脖子了，孩子还小，等她到了待嫁的年龄再说，到时候咱们说得还不一定算呢！"

吃完饭，父亲又开着推土机出发了，噪音大到瘆人，别说是开车，就是在一旁听一会儿车的轰鸣声脑袋都会炸裂，可是父亲却在这强烈的噪音下日复一日地工作。晚上回家我给父亲端来洗脚水，让他烫烫脚，父亲由于白天被车震得有些头疼，血压高，不敢低头洗脚。我蹲在炕沿儿边把手伸进洗脚的盆子里，慢慢地揉搓父亲的脚趾。我感觉父亲今天很疲惫，他笑容满面，慈祥地看着我，我能给他洗脚，他心里乐开了花儿。父亲慨叹："我老闺女长大了！"我给父亲洗完脚，端着洗脚水倒掉，等回来时，父亲已经偎靠在被垛上打起鼾声。

五公里路终于修好了，以往坑坑包包的路变得平坦了，驮鱼的国顺哥跑得更快了。过了这五公里土路就上了进城的柏油马路，夏天一晒温度高，路面冒油，黑漆漆的沥青粘得到处都是，车轮粘起小石子甩到衣服上，是无论如何也洗不掉的。不管怎么说还是公路的平整度要比土石路好很多，摩托车在公路上每小时能跑六十公里以上，土路连每小时二十公里都达不到，对比还是非常明显的。敖包滩人还是满足现有的速度，不管怎么样可以驮鱼换钱了。

# 第三十五章　敖包滩鱼庄

敖包滩上有美味：开江鱼、下蛋鸡。

二娘的嘴里常念叨：一九二九不出手，三九四九冰上走，五九六九沿河看柳，七九河开……

"七九"天，阳气上升，丹顶鹤拍打着翅膀落在刚刚苏醒的河水中，吃饱了，长喙冲着天，引吭高歌，叫醒了春姑娘，这白色的精灵儿对苍天的恩赐给予了深情的回馈。鹤鸣于皋，声闻九天。

敖包滩鱼庄在镇东和赉北分别开业了。用的是敖包滩最新鲜美味的鱼，由敖包滩最著名的炖鱼高手四娘家的二孩子哥亲自掌勺，炖鱼用的酱是四娘下的油汪汪的黄豆瓣大酱，炖鱼的配料还有高粱酒、老醋、咸黄瓜、薄荷、大葱、生姜、蒜、干红辣椒等。

二孩子在部队上当过炊事班长，受过专业训练，是鱼庄的主厨；改刀的是四娘家的三蹶子哥；负责收款是店长秀梅，也就是房会计媳妇；服务员是精明能干的主妇。鱼庄除了鱼宴还可以按照顾客的需要炒菜，炝拌菜一般则是白送的，要送给超过消费限额的 VIP 贵宾。

为了让敖包滩鱼庄看起来更上档次，大家还集思广益印了精美的菜谱。一切都非常正规，店里订立了章程，需要每一位员工认真遵守。新招的员工经过一周培训才能上岗，学习相关服务规范，统一着工作服。工作服是通身红色，寓意着敖包滩鱼庄会永远红火下去，未来可期。

镇东的食客是有品位的，这个鱼庄让他们感受到了骨子里的乡野味道。

按照规定店长每天中午要点名，服务员整齐列队迎接食客到来。雅间有丹岱厅、嘎什根厅、莫莫格厅、五棵树厅……每个雅间的门口站着一个“肤白貌美、体态丰腴”的女服务员。

“当当当，厨师开始叫勺了！”敲了三下大马勺，服务员知道厨师让端菜了。服务员每天到店都认真履职，微笑服务，尽管脸上的雀斑用很厚的粉底都盖不住，那也要冲着顾客笑，一笑粉底就掉粉儿。一盒粉底拍两回就用完了。她们天生黝黑的肌肤，再加上阳光暴晒，还有日复一日在田里劳作，仿佛敖包滩鱼庄的服务员都来自遥远的非洲大陆。肤色并不影响鱼香四溢，远近的食客口口相传，鱼肉鲜美入味，客人越来越多，开业两月以来，天天爆满。

落地玻璃窗上贴着二姑剪的大红窗花，这是店长特意找二姑讨来的窗花，寓意着好彩头。窗花沿袭了祖母剪窗花的原图，每个窗花中间都有活灵活现的小人儿，有梳羊角辫的黄花闺女、有放鞭炮的大胖小子、有胸前戴花的劳模、有喜结良缘的小两口儿，镂空的地方丝毫没有停滞的迹象，刀笔从容，线条圆滑流畅。祖母当年就曾经把这美轮美奂的窗花送给办喜事的人家。

服务员每天都擦拭进门处放置的油画屏风，一幅《荷塘月色》，是五大爷画的。荷叶碧绿荷花透粉，两只蓑羽鹤悠闲地在水塘里谈情说爱，荷叶上那颗晶莹的水珠，是雨把她寄放在荷的襁褓里，荷叶在风中摇曳，向世人诉说着一个凄婉的爱情故事。这幅油画是父亲出了大价钱让五大爷画的。五大爷会常常过来看看镇东城里的敖包滩鱼庄，顺便混点吃喝儿。五大爷的头发没人知道抹了几斤头油，一缕一缕的，梳着油汪汪一律向后的大背头，“柳大背头”的外号在城里叫得响当当的。

敖包滩鱼庄一晃开业一年了。

这天下午，五大爷带着畜牧站的五个人来吃饭。点了一条最大而且上讲的清蒸鳌花鱼，一条噘嘴倒子煎鱼，炒藕片、卤肚片、家常凉菜。五大爷一口气点了三瓶姚家酒厂的“高粱醉”。大鱼需要炖很长时间才能入味，这需要食客耐心等待。服务员谨慎地伺候着，她们都怕五大爷，因为五大爷是出名的泼皮无赖。今天进屋吃饭是六个人，国营嫂子心里暗想，希望五叔能高高兴兴地吃完，痛痛快快地付钱走人。五大爷是个让她们又爱又恨的人，总是借口找出她们工作中的疏漏，好少给或者不给饭钱。

等待上菜期间，几个客人先在雅间里打扑克，半个小时以后服务员收拾了餐台说要上菜了。先上来两个凉菜，看着都有食欲，红红绿绿的。五大爷用筷子在菜盘子里扒拉来扒拉去，他想看看家常凉菜里有没有头发，结果找了半天连一根毫毛也没找到。上次他请客，就是在果仁菠菜里发现了一根长头发，结果一顿饭硬是没给钱。五大爷平时总是跟同事们在饭店里混饭吃，轮到他请，他就领着同事来鱼庄，说是为了照顾鱼庄的生意，其实就是想找一些优惠，或者能不要钱最好。他知道鱼庄是股份制，大家的钱占点便宜没什么，少给几个也不怕，再说这鱼庄的生意越来越红火，应该不差他的饭钱。

还有一个非常重要的原因就是来炫耀一下自己的画技，每次来到这里都在屏风那儿先开腔，说这画是自己亲手画的，每一笔怎么画细细地讲来，油画如何难画，卖画挣钱如何不好赚。然后看画人大抵会给一些赞赏，甚至需仰视眼前这位画师。每每此时五大爷都要讲一下作画的经历，这幅画鱼庄老板是花重金买的，为日后卖画设下伏笔。

不一会儿，煎鱼和炖鱼端上桌，五大爷忙着给大家倒酒，三斤的鳌花鱼肉嫩皮滑酱香浓郁，飘着几个香菜叶，有一根香菜的茎有点儿切连刀了，带着长长的细丝，五大爷以为找到了头发，心中不禁一阵狂喜，结果自己伸筷子一夹，居然带起来一串儿香菜叶，他失望地放下菜叶。五大爷热情地张罗让大家喝酒，谁少喝一口五大爷都不放过，他的眼睛比尺还厉害，就这样一杯一杯地喝酒，行着酒令："一点点，哥俩好，三三园，四喜财，五魁首，六六六，七个巧，八抬手，九连环，全来到。"吆五喝六的声浪甚至掀动着门上挂的帘子，似波涛在涌动。

酒过三巡，菜过五味，五大爷的脸红得像鱼庄门口挂着的红辣椒，这五十二度的白酒说是不上头，但是明显感觉五大爷有点儿上腿了！本来"外八字脚"都快横得像螃蟹了。吃完了，领着同事们往出走，这时店长迎上去礼貌地送客，含着笑，一一行注目礼。

　　此时，五大爷掏出中山装上衣兜里的钱要算账，五大爷兜里装着"巨款"，应该是刚刚开工资，钱还没来得及上交。五大爷拿出几张声音响脆的"大团结"，问秀梅饭菜多少钱，秀梅用算盘噼里啪啦地往一起加，五大爷看着秀梅的一双秀手，数越加越大。

　　"什么东西两毛一，加这么多遍？"五大爷不高兴了，脸色变得像暴雨前的黑云，耐着性子问。

　　"汽水呀！你同事往出走的时候，一人拿了一瓶汽水，还有拿两瓶的，你没看见？"秀梅指着汽水箱子一本正经地说。

　　"吃一顿饭，要饭钱就行了，汽水还要钱？要是去你家吃饭，喝你几瓶汽水也死乞白赖要钱？"五大爷皮笑肉不笑地说。

　　"五哥，鱼庄是股份制，账面和支出对不上我要赔钱的！用工资钱白送汽水还真受不了，那我还不如在家哄孩子呢，你让我家喝西北风呀？"房二媳妇眼皮都没抬继续算账。

　　五大爷是死猪不怕开水烫，醉眼色眯眯地看着秀梅。秀梅的衣领有些低，恰巧可以往下看，五大爷把头凑过去说："秀梅呀！你要天天搁家待着，五哥养你！给你买大金镏子戴。"一只手抓起秀梅那只闲着的手，"哎呀！这手这嫩，赶上大鸡爪子了，肉还多，让五哥啃几口。"秀梅迅速地抽回手，甩了甩，仿佛手上沾了什么埋汰东西。

　　"别瞎扯，就要今天饭钱，一共二十五块六毛八，赶紧结账，走人。"秀梅一边说话一边伸手去抓五大爷手里的"大团结"，已经有了上次吃亏的经验，这次不能再吃哑巴亏。

　　"不给你咋地？还动手抢，越抢越不给！你卖呀，你卖我买！"五大爷开始推横车儿了，真是见人下菜碟，顺手把钱装进口袋，欺负女人五大爷还是很有办法的。五大爷就像一只炸毛的公鸡，抻着脖子，从喉咙里发出耕牛的怒吼，却底气不足，还有他看似膨胀的外表下有一颗虚弱的小心脏。五大爷的胆子极小，连个好老娘们儿都不如，不敢走夜路，甚至在挨饿的年代不敢偷地里的青苞米。

这时几个气势汹汹的服务员也过来帮腔。"哎哟哟！上次你薅我头发放进果仁菠菜里，今天咋没找到长头发？你没付的菜钱已经扣了我们工资，今天咋还想逃单？那天你走后，我们特意对比了那根头发，大家一致认为就是我的头发，特别粗，还自来卷儿，那根头发也跟我的头发卷一样，对上了，冤有头债有主！后厨的人都戴着帽子，还都是男，哪儿找的头发？"国营嫂子哇啦哇啦地说得唾沫都干了。

"头发的确是我故意放的，能咋地吧！开门迎客的还能找后账？"五大爷尴尬而无赖地敷衍着，仿佛提上裤子就不认账的养汉老婆。

"那天的事情过去就过去了，今天的钱一分也不能少！"秀梅店长发话了。

"都乡里乡亲的，能便宜就便宜点儿呗，肥水不流外人田嘛！今天的汽水钱不能给，要不我就都不给了！"五大爷身上的匪气暴露无遗。

"少一分都不行！"秀梅也硬气了，终于要爆发了，像海啸一样涌来。

"那就一分也不给！"五大爷装起兜里的钱，系上中山装上衣的扣子，闭上眼睛冲着眼前的人墙就往外撞。他已经想好了，任凭他撞到谁身上，都会躲开的，毕竟农村女人还是有点儿在乎，脑子里还有点儿封建残余思想的。

就在这时，国营媳妇手疾眼快，领着几个兄弟媳妇直接就把五大爷拽倒了，按在地上。国营媳妇把五大爷骑在身下，动弹不得，还是秀梅手快，看准了钱在中山装的左衣兜，薅掉系好的扣子，一把就把钱掏出来，迅速抽出其中三张"大团结"，飞快地跑到前台找出四块三毛二，跑过去又把钱塞进五大爷兜里。一直在拼命挣扎的五大爷才被放开，五大爷从地上爬起来，目光愤怒地扫过这几个侄儿媳妇。一身酒气的五大爷骂骂咧咧地往外面走，估计再也不会来了。

等五大爷走远了，大家笑得前仰后合。

"敢骑你五叔公公，看你回家国营不揍你的，好说不好听呀！"秀梅一边指着国营媳妇，一边捂着肚子说，"抻得肚皮疼。"

"我也是被逼无奈好不好，逃单了咱们赔得起吗？还不如在家老公、孩子、热炕头呢！反正刚才骑五叔的又不是我自己！"国营嫂子一脸无辜，也憋不住乐。看了看国文媳妇说："这也太砢磣了，传出去都没办法做人了。"

"哎呀妈呀！他都不嫌砢磣，咱们几个老娘们儿家家的害怕啥？都这么大岁数了，孩子也生了一堆，挨揍就挨揍吧。"房老英子解释着，反正她丈夫国臣不能嫌弃她。

"行，下次他再不给钱，咱们几个还抢！"大家越说越高兴，竟忘记了端菜，直到厨房传来敲马勺的声音，大家才回到各自的岗位上……

欢迎光临！

# 第三十六章　捉迷藏

北纬四十五度的北方干巴冷，极寒是可想而知的。一年中，有大半年体感温度低，能种菜的时间很短。冬天滴水成冰，雪虐风饕。

敖包滩的冬天，夜格外长。黑暗的夜里，天上只有稀疏的几个不怕冷的星星，还会有一些不怕冷的孩子在大雪壳子上奔跑，脚下咯吱咯吱地响，用麻绳纳的千层鞋底虽然防滑，但是遇到特别滑的地方还会摔得仰脸朝天，不过也没关系，爬起来接着跑。大长的夜，会像硕鼠一样搬运雪球，在雪堆里修建城堡。雪壳子里有精心修筑的暗道，雪窝子里有能工巧匠设计冰雕的独立空间，密室只有几个参与的孩子知道。在孩子的世界里天真无邪，可以在这里大喊大叫，没有大人的制止和呵斥；可以把讨厌或者恨的人的名字写在墙壁上，在他的名字上画上大红叉子；可以在这里把喜欢的孩子的手用胸膛焐热；可以偷出家里冻的粘豆包在这里烤着吃，甚至还能蘸上白糖，甜掉本就松动的牙齿，一笑就捂嘴的都是一伙儿小豁牙子。

那一年的雪，天天下，覆盖了我心中的敖包。

敖包从来不会冰冷，她早已把温暖送给了每一个信仰她的敖包滩上的人。雪把香炉前面的四条腿埋没了，此时的敖包犹如银装素裹的少女亭亭玉立。白雪覆盖了树林，树挂坠弯了枝条，偶有风吹过，冰坨坠落；白雪覆盖了房子，像天上的宫殿；雪是有灵性的，给冰面盖上一层厚厚的被子。

福哥是鱼红眼儿，最擅长找到鱼窝子。刨开很厚很厚的冰层，找到缺氧的鱼群用绰捞子搅和，把鱼捞上来。活蹦乱跳的鱼儿在冰上蹦跶几下就冻僵了，速冻留住鱼身上的鲜味儿，用编织袋装好背回家，好好品尝久违的酱炖小鲫鱼儿。

牛在地里找寻遗落在雪下面的玉米穗子，半大孩子在雪天要帮着家里喂牲畜。

恰是冬藏时节，世界只留下了它喜欢的。

好几年了，我家里的白菜总是保存不好，用纸包上，还是容易烂，母亲会让我掰去腐烂和干瘪的白菜帮子。究其原因主要是大人不着家，火烧得少，白菜冻了化、化了冻就烂得快。母亲已经对父亲叨咕了数次，说来年一定要挖个菜窖，储存一些越冬的土豆、白菜、绊倒驴萝卜和胡萝卜，省得冬天再花钱买，太贵了！可是父亲没有时间挖菜窖，最近几头母猪不能完成自然交配，需要人工授精，父亲正在搜集公猪的精液。

深秋，我列了一个挖菜窖的计划。要挖一个菜窖，不算太大，三米见方的，就在我家院子西侧的柴垛旁边。旭日哥和东升哥是随叫随到的两个帮工儿，帮我一起挖。挖菜窖之前，旭日哥先在地上画了线，按照线的位置向下挖。敖包滩地底下是黄沙土，相对好挖，也不粘锹。旭日哥三锹就能装一筐土，满筐了就抬走，这样的黄土就叫一团散沙，用手攥紧，松手就开，土里就像放了黄色的染料一样，特别黄，不一会儿我们就变成了三个黄色的小泥孩儿，仿佛女娲捏的泥人那般。

我偷偷拿湿土往旭日哥脸上抹，他放下锹，追上我，也想往我脸上抹，可是要抹上的那一刻他放弃了。他说："舍不得这张可人的小脸儿。"继续往下挖，换了旭日哥跟我一起抬土，我往下扔土，他也直接忽视我，像干自己家活一样。越挖越深，用绳子把筐竖下去，装满土再拎上来，很重的，旭日的手都被绳子勒出血疱了。我要跟他一起拎，他却不让，他说舍不得我娇嫩的小手，让我坐在一旁休息。起早挖菜窖哥俩又哄我说会变鸡蛋，变来变去，把兜里煮好的热乎乎的鸡蛋都装进我的衣兜。放学后，还一起挖菜窖，挖累了就领我回他家吃饭去。我们几个干了好几天才干完，菜窖三米深，菜窖底面都已经挖上水了。挖完菜窖，旭日哥还特意把挖土来回爬的木头梯子放进窖里，说这样方便我以后来回拿东西。最后在菜窖上棚了杆子，铺上了苇子片儿，扬上一锹厚的土，就算大功告成了。母亲告诉我们说先不用盖菜窖口，让里面的水分沉一沉干一些，好往里放秋白菜。

秋天是收获的季节，大人们都忙着地里的活计，半大孩子也会帮着父母去地里干力所能及的活儿。母亲忙着她的工作，常常领着一众妇女去城里的医院。她让我去地里收白菜，我家的白菜种得晚，长得小，全是小趴拉棵子没有啥白菜心，我把白菜装在胶轮车上，绳子挎在肩上拉车，感觉绳子勒在单薄的衣服上压得喘不过气来，怎么说我才十岁，还没有能力扛起这份重量，每一步都拼尽全力。腿是软的，胳膊也细，没有力气，遇到上坡的路，总感觉心脏都要蹦出来。走走歇歇，终于把白菜倒动回家了。每每此时，我都在怨自家的大人，人家都是大人干的活儿，我们家却由一个女孩子干，也曾经在被累哭的时候暗自委屈。

菜窖里的温度和湿度很适合白菜生长，每一棵白菜都很滋润，叶子嫩绿色，白菜还能在菜窖里壮菜心儿。

早上干完活，我就回家在小后屋写作业，累了捶打捶打身上的痛处。到了该做中午饭的时候，大锅捞小米饭，用笊篱捞出装盆，烧开加一些火候蒸熟。土豆条炖白菜条，做好饭等着母亲和弟弟回家吃饭。要知道，此时的我身高和臂长都不足以够到锅台，我会搬两块土坯垫在脚底下，站在坯上才能给全家人做饭。一边烧柴一边拉风匣，感觉胳膊的力气不够，常常有邻居看见我一个人做饭都夸我很能耐。

中午时分，母亲回来了。

母亲问我："你弟干啥去了，怎么还没回来？他也不往远走呀，赶紧出去找找吧！"

我说："上午上地拉白菜回来，就没看见他，他能去哪儿呢？那我赶紧去邻居家问问吧！"

我急匆匆地往出走，母亲也跟着我出来找弟弟。我一边走一边喊："小双、小双……柳国双……"见人就问看见小双了没有。他的伙伴说上午七八个小孩子玩捉迷藏了，玩了一会儿就散了，都各自回家，以后就没人看见弟弟了。

我继续在滩上找弟弟，四面望去也不见弟弟的影子。放水的闸门开着，在往泡子里蓄水。远处的马车在往囤子里拉白菜，还有用拖拉机装菜的，只有我家连马都没有，用一个小姑娘代替马来拉菜，心里是酸酸的，我有些怨恨父亲。

在我心里，父亲就像一个若有若无的存在。该出现的时候，他总是缺位，"爸爸"这个词也不常用，他回来的时候，是我早已经熟睡的时候；他离开家的时间，我还没醒来。常常羡慕别人的父亲，哪怕他是个威严的父亲，远远地看着孩子也是好的。

村子里找个遍，确定弟弟不在敖包滩、不在我触手可及的地方，该喊的地方也都喊到了，没有回音。那个鲜活的小生命仿佛就这样消失了……

在我的耳畔总是回旋着弟弟唤我的童音："姐姐……姐姐……"我每每回头，眼里盈满泪水。

我去村子里的水井旁寻找，趴在井沿朝里面喊："小双……小双……"水面纹丝不动，只能看见我的脸，倒映在水中；我去西坡儿的树林里寻找，喊："小双……小双……"树叶闪闪发光，树林里的光斑一闪一闪；我去河边寻找，河水微泛涟漪，轻轻把浪花推到岸边；我去弟弟常去的"秘密基地"寻找……找着找着我的视线就模糊了，弟弟那么小，他能去哪儿呢？泪水像流淌着的洮儿河水……

我不敢哭，跑去猪场找父亲，一见到父亲，再也按捺不住已经失控的情绪，"哇"的一声哭了！

"爸爸，弟弟弄丢了！已经找遍了，可是哪儿都没有！"我呜呜地哭着，父亲也慌了神，领着我就往外跑，一边跑一边喊着，叮嘱二姑要看好猪场里新生的小猪儿。

我跟父亲先回到家里，父亲领着我在家里又找了一遍。父亲急促地喊着弟弟的名字："小双……小双……"经过再次确认，家里肯定没有了。这时再出去搜寻滩上的每一个地方，恨不得把敖包滩上的沙土都重新翻一遍。我眼泪汪汪地看着这敖包、看着山、看着水、看着这熟悉的一切，唯一没有弟弟的身影，他还那么弱不禁风，那一身绿色的小衣服，盼望着能在我的视野中突然出现……我总是阻止自己，不让自己往坏处想。

"他能不能去地里找我呢？结果没找到，遇见草原狼？"我来到自家白菜地，白菜只剩菜根儿，还有干巴叶子。地里也没有被狼吃剩的人骨头，我越想越怕，坐在地上号啕大哭，弟弟呀，你到底去哪儿了？一直找到下午三点多，太阳都往西边去了，身上一阵寒噤，要是晚上找不着弟弟，他会在哪里过夜呀！我对着苍天无助地喊，泪眼迷离。"小双……小双……"我的嗓子喊哑了，声音哽咽了……也不知道父亲和母亲会怎么样，我不敢想了。我一步一挪地往家的方向走，天渐渐黑了，我回家拿上手电筒又出来找，河面上一片漆黑，河对面有几点渔火，蒲草的影子在水里晃动，顺着手电的光柱，我拿起石块奋力向河里扔去，一潭死水，没有一丝风，我的声音在水面上回旋。我已经绝望到欲哭无泪了。一整天了，没有吃饭一直挺到晚上了，身体的极度疲惫让我瘫坐在河边。

"亲爱的弟弟，让姐姐去哪儿找你呀！"突然想去祖母的敖包看一看，我走到敖包旁，跪在敖包的正前方。我大声地喊："奶奶，我把弟弟弄丢了！我该怎么办？"

我的声音在敖包四周回荡，还是没有回音，这时冥冥之中，我感觉祖母在耳边说话，让我回家再找找。

我开始拼命地往家跑，跑到家还是没看见弟弟，我就在院子里喊。

突然听见弟弟的声音，"姐！我在这儿呢！"

我顺着声音找去，弟弟居然在我们新挖的菜窖里！

"快上来吧！咱家找你都找疯了！你怎么躲在菜窖里？"我抹了一把眼泪问。

"我们玩捉迷藏，我藏在里面大家都找不到我！后来我睡着了，现在饿了才醒。"弟弟说。

弟弟的一声"姐"真的把我的心都震碎了！亲爱的弟弟，这辈子姐姐一定好好保护你，我在心里默默地感谢护佑我的敖包，深信是祖母的心灵感应让我找到了弟弟。

我找回了依然在找孩子的父亲和母亲，告诉他们弟弟找到了。回家以后没有人再说找孩子的事情了，虚惊一场而已。

这件事让我明白亲人有多重要，弟弟是我一母同胞，血脉相连！这夜我站在家的星空下，要好好想一想，永远解不开的是那一道绳索……

我确信，敖包上的每一块石头都会说话，都有一个美丽的传说，必须有那个传承的人，以你的方式给万物写信，以你的方式在夕阳下唱牧歌……每一块石头都胸怀高远，总想在一场小雨和另一场小雨之间，让一只初恋的小羊怀上草原的孩子……

# 第三十七章　电视剧《霍元甲》

"我们有电视机了！"

敖包滩上的一大群孩子欢呼着奔走相告，就连整日辛苦劳作的大人们也表现出对电视机的强烈兴趣。他们手挠着头，把这个消息告诉平时不怎么搭话的满脸皱纹的长者。

敖包滩的第一台电视机是一台黑白电视机，村里出钱买的。电视连续剧《霍元甲》正在热播。每天晚上村部屋里挤得连针都插不进去，我们这些孩子都挤在一起站着看电视连续剧。常常是脚站酸了，刚一抬脚，原来的地方就没有了，脚再落地的时候肯定会踩在别人的脚上。

"昏睡百年，国人渐已醒，睁开眼吧小心看吧，哪个愿臣房自认……"只要一听见这首歌的旋律，顿时觉得热血沸腾，脑海中浮现的是无数中国人前赴后继建设国家的画面。剧中霍元甲真让中国人扬眉吐气，让这些村娃备受鼓舞。

大人们也要看电视剧，全家出动，有时甚至带着吃奶的孩子来看电视。大人一边看电视，孩子一边咽着奶子，屋里太热挤着挤着孩子就哇哇哭，搅得大家心烦意乱。奶孩子的妇女只能坐在窗台上，窗口还能比屋里凉快一些。若是风天，风卷着沙子砸在裸露的胸口，会有疼的感觉。每天两集电视剧要九点多才能播完，看完电视剧打着哈欠，拖娘带崽儿慵懒地回家睡觉，第二天早上不耽误起早干活儿。

这天晚上村部依旧开着灯，大家照例陆陆续续地来看电视，半大孩子们来得最早，姚家哥四个一个不少都来看电视，站在最前面，晚来的就在后面像酱缸里的蛆虫一样往前拱，也想讨个好位置。不一会儿电视剧就开始了，可是这天村部屋里的灯招来不少蚊子，大家一边看电视一边抓耳挠腮地打蚊子。肇长利打蚊子时，胳膊肘不小心撞到了姚东升的鼻子上，眼看着鼻子往出喷血，姚家哥儿几个就不让了，姚老大一只手就像抓小鸡一样，把肇长利撂倒在地上，屋子中间躺着肇长利，姚老大上去就是一顿暴揍，左右开弓，小屋顿时乱成一团，大孩子踩着小孩子往出跑，前推后拥就把电视柜给推倒了，眼看着电视机一冒烟儿，伴随着一股糊巴味儿，电视图像就没有了，打架的人还是没有因为电视毁了而停手。

这时我喊了一句："姚方兴！别打了！"

姚旭日抬腿一飞脚，没等踢到肇长利，停在半空中，姚家哥儿几个都停手了，看着我。

肇长利从地上爬起来，扑扑土："就你们老姚家人多呀！还一窝一窝地上！"

这时姚老大瞪圆了眼睛还要揍他，姚老大看了我一眼，才没有动手。

"哥，你赶紧回家吧，让二姑给你洗洗，衣服都埋汰了。"我对肇长利说。

"才不回去呢，就想看老姚家哥们儿能把我怎么样！"肇长利十个不服八个不忿地说，他像一只被打落水的公鸡，炸撒着毛还想要继续干仗的样子。

这时肇长利向姚旭日跟前，走近了，上去就是一拳，因为我在他俩中间，瞬间就把旭日哥打愣了，他没有还手。我看见这一拳奔着脸打的，是真的不轻。我转过身照着肇长利的肚子就是一脚。

"你太过分了！"我大声呵斥肇长利，"还能怎么不要脸，人家已经给足你面子，还不走吗？"

"你到底帮谁？帮着姚旭日打你哥？"肇长利咆哮着，向我举起了拳头，又收了回去。姚家哥儿几个怒目圆睁肯定不会放过他。

"我早晚是姚家的人！咋的？"我正告肇长利，一字一句地说。

姚家哥儿几个互相看了看，都没有说话，旭日哥领着哥儿几个回家了，走的时候还抹一把鼻子里流出来的血。

"妹妹呀，你不能这么傻，要找婆家哥帮你找，说啥不能找姚家的哥们儿！"肇长利油嘴滑舌地劝我，好像报复了姚家人一样。

村部里一片狼藉，看电视的人扫兴回家了，只剩下今晚值班的房会计。

村里的电视机坏了，父亲把电视机拿去修理，师傅说修不好了。父亲望着这台已经寿终正寝的电视机摇摇头，他不敢再买电视机了，荧光屏爆炸可不是小事儿，万一伤到人可是责任事故。

第二天姚家就买了新的彩色电视机。晚上旭日哥来找我去他家看电视，剧情还能接得上，只是头天打架少看了一集。在姚家坐在软软的海绵沙发上看电视，档次一下就上来了。电视剧里面除了打打杀杀，也有不少关于爱情的片段，看了以后让青春懵懂的我们开始了关于另一半的想象。

"你昨天说早晚是姚家的人是啥意思？是不是想当我媳妇想疯了？"旭日哥趴在我耳边小声耳语，偷偷地环顾四周。

"那你说呢？"我用鼻音说，他应该听清了我的回答。

"我说可以呀！一直喜欢你，你是知道的！"旭日哥低着头装作满不在乎的样子。

"我跟我妈说了昨天的事儿，我妈连哼儿都没打，直接买了一台彩色电视机，那也是下了血本的！"旭日哥偷笑着说。

我羞红了脸，"明天可不敢来看电视了，一群色狼！"我不敢抬头，不敢直视他的目光。

"那明天晚上领你出去溜达咋样？"

"我们几个都没事儿，都去行不行？哈哈哈哈……"我们聊天的内容显然是被偷听了。

旭日哥脸色泛红不说话，感觉做了亏心事儿一样。在他心里我是一个永远依偎在他怀里的小姑娘，或许一生都需要他的保护。

"你们几个爱哪哪去，哪凉快哪待着，少拿我俩打趣！"我必须替旭日哥出头了，我的表现分明验证了他们的结论，我跟旭日哥的确是相好了。

"走，咱不看电视了，出去走走。"旭日哥抱起沙发上的我就往外走，出了门才把我放下。我还是一步不走，撒娇要他背，他小心地蹲下，背起我往前走。我们走进了《春江花月夜》的诗意里："江流宛转绕芳甸，月照花林皆似霰。"在黑暗更深的树影下他把我放下，这是村口的大柳树下，密如发丝的柳条参差披拂垂到了地上，就像走进了密道里，姚旭日应该是觉得这里能遮住他的羞怯吧！他是想做点什么。霍元甲对赵倩男的温情呵护让我开始向往爱情，少女的初春是懵懂的，并不知道想要什么……我踮起脚尖亲吻月光，我的爱，因此有了光的质地。风顺着我的意愿吹，万物在心。

时间和空间的暂时停滞，让我慢慢体会来自梦里玄妙的一切，心向岸奔去，灵魂共舞的敖包滩。你的眸海深涟，藏山高水远，我的人间……

# 第三十八章　香　姐

　　香姐是三娘的二女儿，单从年龄上比，香姐应该跟我母亲年龄相仿，这是三大爷在生前写的书中特意提到的。

　　香姐个子不高，瘦得不能再瘦，尖嘴尖下颌，脑门上常常是紫色的罐口印痕。说话的语速特别快，甚至会听不出个数，一句接一句不停顿。如果在她生气的情况下，那就会更快，走路也快，直到撞南墙，也不一定回头，也许还会再撞，直到把墙撞倒。

　　香姐的丈夫叫周保臣，在县直机关大院上班，文质彬彬，仅仅是一个烧锅炉的工人岗位。他经常酗酒，生活上的不顺心，事业上的不如意，让他经常打香姐，下狠手，打一次，那就是乌眼青，浑身是伤，十天二十天缓不过来。旧伤的痕迹还没有完全消失，还接着再打，直到打服为止。香姐也是绝对的顽强，打死也不屈服，宁可死。

　　按说香姐在服装厂也是正式工，在工资收入上也不输他，而且是技术工种，凭什么要挨打呢？可怜之人必有可恨之处吗？不尽然。周保臣在单位仰视的都是大机关里的高素养的女人，回到家看见的却是一个喋喋不休的，疯子一样的女人，不管在外面有没有女人他都会对香姐心生厌恶。他想要的是一个有文化、有修养、有品位的女人，然而他娶的这个女人却被他蹂躏得早已失去了温柔，冥冥当中已经注定了，或许只能产生恨。

　　橡树和木棉能紧紧相依，那是因为它们的根紧握在地下，叶相触在云里。就算把香姐绑在姐夫的身上一万年，那她也只能是姐夫身上的一块臭肉，只能因恨产生怜悯，绝对不会因为亲密而产生爱。

因为周保臣是老儿子，香姐结婚的时候，就被要求跟婆婆公公在一起住。婆婆是个下巴尖尖极其刻薄的人，脸皮像高粱秆扎成的盖帘，全是褶子，整个人像个蒸发掉所有水分的萝卜干一样。刁蛮是被公认的，一点事儿做得不周全都要替香姐寻个不是。三大爷家是三娘说了算，闺女在家都是宝贝，做错的事情也不允许三大爷批评，长大了自然难成大家闺秀，可惜的是小家碧玉也不是，做什么事情毛愣三光的。一天早饭时，端个粥盆扣了一地小米粥，婆婆瞬间把脸拉得老长："这不是败家吗？走路不看着门槛子？"这话说得也没有啥毛病。

儿子一看他妈不乐意了，就过来看香姐，说："你也太不小心了，白瞎这粥了，你说大家早上吃啥吧！我还要上班呢！"大抵在这位丈夫的眼里媳妇大不过这一锅粥。

"都怨你，粥盆那么热那么重，非让我端！是存心想害死我！"香姐说。按常理，如果觉得烫，垫一块东西在盆沿儿下就可以端走了。

"你还能不能讲点儿理！真想让我揍你呀！你端着粥走那么快干啥？飞得了！"周保臣满肚子火气。再看看他妈，那脸拉得跟长白山似的。

"你揍我吧，揍死我，你妈好给你说个黄花闺女！你妈昨天还叨咕呢！"香姐的嘴像火枪一样示威着。

这时，周保臣一把从地下抓起她，抡圆了胳膊扇过去，香姐满身粥他也抓一手，把她像甩垃圾一样甩在一边。地上粥粘起了土，和成泥，满身都是。香姐摔得浑身是伤，脑袋磕在八仙桌腿儿上，爬起来一个人在地上蹲着哭，哭够了，收拾东西回娘家，甚至没有人说一句挽留的话，挎着包袱往家走，也不管家里吃奶的孩子了。

回家以后，三娘又哭又号的，假装病倒了。

"你说你托的是什么媒人呀！给孩子找这么一个婆家，成天挨骂挨打的，看看这身上全是淤青。"三娘最爱挑斜理儿了，三大爷一点儿招儿也没有，只能听着，不敢插嘴，怕哪句说得不对，三娘就可以借机作妖，几天没完没了。

"来，跟妈再说说，为啥打你？"三娘拉着香姐的手，边哭边说。

"我把一盆粥洒了，他就扇我大嘴巴子！"香姐又回忆起挨打的情景，哭得更甚了。

"这还了得，还无法无天了呢，妈给你做主，让你五叔和你老叔去替你主持公道！实在不行咱就离婚！"三娘的话明显是架着闺女离婚，这样劝架基本都得离婚。

"孩子他爹，你赶紧去找振刚和振洲，让他俩领着闺女到周家走一趟，好好评评理！"三大爷一听，叹了一口长气，赶紧起身去找人。三大爷一生养了六个闺女，自打她们出嫁开始，三大爷就一直在给闺女们"打官司"。在婆家受了委屈，赶紧回家找娘家人支招，仿佛三娘这把保护伞永远能罩着自己一样。

一队人马浩浩荡荡顶着西北风去了周家，都是带着怨气儿去的，打算为香姐复仇，也让周家付出点儿代价。

结果到了周家一说，人家全占理儿，撞了大家一鼻子的灰。周家的老太太是一个刁妇，没理都能辩三分，现在更是占了上风。

"你们来得正好，老柳家也有明白人儿，快让她五叔和老叔给评评理。今天早上她把粥端洒了，泼一地，保臣去看，她祖宗三代的骂老周家，也没人理她。还说保臣把她揍死了，好让我给儿子找大姑娘！他叔你听听，哪有这样说话的？"周老太太满身是嘴，那是一条巧舌。现在摆起了长辈的姿态，盘腿坐在炕上，嘴里吧嗒着一尺多长的旱烟袋，慢慢地往出吐烟圈儿。偶有烟灰掉在她青色的衣服上，还要用一寸长的小拇指甲将烟灰弹到地上。如果没有人搭腔她还会絮絮地说下去……

一行人在周家的炕沿上刚刚坐定，就吃了周老太太的连珠炮。本来是找人家算账的，结果先让人家给灭了。

"我没骂你们家人，那是太生气了顺嘴溜达出来的！"香姐本就不太会辩解，一根筋说话不经大脑，简直是越描越黑。

"小香子，以后说话的时候，能不能好好考虑一下再说。话到嘴边留半句，你的嘴倒好像一挺机关枪！"我爸开始批评香姐了。

父亲心想："这一面之词太坑人，听小香子在家说的全是她有理才来的，结果呢，一点儿理也没有！让人家给扒扯够呛！"看来只能灰溜溜地回去了。

"老亲家，以后小香子有啥错尽管批评，就要像自己亲生的孩子一样地管教，我支持你！"五大爷开始跟老周太太往回拉话儿了。

"小香子，你以后有啥事儿得多听你婆婆的，别一有事儿就往娘家跑，孩子才几个月，扔下就没人管了，没有奶吃，你能下得去眼儿吗？去，赶紧奶孩子！"父亲开始给香姐下台阶，自己也找台阶下来，尽快脱身才好。

"老亲家，我跟五哥家里还有事儿，这就要回去了！"父亲起身往房门的方向走。

从此以后，香姐挨揍的频次似乎是更勤了，姐夫的脾气也是越来越大，有不顺心的事就往香姐的身上发泄。有的时候不赖香姐的，她也会无辜被打，打完之后，香姐还是回娘家，但是柳家人再也没有去周家算过账。

找对象是要门当户对，更要找知心爱人，如果找了一个看见媳妇就恶心的人，天天想着娶别人媳妇的老公，估计只有受气的份儿。周保臣也想找诗琴画艺、知书达理的女人，这样的要求对乡间的女人来说太高了，即使有这样的女人，也不是他这个烧锅炉的男人能配得上的。不将就只能打，越打越没有感情，甚至变成仇敌，做饭的时候，恨不得给他下一些老鼠药，盼着对方早点儿死。

姐夫非常热爱读书，他在尽力把自己变成一个腐儒，说话每句必涉及古籍或典故，如果谁在他面前失了礼数或者是词汇用得不恰当，那都是犯忌讳的。姐夫性格慢热沉稳，他不爱香姐，不可能爱一个大字不识几筐的人，和这样的一个人一起吃饭一起睡觉，形影相随挥之不去，天天说一些七百年谷子八百年糠的事儿，没事儿就把丈夫不爱听的砢碜事儿拿出来抖落抖落，嘴永远不停地说，无非就是厌烦透顶了。这样的家早就不是家了，不想看见一切关于她的东西。

姐夫是烧锅炉的，在东北做这个工作的人不少。大凡是烧锅炉的人都会想办法让自己的家不冷吧！姐夫自己亲自设计安装的家里的暖气片怎么烧都不热，这也应该是很难做到的，暖气里装的也应该是痛恨和放不尽的怨气。香姐在家天天烧炉子，屋子里冻得叮当乱响，水缸冻、洗脸盆冻，连装开水的暖瓶都冻炸了。儿子在被窝里写作业，要用被子盖住脑袋。一个不爱家的男人真是可以把恨做到极致。

香姐的手脚都是冻疮，而且年年犯，服装厂黄了，在家做缝纫活儿挣钱，姐夫的钱一分也不给她，因为姐夫在外面找到了比较高雅，而且话少的女人了。

香姐的公公病了，瘫痪在床，香姐每天要照顾老人起居，要饭菜可口，还要端屎端尿，一伺候就是五年，香姐的善良略见一斑，只是语言表达用词不恰切而已。

后来周保臣得了重病，香姐一照顾就是好几年，我不知道姐夫会作何感受，应该还是觉得父母不应该定下这桩不能进行选择的婚姻吧！他花了那么多钱养的女人哪儿去了呢？诗情画意的女人还能对心衰的男人抛出橄榄枝吗？素质那么高应该能照顾一个卧病在床的情人吧？死的时候一定会把忏悔带进骨灰匣，这对夫妻不是一个林子里的鸟，放进了一只彼此都跳不出来的樊笼，互撕互怼一辈子，两败俱伤。

不管爱与不爱，日子都是一天一天过，平凡的日子就要和平凡的人一起过，永远在你身后，等待每次回头。也许你还不知道，你对我多重要，有丈夫在还有家。爱就是一把手中的细沙，握得越紧，流得越快，直至一无所有……

姐夫死了以后，香姐还是每天在街上摆摊卖袜子。冬天街上的小贩每一个都是蜷缩的身影，只有香姐小小的个子还要伸长脖子喊："卖袜子了，五元三双。"

有些人来这个世界就是为了享福的，而有些人就是为了遭罪，即使没有人施压，也选择负重前行。

每次路过她的小摊，我都要走近了，向着她挥挥手。我知道她停不下来，就像运行中的钟表，她没有爱也不需要同情，甚至更不需要残缺的慈悲……

# 第三十九章　挖　渠

敖包滩的秋，一天凉比一天。各种作物的秸秆都放倒以后，耕地与草原成了视野中的一望无垠。硕鼠们都藏够了一个冬天的吃食，走进了地底下的家。

红红黄黄的堆在庭院里，红的是高粱拿去酿酒，这些年姚家一直在酿酒，高粱的收益还可以；黄黄的玉米拿去交公粮，大冬天的要赶上马车排一天一夜队，把粮食卖到粮库，还要能验上一等粮。本地制种的玉米种子产量低，种地入不敷出，很多青壮年都想出去打工，要离开这片被敖包守护的土地。

路是死的，人却是活的。敖包滩属于寒稻的宜植地区，父亲经过多方考察，决定要带领大家种水稻。

俗话说："水往低处流。"想种水稻最大的难题就是挖渠引水，眼瞅着的洮儿河水日日夜夜在眼前流过，为什么不挖渠引水解决水稻种植的水源问题呢？父亲规划了引水路线，但是投资太大了，以目前的村级财力无法完成这样巨大的工程。父亲带领乡亲们要分期分段地完成这项看似不可能的工程，要挖渠还要提水，现在干的是第一步，以后还要继续干，父亲说随着村集体经济的积累，以后一定会有买水泵建泵站的钱。

工地上常年干活的有我年迈的大大爷、二大爷、四大爷和我爸，还有三十多个妇女，最大的不到七十，最小的也四十多，每天都去上工。大大爷走路都费劲，大大爷说有了铁锹就相当于拄了拐棍儿。二大爷肺气肿，干一会儿喘一会儿，就是这样的一帮人，为了能种出自己做梦都想吃的白米，以一种愚公移山的精神开启了一段力所不能及的漫漫征程。

他们每天坚持挖渠，铁锹不知磨坏多少把，黄胶鞋不知磨碎多少双，累了席地而卧，渴了掬一捧河叉子水喝，饿了啃几口梆硬的馒头，病了吃几片兜里揣的止疼片。父辈们要做这滩上的先驱，把美好的未来留给后辈享用。老弱病残不是理由，用老弱病残之躯扛起挖渠的重任，山的高处是人心向背，渠的尽头连着梦寐以求的稻田。

四大爷是这其中的硬汉，他不太爱说话，挖渠的过程中，遇到石头就要请四大爷来刨。这一群人中只有四大爷每天扛着两样工具，一个是大家都带的铁锹，还有一把是大家都扛不动的尖镐，石头大，锹挖不动，四大爷就拿尖镐过来，用镐尖试探试探石头大小，如果是小石头几镐刨下来扔到渠边上，倘若是大石头就要先用锹挖好四周然后再刨掉。四大爷是任劳任怨的劳动模范，每天干的土方量是最大的，有的时候是要数倍于大家的，没有体力的人让他拿镐都拿不动，就别说是刨石头了。四大爷魁梧的身形、浑圆的脊背、总是带着笑容的脸、无尽的热情都是敖包滩人干劲儿的象征，不屈的敖包滩精神更是不向困难低头，有条件要上，没有条件创造条件也要上，这世上便没有克服不了的困难。

苍茫中树丫举起落日，一群人扛着工具，领着拉长的背影回家了。锹镐叮叮当当的撞击声，不仅穿透愚公移山的山，也把愚公的愚，凿成一种锲而不舍的精神。

挖渠的工地总是有一面党旗在飘扬，风呼呼地吹，镰刀和斧头在不停地飘动。我们的党员始终冲锋在最前面，风里来雨里去，在最艰苦的地方负重前行。

一天一个人要挖两方土，还要把土端到渠边垒砌成挡水的墙，拍实压紧。日复一日地劳作让他们脸上的皮蜕了一层又一层，手上的老茧前面的压着后面的，吃一口凉食进肚，没有一分钱的工资，我们的前辈还幸福地相互打趣。

"二弟，看你喘的，你把气儿喘匀乎了再干活儿吧！先歇会儿。"大大爷对二大爷说。

"快点儿干，赶黑儿能干完，要不明天大家还得帮我干。"二大爷有些恨活儿。

"你这躯喽儿气喘的老毛病好像这几天更重了！再使劲干，晚上我得把我家的狸猫借给你，让你扯猫尾巴上炕了，怕你家的瞎鬼把你踢下来！"大大爷打趣他二弟。

"你还是留着猫帮你上炕吧！我晚上打地铺睡觉。"二大爷说，看来二大爷知道自己没有多少力气上炕了。

二大爷端着土，往渠边儿走，就在这时大大爷看见二大爷一脚踩空来了一个前失，锹上的土慢慢悠悠撒了，人也倒在渠边上了。大大爷心里想着不好，马上招呼大家，自己从地上爬起来向二大爷跑去，到了二大爷跟前儿发现二大爷脸憋得发紫已经没气了，这是一口气没有上来，憋死了。大家都聚拢过来，我爸背着二大爷回村了。他是一路哭着走的，他决意要修渠，还扯上自己的几个哥哥当垫背的，他们是在拼了老命陪自己挖渠，没有工钱、没有承诺，只有我爸精心给他们画的前面的一片"大梅林"。

族人请来有名的木匠连夜给二大爷攒了一口棺材，国育、国营、国星、国臣、国文都跪下给二大爷守灵，瞎二娘干哭也没有眼泪。

"这个死老头子，说好的一起去，活活把我扔下了！"二娘用手捶着棺材，棺材新刷的漆还没有干，红漆都粘手上了她也没有看见，抹衣服上可哪都是，国臣哥过来扶二娘，结果是一个大红的手印子印在了他的孝服上。众人惊魂未定，一阵过堂风吹过丧棚，瞬间二娘转过头向着棺材磕去，国臣哥一把抱住二娘，但是二娘的头还是撞到了棺材上。虽然没有听见多大的声音，但二娘的脑门上一个青紫的大包很快就凸出来了，看来二娘是真想跟二大爷一起去，这下可把这几个儿子吓坏了，赶紧抬着二娘放在炕上，二娘在炕上还哭。

二娘说："你个死鬼，你非不让我跟你死，那我明个儿去工地替你干活！"

"妈，你别去了，我们几个办完丧事都去！"国臣哥哭着说。

"渠咱们肯定能挖完，让爹闭眼吧！"这时夜空被一颗突然划过的流星点亮了。

第二天早上国育哥摔了丧盆，起灵往坟地去，扛着灵幡儿，几个小辈已经挖好了墓坑，棺材放进去，人就埋在了圆圆岗子坟地，给六爷和六奶顶脚来了。

到了上工的时候，挖渠的人比以往又多了一些。我爸跟大伙儿一起挖土修渠，今天大家都不说话，挖渠进度也比每天快，仿佛是挖一锹少一锹一样。

敖包滩人不向困难屈服的力量在积蓄，大踏步地向前，沟沟坎坎再难也终究会被踩在脚下。

这天晚上父亲回到家以后，一个人躲在小屋里抱头痛哭，哭声让人肝肠寸断，应该是哭二大爷死在工地，怀念与二大爷深厚的兄弟情义。人活着就是一口气，气在人还活着，气不在灵魂就会飞走了。二大爷出现这种情况已经好几次了，那么大岁数本就应该在家里待着，能把这口气喘匀乎就不错了，可是二大爷却偏要去挖渠。虽说是党组织号召大家挖渠，但是二大爷并不是党员也跟大家一样出力挖渠，这就意味着二大爷不屈服于贫穷，他想改变，至于能变到什么程度，他对我爸很有信心的。父亲的哭，是对二大爷的愧疚；父亲的哭，是对自己这么多年的艰辛付出，想让敖包滩早日脱贫的力量甚微；父亲的哭，是为了释放一下压抑已久的情绪；父亲的哭，更是抓不住生命的怯懦，他怕自己哪一天就不在了，而事业还远未完成。

第二天天亮，父亲依然满怀希望，又扛着铁锹出发了。穿黄胶鞋也一样走出军人的英姿飒爽，身板溜直儿，军用的水壶和干粮的袋子，永远是昂首挺胸披荆斩棘的老党员。花儿为什么这样红，是因为滴滴鲜血浇灌了它……

父亲的脸有着与年龄不符的皱纹；父亲的头上有与岁月难同的白发。他放在心里操心的事儿都是敖包滩群众的大事儿、难事儿。他深信，只要一脚踏过去，便是坦途，人工凿出来的活水，只有月亮落水时才能触及倒影里的斑驳。水稻从抽穗儿开始，一点点地夯实大地，就像第一声啼哭宣告出世，注定从一个劫数开始……

# 第四十章 垄沟垄台

春天的敖包滩布谷鸟一直在叫，催促着勤劳的人们耕地下种。清明一过，一场及时的春雨就来了，大家开始打垄种玉米。

这天晌午，国星哥正好犁到了自家地的最后一根垄，怎么看怎么不对，赵三矬子家新翻过来的土又盖过了半根垄，本来去年就已经撵过来了半根垄，今年又把国星哥的这半根垄也翻到垄底下。正好赵三矬子和他媳妇也在地头，他俩一边说话，一边给黄牛梳毛，赶晌了，也要回家的样子。国星哥就走过来想跟他们说道说道，这些年，只要碰到赵三矬子这个败家媳妇，国星哥就没占到过什么便宜。

国星哥想："摸摸老虎屁股又能咋的，光棍这些年了，连找个娘们儿吵一架这种事儿都有些奢侈了。"

"你们这也太熊人了！去年撵过来半根垄，今年本应该我的这半根垄扣到你那头，你们倒好，又占我半根垄，两年占我一根垄！这样下去，来年不是还要占我的半根垄吗？"国星哥仗着胆子朝赵三矬子走过来。

"欺负你能咋的，你熊熊的，不就是用来欺负的吗？"赵三矬子的老婆嚣张跋扈地接话了。

赵三矬子人长得真小，她的小媳妇还比他高半头。说母鸡下蛋要是连蛋连多了就会下一个蛋歇子，半个蛋那么大，赵家哥兄弟都是大个儿，到了赵三矬子这里应该是脑垂体的生长素分泌不足，导致赵三矬子长得像几岁的孩子，四十多岁才找到媳妇，媳妇的心眼儿太多，每次两口子干仗赵三矬子都占下风，头几天还打仗来着，这媳妇打赵三矬子就跟打孩子一样，笤帚疙瘩都打飞了，赵三矬子也是真抗打，声都不吭。再看这赵三矬子让人打得摸哪哪疼，媳妇不往要害的部位打，专门打下半身，赵三矬子一会儿揉揉这边的屁股，一会儿揉揉那边的屁股，用手和肘护着大腿和屁股，爹一声妈一声地喊。怎么说也是男人，一点儿男子汉的尊严也没有。孩子知道，在家他妈是一把手，他是二把手，笤帚疙瘩是三把手，四把手才能轮到赵三矬子。媳妇天天在炕上坐着，赵三矬子要给媳妇做饭、端水、泡茶、洗脚，凡是老爷们儿干的活他都要干，凡是老娘们儿干的活儿他也要全包，一天到晚累得哭叽尿嚎的，干不好还要挨揍，这是什么道理呢？离婚也不敢提，提离婚还要挨揍。这样的媳妇真是双手捧了一个刺猬猬——扔也扔不了，撂也撂不下。

要说这赵三矬子媳妇真有一些手腕的，把老爷们儿放身边收拾服服帖帖的，日子过得也很惬意。

"那可不行，我回家拿二轮土地承包书去，非找个明白人说道说道！"国星哥也认真起来。

"你说你一个光棍儿，多一垄少一垄的能咋地？多打一垄苞米钱能找媳妇呀？"赵三矬子的媳妇手插在腰间，露出一脸横肉。

"不吃馒头，就想争一口气！非好好治一治你！找不找媳妇跟你有啥关系？先不跟你掰扯，我去找人评理！"国星哥不想跟她过多纠缠，更知道不是这娘们儿的对手，回家找土地承包合同去了。

国星哥找了合同，又去找了房会计和村支书一起来到自家地头。

"这家伙，把村支书搬来了，把会计也找来了，还是你家人硬实呀！就是把天王老子叫来，这根儿垄也是我的，土都盖上了！"赵三矬子媳妇已经欺负人欺负惯了，就想玩硬的了，霸王硬上弓，爱咋咋地。

"再说了，你是村支书，是他老叔，你说的不得偏向他吗？"赵三矬子媳妇还是不想失去这根儿垄，她知道穷极讹赖肯定会让对方退让的。

"我不说话，我就看着，你说行不行？"摸透了她的小心思，我爸脸上带着笑容。

"咱们分地的时候是埋了桩的，现在桩不在了，具体是谁弄的咱就不追究了，咱们可以根据图上的长度重新丈量土地，你看咋样？"房会计看着赵三矬子媳妇说。

"丈量就丈量，那得我看尺量。"赵三矬子媳妇说。

"好，你自己量就行，我们就看着，不说话。"房会计说。

赵三矬子媳妇从国星哥的地西头量到东头，正好整个一根儿垄都是国星哥的，撅腰挖腚量了半天，一脸无奈地看了看房会计。

"现在公平了吗？"房会计问。

"公平了，还他就是了，大不了出去打工再挣点儿钱填补家用呗！"赵三矬子媳妇声音仿佛低了八度。

她忽然又想起什么，骂道："你个赵三矬子，人没有三块豆腐高，纯纯的一个窝囊废！看着婆姨让人欺负都不管！"

赵三矬子满脑门子的委屈，劈头盖脸地挨顿骂，赵三矬子也是习惯了不敢吱声。

"咱们回家吧，孩子还等着做饭呢。"赵三矬子拽了拽媳妇的衣袖。

"我不回，我非要回去年的半根儿垄，去年不是种得好好的吗？"赵三矬子的媳妇坐在地上，把草末子和土往头上扬，又躺在地上打滚儿，自己都玩冒烟了，暴土扬场的。

"不活了，让人家都欺负到啥粪堆儿了，让普通老百姓活不了了！"赵三矬子媳妇继续在地上一边打滚儿一边干号，捎带观察着情况。

"国星，不行你把这根儿垄给她们种吧，我家园子给你种，反正我也没有时间种园子，荒着怪可惜的。你种，没事的时候让你老婶给你看着浇水，咋样？"父亲在征求国星哥的意见。

"老叔，你别说了，你给大伙儿做的事太多了，忙村里的事儿园子都没时间种，没事儿的时候，我去替你种，好歹夏天也吃点绿色蔬菜不是？这根儿垄不要了，给老赵家吧，让他们种好了。"国星哥竟然不争了，他不想让他老叔为难。

"你们看这样处理怎么样？"父亲问赵三矬子。

"那敢情好了！"赵三矬子媳妇从地上爬起来，一边掸土一边假笑着说。

"谢谢书记和房会计，这样处理当然好，那我们先回了。"赵三矬子媳妇拽着赵三矬子赶紧收拾东西，赶车回去了。

因为猪场分猪羔儿了，一家一个，喂到过年杀了吃肉，赵三矬子媳妇下午还要收拾猪圈，把猪圈收拾干净好迎接小猪羔儿了。

"老叔，二叔，我那有好吃的，中午了，到我那里来两盅？"国星说。

"我就不去了，让你二叔去吧！猪场那边儿还忙着哩！国星，你别忘了下午去猪场领猪羔儿。"父亲往猪场的方向去了。

"我也得回村部，领猪羔儿要做表，让大家签字领猪羔儿，要不回头你把吃的送村部吧，我吃一口。"房会计快步往村部的方向走了。

国星哥看着他们都走远了，长长地舒了一口气，"哎！吃亏是福，难得糊涂吧。"这是我爸常常挂在嘴边的话，他算是领会其中的精髓了。

在这世界上谁都不糊涂，难就难在有些人揣着明白装糊涂，最厉害的是还有人压根儿就不想活得明白。

国星哥把种地的东西送回了家，拎着小煎鱼和高粱红去猪场帮忙去了。

到了猪场一看，好家伙，说好的下午分猪羔儿，这些娘们儿中午就来了，在大门口的石头碾子上晒阳阳，等着呢。因为猪场是经过严格消毒的，不能让大家进去，来领猪羔儿的人们自动排上了队，房会计拿着笔和签字的纸让大家签名，用红印泥在名字上按下红红的手印。

第一个分到猪羔儿的就是赵三矬子媳妇，费力地写上蚂蚁爬的印子一样的名字留下一个红手印，就接过猪羔儿头也不回地走了。她是觉得这猪羔儿是必须得的，谁的情也不用领，在敖包滩这样的人大有人在，不止她赵三矬子媳妇一个。

长青婶第二个分猪羔儿，长青婶说："还是敖包滩这地方好，分了这么多年猪羔儿，都不要钱，年年杀年猪，我都没帮猪场出过什么力，都不好意思来取了，今年再到忙的时候，老房你去叫我一声，咋样？"长青婶子说着，用编织袋背走了一只稍微小一点儿的猪羔儿。

吕淑娴也来了，她说要最小的猪羔儿就行，没挑儿，然后帮着大家分猪羔儿。陆陆续续地领走了不少猪羔子，排到最后的长顺婶拿走了一头不太欢实儿的小猪羔儿。

该来的都来了，领走自己的猪羔子。有几个娘们儿按完手印通红的，干脆往猪耳朵上抹一抹，虎头虎脑的大猪羔子就这么抱回家了。今年母猪闹灾，要是在邻村买一个猪羔子都快比大猪贵了。

一共七窝猪羔儿就这样分完了。

黑母猪壮，壮一窝；黑公猪壮，壮一坡。这滩上的猪清一色的大黑猪，家家都一样，只有耳标上的标号能分出是谁家的猪。

# 第四十一章　洪　水

一九九八年六月初就开始下雨，一个劲儿地下，来一片云彩就下一场大雨，一会儿又来一片云彩，又是一场大雨。敖包滩上的水白亮亮的，真的不敢再盼下雨了，玉米地、高粱地都进不去人了，一踩稀泞，拔不出脚来。

娘们儿本来还是三个一伙儿两个一串地唠嗑，现在忧心忡忡地没有心思扯老婆舌了。害怕洮儿河的水冲进村子，淹没已有的富足生活。年猪越长越大，羊群成帮成伙儿，槽牛快要出栏，还有……还有……

窗外的雨滴敲打着玻璃，迷蒙的视线看不了多远，趁着下雨间隔的时间看一下水墨画中的村庄。雨把泥墙变成一堆烂泥，雨把草房变得茅檐低垂。碱泥抹的房盖四处漏雨。民堤开始告急了，父亲在大喇叭里喊着，声音嘶哑："大家这几天晚上不要睡得太沉了，如果听见半夜里敲锣就赶紧往高处跑，往圆圆岗子跑！青壮年的劳力都跟着我去大堤上！"

父亲这一嗓子，几乎喊来了所有的乡亲们，大家拿上自家所有的编织袋，扛着铁锹就浩浩荡荡地往南走了。洮儿河水快要漫过民堤的矮处，大家赶紧往编织袋里装土，往低的地方堆放，要垒起一道挡水的防墙。此时的河水仿佛自带了暴躁的坏脾气，有的沙袋瞬间就被愤怒的河水卷走了。但是不屈的敖包滩人没有退缩，他们要保卫赖以生存的家园，后面的人跟着前面的人，向堤坝发起一轮又一轮的冲锋，沙袋一个接一个地往上撂，装沙袋土要多装，放在堤上用脚踩紧，防止漏水。一天过去了，晚上大家就用一些稻草铺在坝棱子上打个囫囵身儿眯一会儿，起来继续加固堤坝，装沙袋，背土上堤，放好压实。手都磨破了，一茬接一茬的血疱，肩都磨出血印了，一层一层地蜕皮，疲惫的乡亲红着眼睛守着岌岌可危的堤坝。水还在涨，天上还在下雨，踩着泥泞的大堤一跐一滑，摔倒了，爬起来；摔倒了，再爬起来，手脚并用奋战在这长长的堤坝上。渴了喝口水，饿了吃馒头和咸菜。

九天过去了，就在第十天的晌午，一场大暴雨彻底摧毁了乡亲们死看死守的堤坝。父亲第一次锣声响起，乡亲们拿着包袱离开了家，几户有泰山车的人家拉着牛羊开进县城，没有机动车的人家赶着成群的牛羊向东岗子的马站方向走去。没有哭喊，大家迅速撤离。我爸挨家挨户地喊着，找完最后一户人家，才放心撤离。

父亲在往出走的时候，一块木板上裸露的带锈铁钉扎进了父亲的胶鞋底，钉子穿透了脚面，他太累了，只能拖着脚走路。钻心的疼痛让父亲不得不停下来，一只手搭在母亲的肩上，另一只手脱下胶鞋，泥和水的混合物早就把脚泡得没有了血色，但是钉子扎进去的深度又让血流不止，没有消毒更无法处理，情急之下母亲撕下了自己衬衣做成布条，递给父亲让他缠上伤口，然后父亲就在母亲的搀扶下在水里艰难地向着高岗方向行走。他们两手空空连回家的机会都没有！父亲的身体一直在抖，感觉非常冷，他的身体在发高烧打摆子，加上极度的悲痛，这么多年的奋斗都毁于一旦了。

当母亲再回过头，眼看着村子被水淹没了，高处的瓦房只露出脊瓦，低矮的房子都在水面之下。树只有树梢、电线杆只有杆头没有线，洪水无情地淹没了我们的敖包。在能看见水头子的地方，檩子都变成草棍一样的存在，洪水在摧残着所有一切，猪狗鸭鹅都在顺着水流飘着。父亲和母亲是含着泪走的，谁都没有说话，两个人三条腿着地，艰难可想而知。

在高岗上大家生起火支起锅，袅袅的炊烟升起，长青婶子背出来一小袋米，烧水煮粥，一人分到一点儿，喝着心里暖暖的，每个人都捧着粥碗默默流泪。刚喝完粥就看见天上飞来了直升机，在头顶盘旋，螺旋桨巨大的气流吹倒地面的植物，吹得人睁不开眼睛，一群衣衫褴褛的人在聚集。不一会儿，直升机向我们这个孤岛投送了矿泉水和方便面，大家欢呼着雀跃着，在我们没有家的时候身后还有更大的家。

父亲决定领着大家继续往北走，他怕继续涨水淹没东岗子。人们互相搀扶着，一家一户地清点人数，无论如何一个都不能少。终于到了相对安全的城里，让大家投亲靠友去了。我们全家人住进了外婆家。

几天以后，听说嫩江的大堤更危险，父亲跟着预备役的部队进发，奔嫩江的大堤去了。在白沙滩段大堤上，父亲又不分昼夜地干了好几天，在大堤的决口即将堵住的时候，父亲眼看着一个浪头涌来，几个并肩作战的预备役官兵就不见了，当父亲睁开眼睛，只有浑浊得发黑的江水，父亲大声地呼喊，一点儿回声也没有。父亲他们又冲向了决口，打上木桩，往水里扔沙袋，沙袋瞬间就被水冲走了，父亲和几个老战友跳进水里，用手拉手的方式拦住沙袋，迅速把沙袋垒起来，就在沙袋垒好了，要往上拽人的时候，一个水头子拍过来，父亲和几个老战友消失了！这一天正好是八月十八日。雨夜，防洪军民一个又一个冲锋还是没能挡住汹涌的洪水，大堤垮了，洪水无情地淹没了上百平方公里的土地，到处是水，公路也消失了。

父亲牺牲的消息是县人武部的同志打电话通知我的，我听完电话木然地站了几分钟，疯了似地冲出去，想去白沙滩寻找父亲，可大水淹没了前方的路。此时无论什么都不能阻挡我向前走，开车的司机一边开车一边哭，路上的水已经没过了膝盖，虽然是在路上开车，却随时有可能因为车轮的错位掉进路边的深沟里。就这样蹚了五公里以后找到路，继续向白沙滩方向赶去。到了后英台就彻底没有路了，我下车，一个浪头迎面把我击倒，这时我冷静地意识到，绝对不能再往前走了，我找不到父亲了！我朝天怒吼！

面对肆虐的洪水，我选择退步了！一路哭着回到县城，父亲的音容笑貌还在我心里，父亲为了抢险已经累到了极限，当他跳进水中的时候，就没有想过自己的生死。现在连父亲的尸体也无法找到，茫茫的江水会把他带到哪里呢？爸爸，水里那么凉，你要让我到哪里去找你！

我妈哭晕过去，送进了医院，一天了还是没有醒，她心里的悲伤可能更重。在父亲去白沙滩临走的时候，她是希望父亲早一点儿回来。现在她恨自己没有拦着父亲，可是这辈子她都没有拦过父亲，即使知道会有牺牲也不会拦着他。她知道父亲觉得自己永远是军人，永远是一名党员，自己的命随时可以交给组织。

父亲，我亲爱的父亲，你走了，永远地走了。你留给敖包滩人最后的记忆就是你一条腿走路的样子。你是硬汉，是敖包滩的脊梁，你用一己之力擎起千斤巨鼎。父亲，我恨你！父亲你没有留给我爱你的时间，让我再无机会向你表达我对你的爱。我要对你说，我是深爱你的，是你给我生命，是你给我倔强的性格，更是你在我身体里烙上了红色基因，让我沿着你走的路继续前行，你用生命给我写的遗书，共产党员可以随时为共产主义事业献出生命。

敖包滩完全淹没在水中了，"人生天地间，忽如远行客。"活在人间，父亲干干净净，对得起祖辈的传承和古训，对得住乡亲与时代，却忍受着负罪感的折磨。他在流浪、被放逐，那些从黑暗深处伸出的手拖住了他的脚踝。在他走后，只是偶尔的阳光让他欣喜，也只有这阳光让他慢慢睁不开眼睛……

# 第四十二章　回　乡

　　季节在光阴里苍老，而我要在这苍老里获得新生，我要回归这片草原。少年的誓言渐渐被岁月遗忘，我一刻也不能停歇，我要追着记忆，沉入这枯黄的草原，也属于金色的大地。

　　大水退去的这年秋天，本来在公路部门工作的我向组织部门申请回到敖包滩工作，任村支部代理书记。

　　在敖包前，我坐了很久。坐够了，就把那些被水冲走的石头重新搬回原来的位置，给敖包缠上新鲜的经幡，扶正白色的苏勒德，修缮一新的敖包滩又是我魂牵梦绕的那个敖包了，只是此时敖包顶上的日月火已经长成一棵粗壮的大柳树，柳家的人在敖包滩上已经变得越来越多了。拖着皮箱直接住回村部，回到我魂牵梦绕的村庄，这里有我精神的图腾。

　　我家的老屋被水淹之后已经变成了房茬子，房顶已不复存在。四面墙只剩下不足一米高，站在这里，我回忆起我的祖母，我的悠车子，我的童年。现在我拖回的皮箱里只有简单的几件衣服，最大的物件儿就是祖母留下的一面党旗，我把党旗叠得方方正正一直放在皮箱里，村部粉刷完之后，我在白墙上一笔一画写下入党誓词。

　　站在老屋的残垣断壁之上，回望那些曾经的往事，一幕一幕无法忘记，唯一令我欣慰的是可以告慰亲爱的祖母、亲爱的父亲，"我又回来了！"回来继续完成他们未竟的事业。

　　人一旦去世，据说灵魂都会回归各自的星座，每逢繁星闪烁，那是天上的逝者在多维的空间里正注视着凡间的亲人。斗柄西指天下皆秋，在没有霓虹的敖包滩，星夜里北极星分外明亮，那是祖母的眼睛。

秋天的早晨，敖包滩的水回到了原来的河道，又露出洁白的沙滩。沙滩的远处有觅食的长脖老等在水里寻找着食物，一簇一簇的草墩儿长在河道的浅处，发红发紫还有发黑的叶子。我已经长大成人，再回我的敖包滩一切是那么熟悉，一切又变得不一样。父亲在的时候，大家可以依赖他，有事的时候可以找他商量，现在我决定追随父亲的脚步，在我入党的时候，也和父亲一样宣誓过，那就是践行自己的初心和使命。

我在沙滩上躺着，累了就闭上眼睛歇一会儿。天上的飞鸟扑扑棱棱地来回在头顶飞过，它们知道我在发愁吗？村里的水退了，人又回来了，可是要面对洪水损毁的房屋，人们只能选择重建，以前积累的产业不复存在，两手空空，一切都要从头再来。回来的时候想过会遇到困难，万万没有想到困难程度超过我的想象，好几个晚上夜不能寐了，夜里想得最多的是如何重振敖包滩……

父亲辛苦经营的鱼塘，鱼都回到江里去了，现在只有一塘秋水，还有冰冷的风，带走我身上的热量。我下意识地围紧衣服的下摆。猪场的猪崽儿在主人走了以后开始野外生存训练，猪会游泳，能找到吃的东西。敖包滩上的狗是最忠实的，它们守着曾经的主人的家，它们知道人是一定会回来的。

我暂住的村部，砖墙有几厘米的裂缝，村民基本的生活没办法保障，缺口粮的人家不在少数，缺牲畜饲料的更多。灾民房正在建设中，还有很多人家住在临时搭建的窝棚里……

据说砖厂的砖涨价了，老板就地起价，贵到让人咋舌，拿什么给大家盖房子呢？整个人都在冒火，鼻子下面的黄疱儿鼓出黄色的毒，一排一排的……

正当我一筹莫展的时候，河岸边一个瘦削的身影在向我走来，是长顺婶来了。

"孩子，跟婶子回家吃饭去吧，你叔在家等你呢，我都找你很久了，你叔他们说有事情要跟你商量。"长顺婶说。

"婶子，我不去了，下午还要去砖厂，明天还有几家缺砖呢，眼看天就冷了……"我一边说一边从眼镜的后面往出抠眼泪。

"孩子，你别哭，困难啥时候都有，咱又不是神仙。赶紧跟婶子回家，真有事儿！"长顺婶子从沙滩上拉起我就往村子里走。

"你哭啥，大家都知道你的难处，不会怪你的，你说你一个小姑娘家家的，能做到这样已经很厉害了！"长顺婶生拉硬拽地把我拽到她家。

一进屋，我看见乡里的袁书记也在。

"小柳呀，给你介绍一位新同志，以后呢你们要好好配合，做好咱们敖包滩的工作呀！"袁书记大声地冲着后院喊了一嗓子，"小姚，你过来一下，我给你们介绍介绍！这是县里农业部门调任到乡里的新任乡长——姚……"

"谁？姚旭日？"我抢了袁书记的话，也许是太激动了吧。

"对！就是姚旭日！"袁书记确认了我说的话。

我忽然又沉默了，求学的这么多年我俩就没有再联系，他还会记得我吗？还是那个旭日哥吗？

"小柳同志，你好！"我又听见了那个熟悉的声音，这礼貌和客套让我意识到人家已经是乡长了，要多尊重并保持距离。

我伸出手，礼貌地与他握了一下手尖儿，然后迅速地缩回。袁书记跟我交代了一下工作，交代完工作我借口说手头还有事儿，就要走。想想自己老大不小的，还在一个人单着，又开始为自己发愁。

"你别走，我还有事儿要说。"姚旭日叫住我，我停了下来回转头。

"袁书记，今天正好您也在，我已经跟我的父母商量过了，这是我的未婚妻，想征求一下您的意见，如果组织同意我们明天就去乡里的民政部门登记结婚了！"姚旭日一本正经地说。

我努力地摇摇头，翻了翻已有的记忆，这几天我的确是有点儿思维混乱，可是刚才我明明听见姚旭日说我是他未婚妻。我仔细地捋一捋思绪，掐了一把胳膊上的肉，仿佛更糊涂了，怎么稀里糊涂地就被"绑架"了呢？而且结婚这件事对我来说也不是小事儿呀，总得母亲同意吧？但是转念一想也没有什么的，父亲生前也是同意过的，还向长顺叔要了好几箱高粱红酒，母亲说我没少吃姚家的饭，自己呢，总是在梦里梦见的那个男人也一直都是他。

"我同意，我是看着你们长大的，知根知底，我的意见也代表组织。"袁书记点点头。

"好，那我明天就去登记结婚了！明天开始我请假三天，婚假。"姚旭日跟袁书记正式请假。

说实话，我不敢高兴，因为我们毕竟已经分开了这么多年，我们的想法还是没有一丝的改变吗？毕竟人家已经是乡里的领导，而我什么级别也没有，就这样没名没分地回来了。

"那我晚上得在你们家吃饭，跟你爸好好庆祝一下，他头几天还跟我说你在县城里，为你找对象的事儿发愁，现在说解决就解决了！"袁书记两手一摊，往炕上一坐，开始夹盘子里的花生米吃，嘎崩儿脆。

"老姚呀！赶紧把你窖里陈年的高粱红拿出来，我得好好喝两盅。"袁书记大声地说，故意抬高了音量。

"旭日呀，领着你媳妇去酒厂，把地窖里的高粱红拿出来两坛。"长顺叔把钥匙抛给姚旭日。

"走呀，你还愣着干啥？"旭日哥招呼我，他应该能感觉我有点儿懵。

我低着头，不好意思地跟着旭日往酒厂走去。到了酒厂，我发现酒厂居然没有人，这应该是长顺叔故意安排的，给我俩机会，让我俩说说悄悄话。姚旭日打开大门，又打开房门，最后打开了地下室的门。他拉着我走了进去，让我看看他们家的这些宝贝，顺手拿出来两坛酒，然后锁上地下室的门，我们一起走进黑漆漆的值班室，在值班室的床边旭日哥坏坏地把我推倒在了床上。

我知道，他是想和我亲近亲近的。现在是独处的空间，两个人靠得很近，感受心跳并闻到彼此的气息。他还是那个高大阳光的大男孩儿，身上只有淡淡的皂角的清香。

　　"你同意吗？"姚旭日问，"亲爱的乌兰，我想说：'幸好！宝贝！'你把阳光空气和水，还有勇气依次给我。让我把自己身上坚硬的鳞片变成了梅花烙印，让我重新怀揣着一棵嫩芽的梦想，让我用从未沾染过雨水的圣洁花瓣来拥抱你，这就是我们的尘缘。"

　　"再给我点儿时间好吗？太突然了。"我顾虑重重地说。

　　"你知道我为什么回来吗？"旭日依旧缠绵地低声耳语着问。"前世我是你的情人，这一世我要做你的丈夫，彻底拥有你，拥有你的全部。"

　　"我怎么不知道。"

　　"我要不回来，姚东升就要回来！他要娶你！"

　　"你俩是不是早就设计好了？"其实我心里也说不清喜欢哥俩之中哪一个，旭日聪明机灵，有小心机；而东升城府很深，运筹帷幄。

　　"这些年，你知道我想要什么，在城里我爸天天逼着让我找对象，可是没有办法忘记你，这辈子除了你，没有办法娶别人，那都是将就，只有你，是我的不将就。"旭日哥动情地说。

　　"那你现在目的已经达到了，咱们赶紧把酒拿回去吧！袁书记还等着喝呢，我也得早点回村部休息。"我说。

　　我们一起回到了姚家，旭日哥把酒放在桌子上，随即拧开泥巴糊住的坛子口，剥落糊在坛子口的黄纸，酒的香气弥漫了整个屋子，旭日说这两坛子酒已经在地窖里藏了整整二十年了。袁书记把鼻子趴在酒坛上，沉浸式地体验一下陈年的酒香。当他再次抬起头的时候，我们都惊愕了，他满脸泪痕。

　　"当初要不是振洲那么坚决地坚持要开酒厂，或许这酒厂早就不存在了！"袁书记哽咽着说。

　　"他栽了树，给我们乘凉，现在看看这一酒窖的藏酒，留了这么多年，得有多少是他的心血呀！"端起酒杯的长顺叔泪水也漫出了眼眶。他朝着自己的眼睛抹了一把泪，然后把一只大手搭在了袁书记的肩上，拍了拍。

或许这就是哥们儿对哥们儿的特殊怀念吧！我的眼里也充盈着泪水，还有谁能比我更想爸爸？

"婶子，你先上炕吧！做饭忙一下午了吧！"我瞅着姚家浸油的古董大炕桌说，现在在姚家一身的不自在。

"你管我妈叫啥？"姚旭日不高兴地看着我。

姚婶也在一本正经地看着我，我不好意思，好像是想让我改口叫妈，我冷不丁还真改不过来，一脸的娇羞难受。那一刻所有人都保持着一个姿势，等待着下一秒我的表现。

"妈！"憋了半天，就像刚开张的母鸡下了第一个蛋，我还是叫了一声。这声妈还真难叫！以后的长顺婶就是我婆婆了！我的天！事情发展的方向已经不能控制了。

我盛了一碗饭，坐在炕沿边上悄悄地吃，真的很尴尬，从此我就算出一家进一家的别人家的媳妇了。吃过饭，旭日哥送我回村部，他没有执意要求我留宿在家里，而是我们静静地走在月下的林荫路上，一句话都没有说。到了村部，他一把搂住我。

"让我抱抱你行吗？"他的胳膊越搂越紧，让我贴着他的胸口，他让我看见了他身后的天空以及天上的星星，这一刻他又托住了我的下巴，送给我哪怕只是泥巴垒成的窝，那也是我最结实的家。

压抑在心中的欲火堪比太阳内部喷发出来的能量，我彻底屈服了，我就应该属于这个男人身体的一部分。"你想好了真的要娶我吗？是不是太仓促了？直到现在你中意的人还是我？"我郑重地问。

"我非常着急，如果我不能娶到你，东升就要回来娶你，你懂吗？我们有约定的！也不知道你这个女人究竟有什么魔力，让我们哥俩都不能放手。"旭日哥低着头看我，用手抬起我的下颌一字一句地说。

"我只要你，即使你俩长得一模一样也不能代替！你们到底约定什么了？你必须告诉我！"我逼问着。

"你不用知道，这是男人之间的约定，你只能接受。"旭日哥面无表情地说，带着无奈，仿佛有东西捆住了他的手脚一样。

我给母亲拨通了电话，把情况跟她说了，母亲竟然说这是我最好的归宿，嫁了算了。哎！这世上竟然有这样不负责任的母亲，从小就把我扔姚家，大了还是往姚家推，真是佩服母亲的眼力，难道她早就知道我跟姚旭日恋爱了？不能不说，这绝对是母亲刻意为之。女孩儿终于有一天要变成别人家的人，我并非隐秘地爱着旭日，话里话外，他就像我沙漠中的一滴透明的水，果园里一枚嫣红的樱桃。准确地说，每当我抬头凝视那几颗特别的星辰，总是把他当成我的大海。

# 第四十三章　我结婚了

星星醉酒到处跑，月亮跌进深海里，我从未觉得人间如此美好，直到你来了，扶我上岸，与你的幸福彼岸。

第二天早上，旭日哥领着我去了乡政府，在小张那里办了结婚登记证。我真的结婚了，眼前的这个男人以后就是我的男人，合法的丈夫。我想对着敖包滩上的洮儿河水喊一声，我——结——婚——了！我会一直幸福下去的。

从今天开始，我把祖母留给我的翡翠手镯戴上了，这是我唯一算得上值钱的嫁妆。

在城里我俩都买了一身新衣服，买了一些随手用的日用品，现在情况很特殊，要暂时住在公婆家，没有家具没有彩礼，甚至没有通知双方的亲朋好友，就算结婚了。这天晚上在省城工作的姚东升也回来凑热闹，他们哥俩在一起拼酒，又像在角力，先一人喝了一瓶高粱红，然后又喝啤酒，一瓶、两瓶、三瓶……

他们喝完酒时，我已经先睡下了，屋里只有一盏红色的灯，昏暗迷离。我睡眼迷离中看见旭日哥朝我走来，心怦怦地乱跳。我一直闭着眼睛，静静地享受着他带给我的幸福。我的心早就飘飘地飞向要到达的云端，庆幸自己如愿以偿地成了姚家媳妇。

旭日哭着说他赌赢了，以后的日子里可以永远地拥有我，想天天和我在一起，说除了我不会再有别的女人。旭日还告诉我一个秘密，他说他和东升一样爱我。我安慰他，替他擦去眼泪，整晚他说了很多莫名其妙的话，一直没有睡觉。

天亮了，旭日起身穿衣服，我清晰地看见他的肚脐旁边有一颗黑痣，黑痣上还有一根很长的汗毛。此时的东升也穿好衣服拎着行李箱就往出走，像是在逃，我突然明白了东升的心，他的心已经被刀子割开了，在滴血，他眼看着心爱的女人跟他的双胞胎哥哥圆房了。

我似乎恍然领悟了，姚婶说的的确是真的，我一直分不清谁是旭日谁是东升。她也只有在他俩脱了衣服以后才能看出谁是谁。

因为我们结婚，公公婆婆去二婶家躲灯去了，屋子里现在只有我们两个人，此时的空气似乎凝滞了。

"你还睡觉！到底约定了啥？拿我当什么了？你俩到底谁的肚皮上有黑痣？"我已经不能控制情绪了，几近崩溃。

"那我怎么办？谁给你的权利赌我一辈子的幸福？我到底爱的是谁？我的初吻到底给了谁？"我歇斯底里地哭着质问姚旭日。

"对，忘了吧！他不会再回来了，你是我的媳妇，我们过今后的日子，不好吗？"姚旭日还是水不扬波地说，他认定这件事不会有人再追究了。

"你错了，我没有办法原谅你们！他能把我让给亲兄弟，也能把我让给别人！你不是人！"我伤心地哭泣。

"你胡说！我不会让任何男人碰你！永远不会。"旭日的双手与我十指相扣了。

姚旭日紧紧地捏住我的手，他已经跪在炕沿边儿上，头抵在炕面上，正好朝向我。他在深深地自责忏悔，乞求我的原谅。

"只要你能原谅我，让我做什么都行，忘了过去吧！没有人会知道的。我俩长得一模一样，只有脱掉衣服才能看见肚脐旁边的那颗黑痣。"姚旭日的语气已经近乎哀求。

"我永远不会原谅你！咱们离婚吧！"我擦干眼泪，不再哭了，头也不回地往出跑，我要摆脱他，甚至应该忘记他。

姚旭日紧跟在后面，一把抓住我，抱起我就往回走，我挣扎着，咬他的胳膊抓他的脸，我的心碎了。进屋以后，他把我扔在炕上，回手去堵上门，然后照着自己的脸狂扇，一下、两下、三下、四下……这就是用刀子在戳我的心，我站起来，抓住旭日哥的手。

或许我只是一棵灌木，勉强地活在两棵高大的松柏中间。雪白的月光趁着林间的空隙砍出一块空地，无法在他们中间选择亦无法逃离，无处可去，死死地活在一块岩石的命里面。根撕碎岩石的衣裳，却深深地扎进石缝里，以获取水分和一点点微弱的阳光……

"我求你了，不要再打了！"我已经泣血涟如，没有力气继续抗争了，你在的时候，你既是全世界，你不在的时候，全世界都是你。

"那你还走吗？"旭日哥像泄了气的皮球，但他想让我屈服，时而还有点儿底气不足。

"我不走了！"我轻轻地摇摇头，长久地凝视着窗外吹过大地的风，看它如何出手，握住一棵树的无助。

"我不走了，我永远也不走了。"我的心如千年的古井水，绿汪汪、谦卑、无声滑动的一汪刺穿虚空的水。

旭日哥擦去我脸上的泪，可是泪还在汩汩向下流，他的双手端着我的脸，四目相对久久凝望，默默地许下了岁月中的柴米油盐。

下午，旭日哥带着我开着长顺叔的"212"吉普车去了一趟县城，又给我换了一身新衣服，在金店里给我买了一枚金戒指，还领我去看了正在住院的母亲。

刚到家，旭日哥就接到了乡里的电话，让他去外地考察学习，今天晚上的火车，一会儿秘书就开车来接他。

旭日哥赶紧收拾一下东西，不一会儿听见外面的车喇叭声，旭日哥向我挥挥手，说很快就回来，上了车还用双手比划成心形，想让我心似双丝网，中有千千结。

晚上婆婆做的手擀面，吃了满满一大碗，酸菜猪肉的卤子来了两大勺，婆婆夸我能吃，好养活儿，我说婆婆做得好吃。婆婆是看着我长大的，而且我的父母工作一直很忙，就把我扔到姚家，在这里吃饭的时候还真是多得数不过来，婆婆家没有女孩儿，四个男孩儿，应该说小的时候就把我当闺女养着，长顺叔原来也总是管我叫"老姑娘"。现在即使变成了儿媳妇也感觉没有太大的变化，婆婆绝对不会给我气受的，这个婆婆啥说道儿也没有，更像是妈妈一样的。

第二天去郭老二家，第三天去郭老三家，第四天去房家，第五天去国营哥家，第六天又去了赵三矬子家，正赶上他家的房子上梁，买好的爆竹准备放一放，驱散晦气，图个吉利，开始往梁上铺苇苫子。在这里我还算一个大个儿，帮着往房上扔苇苫子，盖灾民房财政由每户补助建房款，敖包滩的钱是一分不少地分发给大家。我东家帮个工，西家干点儿零活儿的，哪里缺砖了去协调……我这几天总是感觉身上沉。干一会儿活，就想回家休息休息，进屋的时候，婆婆正从酸菜缸里往出捞酸菜。

"妈，你的酸菜腌得可真早，透亮的白。我现在一看见酸菜就想吃酸菜心儿呢。"我不错眼珠地看着婆婆，她就把酸菜心儿递给我。

"上次我看你吃酸菜卤子吃得那么香，我寻思给你包点儿酸菜馅的饺子，你也肯定能爱吃呢！"婆婆看着我，然后仔细地打量我。

"我的儿媳妇，不是怀孕了吧？这么喜欢吃酸的？你也不小了，也该要个孩子了！跟你岁数差不多的，孩子都会打酱油了！"婆婆看着我憋不住地窃喜。

我的心咯噔一紧，马上就放弃了这个想法，太可怕了！我还是感觉困，吃完饺子就去西屋睡觉了，一直睡到第二天早上。第二天早上起来还想睡觉，不爱睁眼睛，甚至都开始影响工作了。就这样昏昏沉沉地过了二十多天，我去医院看望母亲的时候，母亲让我去检查一下。医生问我这个月来月经了吗，我才想起的确是过了一星期，做完测试显示我已经怀孕了。我的头就像挨了一闷棍，震颤着嗡嗡地响，声音立刻就大了好几倍，这就是所谓的惩罚吗？老天一定要让我怀上他的孩子，非要让我一辈永远无法忘记！我该怎么办？我是不是应该把孩子做掉，我应该怎么跟旭日一起生活呢？我的初恋是东升，我爱的是那个老谋深算的东升，他的肚皮上干干净净，夏天我们在水里游泳的时候，男孩子光着膀子，三角裤衩只能盖住一半肚皮，我确定他没有黑痣，相反是旭日自作多情了，我爱的并不是这个爱耍小聪明的他。为什么非要惩罚我呢？我反复地思考都没有个结果，索性顺其自然吧。

我没有把结果告诉母亲，也不能跟她说这个秘密，我怕藏不住，还是赶紧回敖包滩。到家的时候，姚旭日也回来了，草草地吃点儿东西就回屋睡觉了，他没一会儿也推门进来。

"这么迫不及待地等我吗？"姚旭日趴在我的耳边说。他看见我在小声地啜泣。

"你哭啥呀，看见我回来激动的吗，想我想到望穿秋水了，还是想学孟姜女，敖包滩又没有长城？"姚旭日很矫情地问。

我没有回答，还是一直在抽噎，他开始感觉不对了，不停地晃动我的身体。

"到底怎么了？"姚旭日似乎意识到了有事发生了。

"自己看吧，化验单在包里。"我抹着眼角的泪，眼毛驮着泪滴。

"你的意思是留着这个孩子呗？"我小心地探问。我常常在问自己，我真的爱他吗？我能直面我的内心吗？我只能选择兄弟之中的一个，而这个人不应该是你。

姚旭日说："其实你一开始就判断不了我跟东升谁是谁，小的时候我们是靠扔硬币决定谁去跟你玩儿的，现在只是我的运气好一点儿而已。他走的时候就说不会再娶，即使你做掉我们的孩子，东升也不会娶你了！"

我终于明白了，我眼中的旭日哥不一定是旭日哥！而我沉溺其中，被自己的肉眼凡胎蒙蔽了。

"这段时间你就不要去上班了，我会给你请假的。好好在家待着安胎，你也老大不小的了，多余的话就不用我说了，不许再出去了，更不许再想东升。"姚旭日认真地说。

"那你干脆把我绑上算了！"我任性地说。

"你好好在家待着，你怀孕的年龄也不算大，希望你们母子平安，一定要把孩子顺顺当当地生出来，这段时间就不要出去瞎折腾了！"姚旭日不厌其烦地又说了一遍，捎带着还亲我一口。

接下来的一段时间我都待在家里，每天看看书、听听音乐，就连扫地这样的家务活儿都不让我干了，姚旭日更是每天下班就陪着我，逗我开心。公公婆婆每天好吃好喝地伺候着，我们都在等待着一个小生命的到来。

# 第四十四章　儿　子

敖包滩的初夏，青蛙呱呱地叫，油葱在水塘里疯长，河底的泥土都热得往上冒泡儿。房梁上公公挂好的悠车子静静地等着宝宝的到来。

儿子出生了，这是我第一次生孩子，是我摸着阎王爷的鼻子，经历了人生的又一次冒险。生的时候非常困难，大夫让我深呼吸，让我用力，我几乎用尽身上的所有力量，汗水湿透了衣服，经过一阵阵的剧痛，我的身体被撕裂了一样，孩子终于露出了头，多个瞬间我都几乎没有记忆，都想从楼上跳下去，死去活来的，姚旭日在一旁看着我，让我坚强给我鼓励，他攥着我的手跟我一起用力，他的眼里含着泪，却一直都没有流出来。孩子生出来以后被护士抱走了，我没有说话，极度的疲惫让我没有力气说话。

儿子哭声洪亮底气非常足，八斤多一个粉嘟嘟的大胖小子，胖得看不见脖子。旭日在产房里陪我，旭日给儿子取名叫姚远。

月子里姚旭日无微不至地照顾我。给孩子洗尿垫、洗衣服，宝宝拉尿他都不嫌脏，高兴地陪着我们母子。每天晚上孩子一哭，不管多困，都起来照看孩子，把孩子放到我身边，让孩子吃奶，吃完了还要抱起孩子拍一拍后背，再把孩子放回原来的位置。

姚远百天的晚上，姚旭日才第一次钻进我的被窝，他十分小心地搂着我，搂着我的时候，他委屈地哭着，像个孩子。我知道他是心疼我受的这些罪，我的心也很难受，因为他是一个非常负责任的父亲。每天早上的小米粥他都亲自煮，煮到黏稠，鸡蛋要凉水下锅煮五分钟，老了我就不爱吃了，他是掐着时间的，剥掉蛋皮，在微热的时候喂我吃。三个月我没有洗过一件儿子和自己的衣服，没有给儿子洗过澡……一切的一切都是他在做，这样的好男人还能再找到吗？

儿子非常乖，会哄我了，看着他的时候，总是对我笑，嘎嘎地笑出声，我要装不高兴，他就会注视着我，放在悠车子上晃晃悠悠地就睡着了，醒来的时候也不哭不闹，我常常想，要是这个宝贝是东升的该有多好，能看见这个会哄人的宝贝他得多开心呀！

姚远周岁的时候，姚东升回敖包滩探亲。说是探亲，我知道他是想回来看看我的，此时的他那么瘦，他觉得对不起我，我心里更愧疚。明明那么深爱，却要永远地分开。

"我们都没有错，为什么偏要你孤独？那么远，一个人！要不你让咱妈跟你去吧，把姚远过继给你！"我哭着说。

"那你呢？孩子是你身上掉下来的肉，你能离开孩子吗？你看他现在都会哄人儿了！"东升的思维停顿了一下继续说。

是呀！我难道不想孩子吗？我是一定会想疯的。他还那么小，他是无辜的，我要让我的孩子幸福。我盯着姚远粉红的小脸儿，一定要让孩子在最有爱的家里长大。

"知道你哥对孩子多好吗？这么长时间了，所有的事情都是他在做。"我告诉东升，我的心像被揉碎了一样的，甚至常常会捶胸顿足。

"我知道哥为什么会这样做，如果换作是我，也是一样的。我们俩都想让你幸福。"东升的话一字一句，都是重重的承诺，他还用重音强调了"你"字分量。

作为姚旭日和姚东升的光腚娃娃，我甚至比姚婶更了解她的这两个儿子，在我们共处的若干个能回忆起来的瞬间，我能确定，我的东升哥肚皮上并没有那个可恶的黑痣。

晚上，姚旭日喝醉了才回来，他还不能理解我的心思。他睡着的时候，我看见了他肚脐旁边的那颗黑痣。我静静地看着他，均匀地呼吸着，我靠近他的脸，实质上他们的确有区别，甚至每一根毫毛。我还是找到了他与记忆中的那个人的区别，长长的睫毛，高高的鼻梁，白皙的脸颊。

"你的眼神告诉我，你也一样爱我，不是吗？"旭日哥轻声地问。

"我爱的那个人的确不是你，是的，我已经没有权利选择。"我盯着他的眼睛。

"你可以的，因为你一开始就没有办法分辨我和他谁是谁。"旭日说。

借着外面明亮的月光，我躺在旭日的怀里，明明知道错了。

那孤独的眼神、凄凉的絮语都让我燃烧着炽烈的爱，我要温暖他。"梧桐树，三更雨，不道离情正苦。一叶叶，一声声，空阶滴到明。"

东升走的时候，给我留下了一张银行卡。我去了银行，卡里一共有十万元钱，我取出来一万交给了房会计，让他买鱼苗放进鱼塘。又跟公公商量猪场重建的事情，公公二话没说，工钱和料钱还有母猪钱他都全包了。公公还说，让我不要操心村里的事儿，村里的事情他会先替我干着，我只要安心在家带孩子就行。现在我俨然成了姚家的功臣，四个儿子，现在只有姚远这么一个聪明伶俐的大孙子，这是让公公婆婆最最高兴的事儿，有了孙子，姚家的香火就后继有人了。

# 第四十五章　闺　女

直到姚远断奶以后，姚旭日才要求我跟他进行夫妻生活。他对我的爱，我已经深深地体会了，他如醉如痴地吻，拿着我的手亲了又亲，他万分小心地把我捧在手心里，宠爱或者说是溺爱。"愿我如星君如月，夜夜流光相皎洁。"

三个月以后，我又怀孕了。这次姚旭日把我接回城里，住进已经装修好一年的楼房，让婆婆天天监督我，不许这不许那，晚上他下班回来就带我去湖边散步。这回怀孩子是天天想吃菠萝，每天吃一个，不吃菠萝不睡觉，有时候半夜也会折腾旭日哥去买菠萝，他要敲好几家水果店才能买到菠萝，但是他甘心情愿。我爱吃辣的，拌凉菜要放很多辣椒油，就连姚旭日吃了都要喷火，我却吃得特别香，婆婆说我要生闺女了。每每此时，我都要看看姚旭日，他的脸上没有一丝不高兴。看见我天天吐得难受，他总是想方设法地哄我，让我喝一点儿牛奶，带儿子的时候一点儿呕吐的感觉都没有，只是在无休止地吃各种好吃的。这次怀孕的体验和上次完全不一样，应该是女儿了，妊娠反应强烈，胃都快吐出来了。有几次吐的竟然是鲜血，医生说是胃黏膜出血了。

白天趁着姚旭日不在家，我就偷偷地出去走一会儿。腊月天滴水成冰，在南湖冰面上小心地行走，风吹在脸上，刀割一样，望着遥远的东南方向，想象着早已在天堂的爸爸，爸爸的尸骨始终没有找到，我确信他的灵魂已经在敖包滩上日夜守候。亲爱的爸爸，哪怕你给我托一个梦，告诉我你在哪儿，我好去找你呀！我记得你说过，党员不信鬼神，更不信邪，我们死了以后会去我们该去的地方。

笨重的身体一个不小心，四仰八叉地摔倒在了冰面上，后脑勺磕坏了，瞬间眼前一片漆黑，仿佛进入了一个极乐世界，身体变成一根羽毛，轻飘飘地飞在空中。耳边有嘈杂的人声，甚至还听见了救护车的笛声，在医院的病床上躺了几个小时以后，我醒了。朦胧中我看见了姚旭日，看见了吊着的输液管，他在看着我，我知道他一定会怪我的，而且应该严厉地批评我，真的很惭愧，泪水顺着眼角流了出来，甚至不敢睁开眼睛看，我对不起他！

他的脸靠近我的脸，在我的耳边低语："知道你醒了，不要哭，哭对孩子不好！"

"对不起！真的对不起！"我闭着眼睛用喉在发音。

"以后小心点儿就好，我们的孩子没有那么脆弱。你睡会儿吧，头伤得不轻。"旭日哥说。

我迷迷糊糊地又睡着了。

都说闺女是妈的贴心小棉袄，这个小棉袄还真是让我受尽了苦头，喝水都吐。半夜里就喝了一口水，不断地呕吐，开始是吐水，吐了几口以后，又吐出了一大口鲜红的血。旭日一只手扶着我，一只手拿着塑料盆，白色的盆里红色的血特别刺眼，看见血以后，感觉他的手开始抖，我又没有了知觉。他去找医生，医生说这是胃黏膜出血，没有太好的办法，只能靠输液增加营养，只能祈祷少吐几回，药物干预会影响孩子，不建议用药。旭日想了各种办法，每天放我喜欢的歌，给我穴位按摩，甚至还学会了针灸和熏艾，为了我和孩子真是想尽了各种办法。可是几个月以后，我还是给他生出来一个非常瘦小的小女孩儿，孩子的身上几乎没有什么肉，皱皱巴巴的一只手就能抱起来的小孩儿。姚旭日的脸上还是笑开了花儿，他说有骨头不愁肉。还真如他所说，孩子特别爱喝奶，一天变一个样儿，再加上旭日天天煮的粥和鸡蛋，我的奶水孩子都吃不完，还要挤出一些扔掉。他给孩子取名甜甜，他是真喜欢女孩子，有时半夜醒来，他还趴在女儿的小床边，就是看不够。水灵灵的大眼睛，红红的小嘴，粉嘟噜的脸蛋。

甜甜满月的那天，旭日给我买了一束鲜花。粉色的玫瑰一共九十九朵，放在了餐台上，打开了一瓶红酒，只给我倒了一口。

"孩子还在吃奶，不能让你多喝酒，还是要庆祝一下，感谢你，亲爱的老婆。"旭日手里拿着高脚杯递给我。

"那怎么喝呢？"我问。

"当然要交杯了！来挎着我的胳膊！"旭日示意我。

闺女咧着小嘴，看着要尿尿的样子，等尿完了，我抱起闺女，把她放在桌子上。

"毕竟是冬天，孩子的脚怕凉，你还是把她放在床上吧。"旭日还真是细心，有些时候比我这个当妈的还心疼孩子。

他从我的怀里接过了甜甜，一旁的姚远也要抱抱，我又抱起姚远送给旭日，现在是真好，一手抱一个。

我笑着打趣道："亲爱的，要不再给你生一个？我想看看你怎么抱？"

"两个正好，一儿一女一枝花。"旭日说。

这句话让我突然想起了父亲，父亲说："一儿一女一枝花"。可是父亲，当我想回报您的时候，不做告别就离开太不够意思了吧。你在哪？在哪个寒冷的地方呢？梦里我总是梦见父亲在冰封的世界里，脸趴在外面窗台上，透过唯美的玻璃上的冰花空隙看见您的一张脸，那冻得发紫的脸告诉我你很冷，很冷。洪水无情地带走了你的生命，在那个世界，你能不能看见你的两个外孙呢？

我跟父亲之间是有感应的，有些事情即使不告诉我，也会莫名地不安。旭日看见我不吱声了，他把孩子交给婆婆，然后走近我。

"我知道你又想你爸了，别想了，无论如何也回不来了。"旭日哥还没有说完，我的泪水瞬间滑落，积压的情绪真是太久了。

"哭吧，我的肩膀借给你，好好哭出来，释放一下就好了。"旭日走到我面前说："走，开车领你出去溜达一圈儿。"

关上车门，姚旭日慢吞吞地告诉我，说父亲的尸骨已经找到很久，只是最近DNA才比对成功，他在家里拿了我的头发，确定是我生物学意义上的父亲。遗骨已经火化了，骨灰永久安放在镇东烈士陵园。

"你是什么时候知道的？为什么才想起来告诉我？"我有些按捺不住自己火气了。

"告诉你又怎么样？是我故意瞒着你的，刚刚生完孩子就让你去吗？我替你去不是一样吗？万一回来受风了没有奶水，闺女怎么办？现在你想哭就哭一哭吧！在家哭怕你吓到孩子们。"旭日哥说。

"看来还是你们家的孩子重要。连看父亲的最后一眼也不能让我去？生完孩子了，我也没什么用了！"我的手狠狠地掐了一把旭日胳膊上的肉。

"胡说，知道你心情不好，有气冲我撒，怎么欺负我都行。"旭日用换挡位的这只手握着我的手，我赶紧让他专心开车。

车停在了一段黑暗的路上，旭日打开车门，硬拉着我下车，他要搂着我走一走，他更想用身体的热量温暖我。那么高大的旭日哥，能替我挡风遮雨，还能低头亲吻我。结婚这么长时间了，他对我还是恩爱如初。我是幸福的，找到一个可以托付一生的男人。这夜是有微风拂过脸颊，前面的路会越走越暗，只要有这个男人在我身边，不管往哪走内心都是光明的。

我们一步一步地向前，走到最暗的地方是南湖的岸边，黑色的波浪是沉闷的孤独，倔强的芦苇在水中直立，我想问寂寥的宇宙，父亲在那个小小的盒子里是否落寞。生命是如此的脆弱，在你被洪水卷走的那一刻，可曾想到女儿会怀念你？会因为怀念你而恨你，树欲静而风不止，子欲养而亲不待，你没有给我留下用来爱你的时间。小时候我太幼稚，还没有能力爱你，还不懂珍惜身边的亲情，当我长大了想珍惜的时候，脑子里全是你对我的好，但我却无法报答，这些遗憾只能装进心里，成为沉重的积石，压在女儿的心中，即使在阳光下也无法释怀。有一种冷叫"女儿觉得你冷！"爸爸，我是你的小棉袄，你却不告诉我怎么能穿在你身上……

# 第四十六章　留守儿童

腊月二十八，滩上的孩子们着急过年已经开始放爆竹了，偶尔的几声钝响提醒着忙碌的人们，辞旧迎新的时刻就要到了。

清早起来，三岁的小毛毛就独自去村口踮着脚尖儿眺望。等着爸爸妈妈回家。奶奶告诉他，爸爸妈妈今天早上就到家。寒风冻红了孩子的小脸儿，冻得毛毛一个劲儿地跺脚儿。张亮的车开到了村口，看见电线杆下一个小小的身影，顿时泪目，戴着尖尖的白色帽子，两根帽绳耷拉着，穿着妈妈寄来的黑色的羽绒服。孩子的目光一直向北，张望着爸爸妈妈回来的路，那个远远的小可爱就是爸爸妈妈的心头肉。孩子的目光直直地盯着车看，向北走了几步，不太确定的样子。看着车子又往前移动了，孩子不太确定，犹豫着让开了路，想让车过去，等车子在他身边停下来才看清是爸爸。张亮的眼泪夺眶而出，看着孩子不太确认的样子他又往前开了几步，车子停下来，儿子拍着车子高兴得蹦起来。张亮熄了车，啥也不顾地跑下来，抱住儿子，没有什么可以代替父母的爱，对孩子来说爸爸妈妈就是天。

"爸爸！"这一声喊，足以把整个世界都喊酥了！

张亮噙着泪，即使再远的路程也一定要回家，家里有年迈的父母，有扔下一年的孩子，不要让孩子忘了父母的模样，不要让孩子淹没在无情的别离中。再难也要回家！即使今年挣的钱没有攒下，两手空空也要回家，没有挣到钱来年再挣，丢失的亲情却无法捡回。张亮抱着孩子进了家门，看见父亲满头银发，暴露的黄牙，紫色的嘴唇和颤抖的布满老茧的双手，因为自己花光了父母的积蓄，欠了一屁股饥荒偷摸跑了，要账的都来家里要钱，还有什么脸回家来啃老呢？

可怜的毛毛有一只手，而且只有一只手，右手在出生的时候就没有长，现在孩子已经知道和小朋友的区别，显得自卑和离群。在幼儿园小朋友们一起玩丢手绢，大家你拉着我的手，我拉着你的手先围一个圆圈，毛毛都不敢参加，因为他残缺的手会让大家的圈变成椭圆，没有孩子愿意拉着这只畸形的秃胳膊。只有大家围好了圈儿以后，毛毛才敢蹲在一个看着不显眼的地方和大家一起玩，也没有一个孩子愿意把手绢丢给他，同样是因为他的残缺。孩子的残缺完全是这对无知的父母造成的，摘环以后要间隔一段时间才能怀孕，他们竟不知道，想要孩子的时候不能吸烟喝酒他们也不知道，一问三不知，神仙怪不得。大夫问是什么时候怀孕的，大致的日期居然也不知道，给大夫整得都无语了。大夫说她脸上洋溢着幸福，还能有什么办法呢？人是没有法子了。

张亮的第一次婚姻是因为女方不能怀孕生孩子结束的，霞姐和姐夫非常想要孙子，就让张亮非常任性地把媳妇打跑了，很有骨气地把媳妇休了。在娶第一个媳妇的时候，是明媒正娶的，花光了真金白银才娶到家的，现在打跑了，钱也打水漂了。张亮没有媳妇管了，这下可大姑娘梳歪头"随便了"，三天两头往城里跑。今天找个泡脚的，明个找个洗头的，兜里揣着风尘女子的照片，兜里的钱总是长了小脚儿往出跑。这年头，不掏钱哪有女的能让你占便宜呀！要说这张亮还真能耐，在莫莫格找到已经订婚又被人家给退回的金雪，娶了个二婚实际却是个大姑娘。她真是窝囊得可以，人长得大眼睛双眼皮，就是眼睛里没有神儿，连话都说不太明白，大字也不识几个，当不了家庭主妇，什么家务都不会做。金家一共姐妹四个居然都没有户口也没有土地，全是偷着生的。没有固定住址就成了游民，孩子在应该上学的年龄没有接受教育，成了文盲。我的这个外甥对这样一个不懂风情的媳妇，整几天就够性了，以前的那些女人经常勾搭张亮出去快活，钱越花越多，不回家就在女人那里吃住，本就不宽裕的家庭就这样债台高筑。

这一日，国顺哥的儿子勋野要用钱，来找张亮，"你在我手里拿的钱啥时候还给我？"勋野坐在炕沿儿边上开口问，问的时候用目光扫视着姑姑和姑父。

"粮食都卖完了，现在也没有出钱的道儿，那就得等来年了。"张亮刚说完，勋野就急眼了，"你在我这里拿五万块钱，说是种地买种子化肥的，现在粮食卖了，家家都有钱，你的钱哪儿去了？"

说话的工夫，邻居赵平推门进来，手掐着欠条也是五万，都是张亮签字的欠据，真金白银借给张亮的，都让他扔泡脚房了。

信用社贷款十万、勋武的两万，光大账加一起就三十万。

霞姐一听就急哭了，这么多饥荒可怎么还呀？

"我问你，你跟我说实话，钱到底整哪去了？"勋野瞪着眼睛问张亮，满眼的厉色。"真给那些女人花了？你是真他妈能耐，花了这么多钱，真能下血本呀！"勋野是真急眼了，也不管他妈是亲姑姑了。

金雪在一旁傻傻地听着，这要是厉害的老娘们儿早就上去把他的脸挠花儿了。金雪这个窝囊废就是拢不住老爷们儿，她要是有办法也不会让张亮出去找女人夜不归宿。说个话都接不上磕磕巴巴直断捻子，遇到事情就会哭，别的都不会，她一哭两个孩子也跟着一起哭。无奈勋野给我打电话，让我去一趟，没有办法，我硬着头皮领着我的"救星"去了。一进屋旭日就抱起了毛毛，孩子衣服像打铁了一样，也不嫌弃。

"这大过年的，有啥事儿咱们过完年再说呗，都是实在亲戚。"旭日这是为了给张亮解围，怎么说乡长的话也还是有一些分量的，得承认旭日解决问题还是非常稳妥的。

"老姑父，你说得轻巧，过完年他偷摸跑了，又是一年不是白等了吗？我们的钱也不是大风刮来的，我还等着用呢。"赵平手里抖着欠条，生气地说。"今天不还我钱，我就在这待着，不走了，他吃啥我上桌就吃，你看咋样？啥时候还钱我就走，绝不逗留。"

"你看看你，这也不是解决问题的态度不是，现在他没有钱，你在这待着也是白扯，还不如回家好好玩一会儿，过年了喝点小酒儿高高兴兴的。"旭日笑着说，看着大家都啥反应，现在勋野是不吱声了，但是那几个债主还是不依不饶的。

"你们看这样好不好，过完年，张亮你也别出去打工了，在猪场养猪，大姐和姐夫领着金雪种香菇，张亮在猪场挣的钱由他老姨直接交给各位，怎么样？"旭日说完又看向大家，这回大家不那么激动了，看来也没有更好的办法了。"那大家散了吧，都回家张罗张罗过年去吧。"

"你把大院扣上大棚膜，先提高地温，过几天我把菌种给你送来，亲自教你怎么栽培，买材料的钱随时转给你。"临走还嘱咐姐夫，"你看着张亮，千万不能让他再去城里砸钱了，发现夜不归宿马上打电话找人，发现一次停止帮扶。"

回家的路上，旭日挎着我的胳膊，冬日里正午的暖阳照在我的脸上，感觉很久没有靠这样近了。还是我家旭日有水平，事情很快就得到了解决。张亮的事儿是真让人生气，又气又恨，无耻到了疯狂的程度，这么多的钱啥时候能挣回来呀！三十多万！我都跟着犯愁了，旭日安慰我，说快就快吧，还能怎么办？旭日是农大毕业的，想赚钱还是非常有办法的，倒是这些年乡里的工作耽误了挣钱。

年很快就过去了，旭日弄来的菌种在张亮的大棚里迅速生长，羊肚菌一个一个钻出小头儿，这可是能卖好价钱的东西，是从旭日的大学同学那里弄来的好项目，看来张亮还钱的日子不远了。这一家人可真奇葩，还就张亮是个明白人儿，旭日叫张亮看教程，遇到问题就找老师请教，看来张亮不是扶不上墙的泥巴，学得还挺快，天天除了在猪场干活外还回家干活儿，也不惦记出去泡娘们儿了。第一次卖羊肚菌就卖了两万，都还饥荒了，虽然自己没有得着钱，姐姐和姐夫还是很感激旭日的帮助，还特意给旭日拿来几斤羊肚菌。

毛毛的手有了新希望，专家说可以做假肢安上，等到明年张亮的钱稍微宽松一点儿就给孩子做手术。毛毛知道以后非常高兴，有这样的父母就需要孩子承担更多，那小眼神儿我都不敢和他对视，因为姨奶也只能这样了。

# 第四十七章　捞

国星是二娘的二儿子，由于性格中的懦弱使他在物竞天择、适者生存的竞争中处于劣势，一直没有找到配偶，懦弱加倔强还有不将就，岁数大了找对象就更难了。在找对象的过程中你可以不将就别人，但是得能找到能将就你的人，其实都不好碰。

二娘这个妈绝对不是称职的母亲，她天天出去串门子，窝囊埋汰到大襟锃亮也不洗不换，东家给看外病，西家巫巫叨叨给吓到的孩子解惑，就是不管自家的孩子，能在别人家蹭饭那就赖着不走了。大冬天的，白天不烧炕，孩子们淘气累了一天，晚上睡觉前要现烧炕，土坯炕面子一时半会也烧不热，累了就在凉炕上睡着了，冰得孩子们个个都尿炕，等到一把火的热上来劲儿，那就是煴热尿窝子，湿热煴得更难受。这个毛病国星哥最重，直到三十岁的时候还偶尔尿炕。

二娘在跟二大爷之前，是前庙村张军的媳妇，生了两个闺女小云和小花以后，张军硬是把这个媳妇打出家门，就是因为二娘懒散，眼睛不好嘴还馋。二大爷当时也是年轻冲动着急填房，想有一个捂被窝的就行，就将就着娶了。当时六爷和祖父是坚决反对的，还是没有拦住。

情况似乎比预期更出乎意料，年年小鸡掉酱缸里都得淹死好几只，还要吃大酱，想想都觉得脏。难道鸡在挣扎的时候，就没有拉一坨屎，绿绿的发白的屎？话说这大酱是普通东北农家一年的盐晶儿，勤劳的女人会盖好漂白的酱缸蒙子，天天打耙伺候酱缸，实在没有菜的时候，大葱蘸大酱也能吃饭不是。二娘的大酱恨不得上面都长挺长的毛儿（也就是霉菌），全家人命大，吃了有毒食物居然还没事儿，肝脏还健康，真是不容易。摊上这样的妈，没有母爱还是其次，那都是老天爷养的孩子，天养人肥嘟嘟，人养人皮包骨。尿骚的被褥也不晾，筒子房的气味堪比茅房，家里鸡蹬狗刨的，老母鸡上锅台叼锅沿子上的糊嘎巴儿，一脚踩秃噜掉进锅里洗个澡，拍拍翅膀再溜达出来，没有人能看见，更没有人关心。

国星哥的长相更出奇，眼睛小眉间窄，窄到两道眉连在一起了，不细看竟然看不出。五官单看都没有毛病，就是长得太紧凑，相互之间的距离小了点儿。蒜头鼻，大嘴，嘴唇子翻翻着，一说话直冒唾沫星子。最大的优点就是善良，人干净，即使是旧衣服洗得麻花了也一尘不染。勤劳的国星哥还特别会过日子，一个人也会省吃俭用，种完地还四处打工挣钱，日子过得年年有余。

光棍有烟抽，光棍有酒喝，光棍吃饱，全家不饿。但是为啥谁也不想打光棍呢？光棍的难处就是孤独终老。

他不是不想找对象，可是偏远的地方，女人不愿意来。敖包滩的光棍已经多到愁人的地步，即使光棍手里有钱，还是没有办法引来凤凰和俊鸟。嘴一份儿手一份儿的女人能留在这里的都是原配妻子，这对老爷们儿来说就是修来的福分，就像国顺嫂和国军嫂那样的，天下哪有那么多好女人在等着光棍儿呢？

这天中午还真就来了。山野浪漫，她立于灿灿花丛中，白衣寒碎，与这温融气息格格不入的样子。偏头侧看，一双杏眼清冷彻骨，但偏让人感到一股艳美，惊艳绝世。白衣更加衬托出她绝佳的身材，再搭配一条嫩黄色天鹅绒齐膝裙，一双黑色的高筒靴，漆黑的头发有着自然的起伏弧度搭在肩上，清澈明亮的瞳孔，弯弯的柳眉，长长的睫毛微微地颤动着，白皙无瑕的皮肤透出淡淡红粉，薄薄的双唇如玫瑰花瓣娇嫩欲滴。隔着窗轻呼："三哥！"算上国育哥和国营哥那国星哥还真是行三。

"你怎么知道我是老三？"国星哥问。

这美人飘到三哥的怀里，"我是蓬莱仙山上的，今日下凡来了，想来看看你。你这命太苦，陪伴你一日又如何？"这美人的柔媚绝非世俗可比。

"当然好了，求之不得呀！"三哥一把搂过美人的细腰。

此时三哥自己也惊醒了，原来是一场梦。叹了口气，感叹此生悲凉，毕竟这美女不属于自己，连梦里的机会都不给。

三哥除了种地，一直给亲外甥女打工，在养鱼池干活。这天傍晚他正要收拾东西回家的时候，鱼塘边儿的路上遇到了一个看上去很伤心的女人，捂着脸，一路走一路哭。走到养鱼池这里，前面就没有路了，三哥喊："哎！你这是要干啥去呀？再往前走就是水渠了。"

"我不活了，我不活了……呜呜……"女人也没有看三哥一眼，就要往水塘里跳。

三哥上去拦住她，"你不能跳！这是我外甥女家的养鱼池，你跳进去想喂鱼呀？你想喂鱼我也不能让你跳，不干不净地死到里面，这鱼到时候可咋卖！你豁出来死，我们可豁不出来埋呀！"三哥满脸怒气地堵住女人的路。

这女人头也不回，绕过三哥，扑通一声跳进了养鱼池。三哥都看傻了，以为她会水，洗个澡儿一会儿就能浮上来，可是看了半天人影都没有，连她跳进去那地方的水花都荡漾开去没有了波纹。三哥这才慌忙跳下去救人，三哥知道这养鱼池有多深，即使会水的人也不容易上来，这锅底坑有几米深，想活都难。三哥跳下水，摸了半天才摸到那个女人，三哥从后面抱住她要往上游，可是女人太重了，三哥长得又小，怎么能拖动呢，竭尽全力恨不得把吃奶的劲儿都用上了，艰难地把女人往上拖，女人死命地挥动着双手，想要抱住什么，幸亏三哥是从她后面抱住的，否则就会被这女人活活拖沉到鱼塘里一起没命了。三哥拼尽全力把女人拽上岸，平时烧火做饭的大铁锅扣在地上，把女人拽上去，头朝下让她往出吐水，这女人缓了半天吐了几口水，就趴在锅上不动了。三哥心里发毛，不明就里，上前扒拉她一下，"哇"的一声女人就哭了出来。

"我想死，你不让我死，为啥不让我死？我让人给奸污了！死了就干净了！"女人歇斯底里地说，一边说一边用双手拍那黑锅底儿，满身的锅底黑灰。

"那你为啥不报警呀！警察就能管这样的事儿！到底报警不？要报警赶紧打110呀！要没有手机我帮你打！"三哥有些不耐烦了，可算是找到事儿干了，还没完了。

"不报警，那你救我，能不能养我呀？"女人抬起头看了看三哥问。

"养你也行，现在谁家都不缺吃喝儿。那我凭啥养你呀？"三哥还无法判断此时的事态，小心地问。

"你有媳妇吗？你要没有媳妇我就给你当媳妇，要有媳妇我给你当小的，咋样？"女人似乎很认真地说，还是趴在铁锅上一身锅底灰，脸上是精湿的头发胡乱地贴着，透过乱发看见的却是一张干净白皙的脸，脸上写着平和善良，让三哥有了恻隐之心。

三哥要回家做饭了，也不想跟她纠缠，就径直往家的方向走。女人就跟在他后面，一直跟着，顺理成章地回家了。

"想吃饭，是不是？吃完饭赶紧走！"三哥说。

三哥丝毫也不敢多想，这么多年也没有个媳妇，能这轻易就得着媳妇吗？他不信。

三哥焖上了大米饭，炖上塘里的鲫鱼，一会儿的工夫就做好了。放上炕桌，温上小酒高粱红，三哥盘腿儿上桌开始吃饭，女人也盛了米饭坐在饭桌旁吃饭。

"你这个山炮儿还真是一个人？"女人有些好奇。这时的女人头发干了，黑发自然地向后拢了一下，鹅圆的脸蛋杏核的小嘴儿，看着怪可人儿的。

"你这个山雀儿，我真是光棍，那又怎么样？还想赖这儿不走了？你可不能在这住，毁了我的名声。"三哥认真地说。

"你不敢要，还是你真不好使？"女人单刀直入地问，直视着三哥的脸，三哥愣了一下。

这时三哥才正眼打量眼前的这个女人，人长得很周正，成熟而性感。

三哥小声嘀咕着："到底是人是鬼，中午刚做完梦，晚上就来真人，总是感觉不太现实呢！"

女人低声地说："我是人，当然是人。我被赌棍的前夫输给了后庙的老王头儿，也是一个赌棍，今天我前夫把我用车拉来才知道的，你要真能看上我，就把我留下吧，正好你这里背静，我前夫永远也不会再找来了，你是好人，就收留我吧！"

三哥听了半天还是有些不信实，也没有再撵这女的，夜已经深了，想离开也是明天了，还是先睡觉吧，三哥没有脱衣服倒炕上睡觉了。半夜里，三哥听见女人的叹息声，想想还真是一个命苦的女人，嫁了一个恶魔一样的老公，非榨干她绝不罢手，也许藏起来是最好的选择。

第二天早上，这个女人早早地起床做早饭，给三哥烙鸡蛋饼，菠菜甩袖汤，色香味俱全。三哥的家瓶瓶罐罐都收拾得干干净净，即使没有女主人也一样可以拥有温馨的家。但是现在三哥想把女人留下来了，也没什么不妥，一个已经离婚，一个是半辈子未娶。三哥给我打电话，让我去一趟，正好我开车在路上，拐了个弯儿就到了三哥家。我问明情况后，决定给三哥当一回月下老儿，好让这个新嫂子留下。

女人到一起就比较容易说话了，三嫂叫王凤，属虎，以前一直在宾馆当服务员，是个好女人，给三哥留下来当媳妇是三哥捡到宝了。两人都没有孩子，以后还能再生个娃。

"三哥，你俩儿要能在一起，那可真是大好事儿，我替你们做主，回头我给你俩当证婚人，你们看行不行？"我冲着三哥调皮地眨了一下眼睛。

"那敢情好，妹子是咱敖包滩的能人呀！又是自家的妹子，我看就这么愉快的决定了！"三哥有点小兴奋，喜悦从嘴角流出。

因为还有别的事情，我要先去一趟乡里，临走还放话儿，改天要请三哥他俩来我家吃饭，吃我亲手做的菜。

中午回家跟旭日一说，他还好生表扬我，说我做了一件大好事儿，解决掉一个几乎无解的难题。

一个月以后，我再看见王凤的时候，脸上居然有了笑容。三哥天天领着王凤去养鱼池喂鱼，整天能看见水，水能养性，愉悦心情，不再想那些烦心的事情了。王凤还年轻，完全可以开启一段甜蜜的爱情生活，像三哥这样的好男人知冷知热的还真是不好找，可遇而不可求。王凤领着三哥去了娘家，事情就算是定下来了，三哥想再处一段时间等到冬天杀猪的时候，再举行婚礼，毕竟这一辈子还是第一次举行婚礼，一定要高朋满座同喜同贺。再说了，经过这一段时间三哥对王凤有了新的认识。他知道这是一个好媳妇，能操持家务还知书达礼，三哥觉着生活有滋有味，完全是一片新的天地。有了女人的家才是幸福和谐的家，才知道挣到钱之后最想往家拿，才知道人不是独居的动物需要有一个伴儿。能说的少了，有些话只能意会不能言传，三哥的心里还多了很多小秘密，没事儿的时候总偷着乐。有一首歌唱得不对，"山下的女人是老虎，遇见了千万要躲开。"真能骗人，哄骗了多少光棍呀！

女人是家的风水，男人是家的顶梁柱。幸福的两个人又添了一个新人，新新的小人儿，他们的儿子很快就要出生了。生活没有亏待三哥，该有的幸福都来了，就是源于这一"捞"，鱼塘里捞出来爱妻，捞出来儿子……

事实上，我的三哥是"国"字辈中去世最早的一个，是我一厢情愿地给他编了一段他一生也没有完成的夙愿，他孤独了一生，到死也是一个人的。当他在给外甥女家看鱼塘的小船上用潮捞子捞鱼的时候，船无缘无故地翻了，他走得很坦然，无牵无挂，甚至在他的葬礼上没有人哭。如果是给雇主干活死了，雇主是应该赔钱的，可是他，一分钱也不用赔，因为没人要……

# 第四十八章　柳

敖包滩的怪：柳树没脑袋，小火车汽车拽，三个老鼠半麻袋，四个蚊子一盘菜。

敖包滩上的盐碱地已然变成了柳树的家，各种柳树这么多年默默成林，在阳光的照耀下柽柳的花就像炸向天空的礼花，散开绽放。漫步在昔日的荒滩上，仿佛听见父母年轻时在这里劳动时的卿卿耳语，那每一根伸向天空的细小的花絮，都有奋发向上的力量。柳林里的岁月流过了多少无法计算，但是柳树的年轮一圈也不少，粗得可以让壮汉抱个满怀。

沙岗和沙丘已经靠着盘根错节的根系维系着位置，不管风怎么吹，草依然用绿色打扮着世界。柳树能在滩上存活，也是受尽了风的摧残，蹂躏折磨。柳树的干，它的枝条足以参天，可是因为一些柳树长在田间的缘故，不能让它挡住农作物的采光，每年春天都要用电锯锯掉柳树的树头，即使是一年也可以疯长到够着云彩，站在巨人的肩膀上，经过无数次的切断和愈合，只要有树根和树干，柳树还是柳树，春暖花开柳树抽芽长叶，拥有着永远向上的蓬勃力量。

大大爷和大娘没有了独立生活的能力，以前老两口靠儿子和孙子们给弄点柴火还能生火做饭，现在大娘的眼睛彻底瞎了，只能让儿子们轮流抚养。

"真瞎呀！踩着我了！"这天早上是十二月三十一日，天嘎巴嘎巴冷，零下三十多度，下着小清雪儿，应该是轮到老三家接去了，老三媳妇从墙头上接过来包袱，扶过大大爷，大娘却一脚踩空踉踉跄跄地向前走了好几步，踩到了三媳妇的新皮鞋，三媳妇这才惊叫着骂道。

"说好的到每个月一号才轮班儿的，为啥还没到一号就往我家送呀，你个不要脸的，心眼儿都让你长去了。"老三家的冲着老大家的门骂着。

这时屋里的大媳妇推门出来应战了。

"说好的三十天一轮换，今天就到第三十天，凭啥不轮班儿呀！多吃的粮食你给补？"老大媳妇还真有自己的道理。

"我管不了那么多，不到号坚决不能上我家来，我家的粮食也不是大风刮来的！"老三媳妇推着大大爷和大娘，让他们迈回墙头儿回老大家再待一天，都这样串，以后这轮换的日子没法儿记了。

大娘的眼睛看不见，跌跌撞撞的不知道往哪走，大大爷怕大娘摔倒赶忙上去扶，颤颤巍巍地用胳膊挽住大娘的臂弯。风中刮着轻雪，还夹杂着小雪糁子，这是一年中最冷的日子，寒风刺骨，北风刮脸，大大爷的狗皮帽子已经护不住脸，帽绳在风中丝丝络络地飘荡。大娘的三角围巾遮不住盖帘褶子一样的大饼子脸，灰黑色，皱纹缝里有土和皮屑混合的黑油泥，花白的头发在寒风中瑟瑟发抖。他们有儿女，乡里的敬老院不收。他们是当了一辈子的老农民，到老了，没有社保。年轻时的钱都没有攒下留给自己，哪个儿子娶媳妇都要拉好几年的饥荒，这个儿子的饥荒刚还完，小一点儿的儿子还要结婚。那时他们年轻，有的是力气挣钱还饥荒，可是饥荒还完了，自己也老得不能干活儿了，不能干活儿谁家也不乐意要，进也不是退也不是，这左右为难的两位老人有谁能理解他们的心情呢？

"三十天就三十天，多一天我也不能搁，我要收拾收拾屋子准备过年了！就因为这两个死倒儿在这儿，我家连年猪都还没有杀呢！"老大媳妇回头瞅了一眼扎着围裙儿的国涛哥。

国涛哥是严重的惧内，一个字儿不敢多说，天天看着媳妇的大长脸，跟长白山似的。给爹妈做饭吃，花钱多了要挨骂，嫌他不会过日子；花钱少了媳妇说没有油水，饭菜不能吃，跟猪食差不多。

"你看看，在你家待一个月也不给洗衣服，身上的味道都能熏死人！"老三媳妇一边说一边在用手不停地在自己的鼻子上挥动，"幸亏这几天感冒闻不着味道，要是鼻子好使闻着这死味都得天天做噩梦，你俩赶紧拎着东西去仓房里住吧。"

"就知道老鸹往猪身上落，你给洗了？你还说我，你看看那一大襟嘎巴叶脏的，都埋汰死了，我还好吃好喝桌上桌下地伺候着，你呢？往四面漏风的仓房里一搁，连狗都不如，不冻死他俩就算万幸了！"国涛媳妇趁机往西院儿呸了一口唾沫。

"你吐谁？再吐风大把你舌头扇掉了！你个逃荒要饭过来的还有啥嘚瑟的，当初咋不饿死你！"老三媳妇也不示弱。

"你妈不正经儿，跟别人有的孩子，你还好意思说别人？你是地地道道的野种，恐怕连自己姓啥都不知道吧？你妈怀你都快生了才嫁人，结果结婚当天就把你扔炕匣子里了，说不定以前还咋养汉的呢！"国涛媳妇声音清脆，打仗也是苞米面子他爹——茬子。

国涛媳妇这一骂不要紧，老三媳妇越过半米高的土墙就进了老大家的院子，奔着国涛媳妇的脸就要挠。国涛媳妇是大高个儿，身大力不亏，一把就推倒了三媳妇，趁着她高跟鞋没有重心，一时半会儿起不来，就骑在了老三媳妇身上，这通打哟！左一个耳擂子右一个脖溜子，打得老三媳妇直喊救命。国栋闻声从屋里出来，一步跨过土墙飞起一脚踢掉骑在媳妇身上的大嫂。国涛媳妇还没有反应过来，脸已经肿起老高，眼睛睁不开了，倒在地上捂住眼睛，国涛彻底看傻了，他不敢上手。

"人家老爷们儿都知道帮媳妇，你个窝囊废，我让人给打死了你也不管。"国涛媳妇骂着。

国栋媳妇从地上爬起来，扑扑袖子和前襟上的土，穿着高跟鞋一瘸一拐地往家走，一个不小心又滑倒了，扶着土墙吃力地站起来，头发上沾满草末子进屋了。

"这可怎么是好！这可怎么是好！"大大爷的嘴里叨咕着。

国涛扶着媳妇进屋了。正巧张宝他爹来国栋家借胶轮车，要套马去拉苇子，看见了还在国涛院子里的国栋。

"看看你哥俩有多能耐，打成冤家了，以后你俩也不用接咱爸咱妈了，我接家去。"姐夫坚定地说。

国栋看着姐夫的背影，心想："我让你逞能，你接吧，看你养够了怎么往出推。"

姐夫把二老扶上了车，拉着往自己家的方向走去，脚步坚定，一步一个雪窝子，飘飞的雪絮打在身上，一串一串的，就像亲骨肉……

"作孽呀，作孽，我俩老不死的，咋还不嘎巴一下瘟死了，要是死了也省得给儿女添麻烦了。"大大爷自言自语。

"爸，你要好好活着，死哪有那么容易呀！以后我伺候你俩。"张宝他爸认真地说。

进了屋，霞姐正在锅台旁忙活，看见老公把爹妈接来她是发自内心地高兴。以前她也想接父母来，可是怕姐夫不同意。

"妈！"霞姐搂着大娘呜呜地哭，她知道父母受苦了却束手无策。

"快，张宝，把你姥爷和姥姥抱炕头上去暖和暖和，都冻透了！"霞姐擦着泪高兴地说。

"老张，赶紧把夜儿个（昨天）晚上包的冻饺子拿回来，咱爸咱妈最爱吃酸菜油滋馅的饺子了！"霞姐张罗着照顾父母的饮食。

霞姐赶紧点着压着火的灶坑，烧水煮饺子，屋子里热气腾腾像腾云驾雾一样。

饺子还没有煮好，就听见屋里的姐夫不是好声地喊："爸……你这是怎么了？"

霞姐进屋一看，大大爷已经板板正正地躺在炕上，一点儿气息都没有了，任劳任怨一辈子，最后是这样凄惨地去世了。他的确想离开，不想再拖累任何人。活到长寿没有问题，最大的问题就是需要别人照顾。人老了，遭人嫌弃，身上的味儿更难闻。大大爷这是一股急火攻心而死。

姐夫又跑回前院儿，赶紧去招呼那哥俩。

"看见没看见，刚接走，放屁工夫又要送回来，门儿都没有！"国栋哥说。

"赶紧上我家去吧，咱爸没了，都是你哥俩的功劳，咱爸死了，这回不用因为轮班儿干仗了！"二姐夫急忙急火地说，着急往出跑，就穿了一双露脚后跟的拖鞋，冷得直跺脚。

国栋和国涛穿好衣服跑到霞姐家，进屋就开始鬼哭狼嚎，"哎呀我的爹呀！咋不等等我呢，儿子没来你怎么能死呢，不让儿子给你养老送终呀！"勋生在一旁拽拽国栋哥的衣角儿。

勋生这孩子都已经成年了，在家里看见爷爷奶奶受尽了母亲的虐待，对父亲此时的假哭有些看不下去了。戏码演足了就可以了，适可而止，以免一会儿有人上来拆穿他的演技。男爷们儿一个，顶天立地，可是对八十多岁的父母说怼搡一顿就怼搡一顿，想骂顺口就来，这样的儿子真是千里难寻呀。

我的公爹听说大大爷去世的消息，马上找房会计从村里的账户上取出两万块钱现金，去了霞姐家。因为公共的养老基金里有股东的丧葬费两万块钱。

"他二姐夫，今天我代表村民委员会给柳振生送钱来了，你先拿着这个钱，给你岳父风风光光地办一个葬礼吧！"我公公扔下钱就走了。

"这么多钱，都办葬礼是花瞎了，应该给我们哥仨一人分六千，剩下的买个薄棺材把咱爸埋了算了。"国栋哥说。

"我看也是，钱不能放一个外人手里，应该交出来！"国涛哥也附和着说。

"刚才我把咱爸咱妈拉回来的时候，谁说我是外人了？你咋不拦着不让我拉呢？现在看见这点儿蝇头小利，又一起来对付我了？"二姐夫说着，把钱往屋地上一扬，扬长而去了，赶紧开泰山车去镇上买装老衣服了。

这哥俩满地爬着捡钱，老大捡了六千五、老三捡了七千，拿着钱也走了。现在只剩下老二国顺哥还跪在地上，他没有捡地上的钱，而是打电话叫来最好的木匠给父亲攒料子，还请来喇叭匠为父亲吹丧曲。不孝的没有哭，回家数钱偷着乐去了，想要悲伤还要花钱请人来哭丧，一吹就是一夜，守丧三天，厚葬了生父。以前大大爷和大娘就在老二家的，后来那两个媳妇说他俩能干活儿，在老二家待着便宜老二了。再后来二老失去了劳动能力需要照顾了，才想起来要送回老二家，老二媳妇说得轮班儿，可是一个月有三十天就忘记了还有三十一天的时候，就这样气死了风烛残年的大大爷。

大娘没有再轮班儿，一直生活在霞姐家，姐夫也是桌上桌下地伺候着。两年以后，大娘安详地走了，一脸的平静。人生的路，怎么走也是路漫长，走完了人间，据说还要做神仙。投江的人化作了江水，江水曲曲折折地流，汇入大海，又上了银河，总是不甘心，不肯回头，没完没了不会结束，生命的出口终究在哪里？没有答案……

# 第四十九章　长　利

水渠边，有一只死喜鹊，黑白分明，尾巴浸在水里。不知入了谁的梦，梦里摸摸它松软的羽毛，还有一丝余温。

二姑家的肇长利也是光棍儿，三十大几了也找不到对象，以前处的几个对象被二姑搅和黄了，现在岁数大了也找不到对象了，搅和的人也不在了。好容易托人在城里找了一个离过婚的女朋友，正好在全家聚会的时候看见，相当于打了一个照面，让大家认识认识秀丽。

五大爷问："听长利说你家是菜队儿的？你以前有几个孩子？"

秀丽回答："我家在长安大队部后面住，我以前有三个孩子，都归孩子他爸了。"

五大爷问："那你不给孩子拿抚养费吗？你们离婚的时候是怎么约定的？"

秀丽说："我现在没有钱，不能拿抚养费，以后和长利结婚了让他拿呗！"

五大爷说："你想得还挺美，孩子也不是长利生的，凭啥给你的孩子拿抚养费！我这里就不能同意。你们到底离婚了没有？我要是你前夫，三个孩子你都不养，那我非杀了你不可！"

秀丽说："是的，他正拿刀到处找我呢！"

"长利呀，这样的女人咱不能要呀！自己生的三个孩子都能扔一边，跟你能有啥真感情？"五大爷推心置腹地警告长利。

"我俩已经在一起了！"长利郑重地说。

"我告诉你肇长利,这样的女人跟谁都能在一起,那有啥用呀!哦!对了,你是处男,让她占了便宜去!"五大爷恍然大悟,盘算着仿佛吃了亏一样。

"五舅,我都三十大几了,你也没有给我介绍一个对象,我刚处一个,你还得给我搅和黄喽?"肇长利有些不耐烦了,他觉得这个女的一定经不起这样的羞辱。

"有你吃亏的时候,不听老人言,吃亏在眼前。就这女人能把你骗得裤衩都不剩,不信走着瞧。"五大爷放下了狠话。

"长利,咱们回家吧,你跟我过日子,听他们的有啥用?"女人拽着长利的手把他拉走了。

"这女人真不一般,看着长利能咋样吧,咱们说话人家也不信呀!"五大爷撇撇嘴,没有再说话。

这时老姑说:"我听长利学的,说这女的让长利一个月给她拿一些钱,她自己攒着。哎呀!这肇长利是让人家给戴上蒙眼儿了!从来没见他这么上心一个女的!昨天给他老丈人家拉了一大车苞米瓤子呢,知道他老丈人家种菜没有烧柴!"

"五哥咱就随他去吧,自己家的孩子都不一定能管了,更何况二姐都不在了,咱还掺和他们老肇家的事儿干啥?"老姑小声地跟五大爷交流。

五大爷看了以后,撇撇嘴说:"也就是一个女的!"非常不屑的样子,这样的人也值得要?五大爷心里在犯嘀咕。

五大爷是一脸的没相中,他想让外甥找一个拿得出手的媳妇。五大爷的眼光也高,一般人也入不了他的眼呀,但是前提是你得搬一块豆饼先照照你外甥啥条件呀。肇长利找了这个媳妇之后就很少出去串门了,即使串门也很快就被找回家,媳妇天天让他在家待着给他洗脑。据说这个秀丽也是走了好几家,生了好几窝孩子,前夫还起诉管她要孩子的生活费,为了躲前夫才跑到这么偏远的农村来。

即使是这样的媳妇也在生了一个小姑娘以后又跟别人跑了，留下了一个幼女，这孩子就是长利的全部了，这辈子不会再结婚了。被骗得真是凄惨，真像五大爷描述那样，连裤衩都没有剩，十万块钱的存款一分没有剩，全拿走了！怎一个凄凄惨惨戚戚。五大爷看透人间百态，这个毒妇就是冲着钱来的，长利让人哄得全交代了，这女人走之前就早有预谋，否则长利也不会让她骗得毛儿都没剩。

媳妇走的时候所有的联系方式都断了，肇长利才知道上当了。他抱头痛哭，所有的积蓄一个子儿都没剩，本来以为她俩有了孩子，会好好过日子的，可是她把钱骗到手人就蒸发了一样。

"你俩登记了吗？她没有说去哪儿了？孩子她姥家找了吗？"二姑父一连串地问。

"根本没去孩子她姥姥家，好像去找那个男的了！"肇长利回忆着说。

"白扯了，找是找不回来了，即使找到人也不可能跟我过日子了。"肇长利绝望地说。

肇长利甚至都没有报案，他认为这个女的能给他生一个孩子也算值得了。

卖过豇豆的那个早上，二姑夫要出去捡破烂儿，二姑父身上没有钱了，这又不是城里哪儿来那么多破烂儿可捡。

"给我拿点买馒头的钱行不行？"二姑父试探着问。

"一个子儿也没有！"肇长利极不耐烦地说。

二姑父是民办教师，到了讲不了课的年纪直接就回家了，一点儿待遇也没有，人家公办的老师退休工资动辄几千，可是二姑父当时连疏通关系转正的钱都掏不出来，二姑父也曾去城里找他老三届的同学，给同学买一条好烟的钱却没有，碍于情面，居然没有敢跟同学说出此行的来由，错失了最后一场转正的机会。只有他，拥有四十多年的教龄，却什么政策都没享受到。二姑父的性格太弱了，弱爆了，两个女儿都像二姑父的性格一样一样的，急性子的二姑无法忍受艰难的生活，最终气炸而亡。

"那我饿了吃啥呀？"二姑父问。

"捡垃圾卖钱，买馒头呀！"肇长利说。

"那捡不着破烂儿咋整？"

"吃屎！都熊到一定程度了，破烂儿还能捡不着？"肇长利说。

"现在是农闲，闲着的老头儿老太太都出来捡破烂儿了，哪有那么多破烂儿呀？"二姑父近乎哀求了。

"你要捡不着就找个坑儿尿泡尿浸死算了！"肇长利恨恨地说。

听完这一席话二姑父终于是懂了。

二姑父左手拄着木棍儿，右手拎着编织袋走了。一步一挪，一步一擦，二姑父的确是老了，老到了该死的年龄。

"成天往家捡那些卖不了没有人收的死人衣服，真他妈恨人！"肇长利这个恨，恨他早点儿消失，眼不见，心不烦。

二姑父不知道走了多远，在走不动的地方一头栽倒在水坑里。这位为敖包滩的教书育人事业作出重大贡献的人就这样走了。他像科尔沁草原上年老的骆驼一样，向着能埋没自己的青草更深处走远，甚至不想麻烦任何人为自己搬动尸首，腐烂以后原原本本地回归自然。年老体弱的骆驼离群以后就再也找不到了，成为草原上的猛禽的饕餮大餐。敖包所指的方向是他魂归的路，敖包是他永远的家。

肇长利在第二天早上才想起二姑父昨晚没有回家，又哭又号地去张亮、张宝家求人，让张宝找勋武、勋生、勋野几个小辈儿去帮忙寻找。大家分散着到处找，找遍了敖包滩的角角落落，最后在哈拉火烧的村边水坑里找到，已经僵硬了，应该是头天就死了。这里距离后那不台还有一段距离，许是想家了吧！在这水草丰美的地方绝命也是他精心的选择。

二姑父长着一副瓜子脸，那脸长得一宿都摸不到下巴，两条腿还极不情愿地画一个圈儿。人都说上身长的人有福儿，可是二姑父的上身长到没有了下身，为啥还没有福气呢？二姑父长的一双席篾剌的小眼睛，将打将能看见东西，牙齿露出来倒是挺长，没在牙龈里，挂满了烟渍和茶渍，他的烟瘾极大，手搓唾沫卷的蛤蟆头子烟能把学生呛得流眼泪，那个时候也没有督学，学生们敢怒不敢言。

一次二姑父来我家吃饭，也没有别的菜，母亲只炒了一个蒜薹端上桌子，蒜薹如果一次夹一根会很好夹，但是二姑父非要一次夹两根儿，夹两根如果想竖直一起夹起来，那两根蒜薹应该一样粗，如果蒜薹不一样粗，就得平行夹起来才行，看着二姑父夹菜的手颤颤巍巍，还总是想一起夹两根蒜薹。他先找好一根蒜薹，跟另一根蒜薹合夹，没有夹起来；再把其中一根跟别的蒜薹一起夹，还是没有夹起来；继续把这根蒜薹和那根没有比对过的蒜薹一起夹，还是没有夹起来；如此往复，夹遍整个盘子还是没有夹走两根同样粗细的蒜薹……

十几岁的我几乎是被他激怒了，看见他在菜盘子里这样用从他那埋汰嘴里拿出来的筷子乱夹，我赌气地端着一碗饭，到厨房水龙头那里泡凉水把饭吃没了。

我不能再看了，因为蒜薹塞牙缝了，他还用筷子抠牙……

二姑父的尸体找到了，肇长利买了一口很奢侈的棺材厚葬二姑父。来了很多人，围在院子和屋里，肇长利哭得最响最悲伤，这一切都是演给人看的，看我有多孝敬。

摔丧盆、打灵幡，起灵的时候号啕大哭，他没有继承到父亲的什么东西，他的父亲也没有什么东西可以让他继承，能这样厚葬父亲，为啥就不能在父亲活着的时候给几毛钱买馒头吃呢？

二姑夫死了以后，关于民办教师补发工资的文件就来了，按照他的教龄应该补个几十万没问题，但是前提是人必须活着才能享受到这个待遇，死人就一了百了了。

# 第五十章　村路畅通

路一直是我心里的一个梗，路也一直是摆在我面前的最大难题。二〇〇三年国家实施好政策，开始大规模地规划建设农村公路，实现村村通，这是几代敖包滩人的梦想，连做梦都不敢想的事情，居然要实现了。

在原有的十公里土路上加高路基五十厘米，扩宽路面达到五米，铺筑二十厘米厚的水泥混凝土路面。按照规划那十公里的土路要变成水泥路，上连接国省干线，下通的支线要连通到每家每户的大门口。水泥路铺到了家门口，现在东家西家串门子再也不用踩土踩泥了，有了钱的村民打麻将都要穿上新买的皮鞋，走到哪里都一尘不染。赵家的哑子天天去筑路施工现场给师傅们送开水，看着水泥混凝土是一车接一车地卸到路基上，振捣棒的轰鸣声在田野里回荡，向施工现场的方向望去，一条笔直平坦的通村公路正向着家门口一米一米地挺进。

施工队的最后一道工序是给路面铺上塑料薄膜，负责路面养生的人压好塑料布，七天之内要专人看护，不能上人。咱村里放水的王秃爪子可忙欢了，每隔一段路都设置明显的路障，来回巡查，指挥着车辆绕路通行。高兴得嘴里还不忘叨咕着："高粱蹿穗了，苞米蹿廖了，谷子穗张开了笑脸，稻田地里是一片金黄，丰收的年景修通了路，赶年儿再杀一口大年猪，这小日子真的没谁的了！"挂锄的时候，大家都闲着，没事儿就出来看修路，福哥给施工队的伙食点儿送来河里新捞的鱼虾，年轻的媳妇们送来新采的蘑菇。工程队是二十四小时歇人不歇机器，人是三班倒，工地上缺人，村里的男人就会顶上去，大家无条件干活儿像是干自家的活儿一样。修到谁家门口的时候，保证二十四小时之内不上人，大家宁可翻墙也不踩水泥路，屯子里面的路面上一个脚印也没有。一个月时间就修好了舒心路、小康路。公路通车的那一天，姚旭日一路没有颠簸地把车开进了院子里。

"来带你出去溜达一圈呗，孩儿他妈。"旭日哥用一根食指勾了两下，小眼神还真有些色眯眯，直放电呢。

"我昨天都逛一圈了。"我已经看厌了他的眼神，即使勾搭也没有用，就是不上钩儿。

"让你来就赶紧来，老公招呼你还不来？带你去一个地方，保证没有去过。"旭日哥说。我回头看看婆婆，婆婆挥挥手，"你赶紧去吧，孩子有我呢。"

旭日哥带我到了城里的汽车销售处，已经提前选好一台车，现在就可以开走了。旭日哥给我一个大大的惊喜，我有点儿怪他，花这么多钱给我买什么车呀！

"这是咱爸给你买的车，是奖励你的！"旭日似乎在嘲笑我，"我只是奉命行事而已，你若不要我可以替你开，你看行不？"

"美得你！有能耐你自己买呗。"我开始反击调侃他。

"以后我的工作会很忙，我希望你能给予最大限度地支持，现在孩子还小，我恐怕会顾不过来。"我看着旭日的脸，他表现出了大度和谅解。

"放心吧，咱爸会帮你的，你的工作咱爸一直在帮你干，一会儿你开车去养鱼池看看吧，你一定会吃惊的。"旭日哥神秘地说。

我小心翼翼地一路开着新车跟在姚旭日的后面，从怀孕到生孩子，已经很久没有摸车了，驾驶技术不是特别纯熟。回去的路上，正是七月的天，好像娃娃的脸儿，说变就变。打着雷不一会儿还下起急雨，眼看着姚旭日开车钻进了一块雨云的底下，车上瞬间溅起了水花，我的这边映出七彩的祥云，水泥村路平坦得几乎没有了颠簸，车子在上面飞奔，车轮溅起的水花在空中划着弧线然后落下，被我的车轮再次卷起，水雾弥散在下落的雨滴中，还有几只黄雀站在湿漉漉的人间，叫声婉转，神态安详。感觉是一脚油门的工夫就到了养鱼池的旁边。仿佛以前那段走也走不完的路忽然缩短了。

父亲垫的路基就在这水泥混凝土的下面，这就是父辈们向城里走出的方向。而我，父亲是希望我有出息能去大城市，去更有发展机会的地方，我却偏偏选择回来的方向，回归这片生我养我的故土。因为我对这土地爱得深沉，这里的每一片土地每一个村民都是我的故人。

在池塘边我看见了一条船，一条乌篷的木船，完完全全是按照绍兴乌篷船的样式打造的，跟鲁迅的家乡的乌篷船一样的，谁会送我这样别致的礼物呢？准是旭日哥，只有他知道我喜欢泛舟，我也只是小时候跟他无意中说过想要一艘这样的小船。

这么有心的男人，真让我感动，如果他可以给我全世界，那他还真能做到这样宠自己的女人。

船上的漆裹不住木香，竹子编的蓬是拱形的，船尾有橹，船首还有竹篙。我上了船，躺在船的底部，微风徐来，我能闻到水里鱼的腥味。闭上眼睛在水面上遐想，任小船漂在哪里都不用去管它，只有那布谷鸟还在叫，它的话语也不是在说布谷，而是要找到自己下在别人窝里的蛋有没有孵出来，如果有自己的子女，那要不停地催促小鸟及时地回到自己身边。

夏夜的晚霞越过圆形敖包穹顶的弧光狂泻于眼底，金色是让人珍惜的和金子一样的颜色，西落是太阳远去的路，带着亘古不变的节奏计算着明天的长度。

就在我放飞自我的时候，一条大鱼跃起跳进了船舱，拍打的声音很大，打破了我的心境，我突然想起了，我让房会计买的小鱼苗怎么长这么快？不可能有这么大的鱼呀！

"哎，旭日哥，这塘里怎么会有这么大的鱼？当时我背着你买的鱼苗是小鱼呀！"我探出头，问姚旭日。

"看看你，官僚了吧！去年嫩江上游来水，咱们的鱼塘水位低，是咱爸往鱼塘里放水了，你都不知道吧。也是，你怎么能知道呢，那时你还在医院呢！"旭日说。

"那这大鱼哪里来的？总不会是放水放来的吧？"我手里拿着的大鱼让我用力一掷，扔回了鱼塘。

"哎呀！我的天！你怎么能这么用力扔鱼呢？它自己会游泳！你要抻着乳房可怎么是好，甜甜还等着吃奶呢！"旭日心疼地走到我跟前。

这时一帮孩子跑到这边来了，都是哥哥姐姐家的孙子外孙了，他们几个非要划我的小船，旭日说让他们划吧，划完了把绳子拴好就行，这几个小崽子划了一会儿，脱巴脱巴都跳鱼塘里去了，浪里白条，还有会踩水的，留下我的小船孤零零地漂在水面上，晃呀晃的。看着这些小辈在敖包滩慢慢长大，真的是一件令人欣慰的事情，尤其是勋野的儿子，那手是真快，在水里居然可以抓到鱼，他把大鱼举过头顶，然后又扔回塘里，在敖包滩鱼塘根本不用人看着，有那么多村民的眼睛，甚至连村里的狗都知道看守鱼塘，这里的狗都是散养的，不会咬熟人，也不会让坏人拿走这滩上的一根草叶。

旭日说大鱼苗是公公放进去的，公公又扔里两万斤的鱼苗，他说酒厂现在挣的钱其中就有大家的付出，现在酒厂的稳箱酒都已经开始卖钱了，二十年、三十年，之所以会有现在的价值就是因为当年大家放弃了一些利益。以前收村民的高粱，有时钱无法兑现只能让大家等着，等到酒厂有钱了再支付，或者是没钱花的时候，才去酒厂取一点儿，剩下的放在这里都没有付利息，也没有人去要利息。

一旁喂鱼的公公走过来，"爸，谢谢你！"我走上前去，要接过公公喂鱼的盆子。

"老三媳妇，你现在是咱家重点保护对象，你能让甜甜有奶吃，那我就高兴，这么重的盆子你可不能端，来老三，你过来！"公公一嗓子就喊来了旭日，"你过来，你把鱼给喂了！"

"爹，你对儿媳妇的态度和对儿子的态度怎么相差那么大。我还是不是你亲儿子？"姚旭日赖赖地跟父亲贫嘴，多大的孩子都是孩子，乡长也是他爹的儿子。

"孩子，我觉得现在养鱼能为咱们敖包滩再做点儿什么，真的很幸福！你看你爸，说没有就没有了，连外孙也没看见就走了，我现在又孙子又孙女的好几个，我也算够本儿了！孩子，我晚上没有多少觉儿，睡不着的时候总是想起你爸，想起我们老哥俩的事儿，想起他为咱们做过的那些事情，我睡不着觉呀！"公公说完，叹了一口气。眼里泛着泪花。

"我跟你爸没有处够呀！"公公今天这是怎么了呢，怎么多愁善感了，扔下这句话，头也不回地拿着空盆往铁皮房那边去了。我知道他怕我看见他继续抹眼泪。

"旭日，咱爸今天怎么了？"我好奇地问。

"今天二哥来找咱爸要钱了，二哥说咱爸把钱都白扔了，还不如给他呢，给他还能领情道谢。咱爸能给他吗？天天出去骗三张儿填大坑。咱爸说了，也像你爸一样裸捐了，你看咋样？"旭日看着我说。

"敖包滩就是不缺这样的党员，爸说了，全都交党费，还有以后酒厂也归你管了。"我略显吃惊地看着旭日，给我的担子似乎更重了。

回家的时候已经掌灯了，街上太阳能电池板上的路灯都亮了。孩子们还没有睡觉，吵着要抱抱，旭日一手抱一个，左边的亲他左脸，右边的亲他右脸，孩子们有多喜欢他，一看就知道了。

# 第五十一章 挖渠改水田

记得若干年前的那个夏天，我闹着不睡午觉，父亲陪着我玩儿。他剥一根秫秆棒儿，均匀地剥开，把秫秆棒攥在手里，秫秆皮儿形成一个弯曲，秫秆的另一头抵住我的小屁股，然后"啪"的一声秫秆皮散开了，我笑着接过父亲递给我的新玩具。

夏天的中午，总是在菜园里能抓到最大的"镜"蝈蝈，它的亮翅能发出清脆的声音，响的声音也最长，再看看这只大蝈蝈，它肥大壮实体力极好。倘若用秫秆扎蝈蝈笼子，把蝈蝈放进去，再饲之以倭瓜花，能养好几天呢。小的时候是父亲教会我扎蝈蝈笼子的，父亲可以把笼子扎到最精致且美观。

都说女孩儿像父亲，在我身上也遗传了父亲太多的坚韧和豪爽，尤其是我的长相。常常在照镜子的时候，能在自己的脸上看见已经远去的父亲的样子，甚至能听见他爽朗豁达的笑声，父亲的性格开朗，爱说笑话，有时还很足智多谋。

找一根光滑粗壮的高粱秫秆，剥秫秆的时候要一点儿一点儿地剥，把秫秆皮剥成半厘米宽的皮儿，一直剥到秫秆的底部剥不动的地方为止撕下来备用。剥好三根相同长度的秫秆，把其中的两根按照三十度角摆好，把秫秆皮儿撅成小段，长度是两头能插进秫秆中间的软瓤子，隔半厘米插一根秫秆皮儿，最后的那根秫秆皮儿最长。同样的方法再扎一片，然后用秫秆皮把两片扎好的秫秆片从最后一个角度连成三角锥形，底部也要用秫秆皮扎上，以免蝈蝈逃跑。专业的笼子还要预留蝈蝈能放进去的叉门，给蝈蝈放进陪伴的大黄倭瓜花儿。姚远很小心地靠近蝈蝈笼子，听蝈蝈畅快地鸣叫，这笼子要放在他不能触及的地方，否则这个"大力士"会很轻易地毁了这笼子。

约好的钩机可以挖渠了，钩机的租金很贵，时间一分一秒也耽误不起，三个司机轮班儿，我要在旁边看着油够不够，机械有没有故障，遇到问题要及时解决。我就坐在自己的车里不错眼珠儿地看着钩机工作，这是父亲没有挖完的渠，现在正一米一米地向田地里靠近，我在替父亲走完他的余生，这又是我的新生，也是对他最好的告慰。

"爸爸，你在那边还好吗？给你烧的纸钱可曾收到？给你买的鲜花可曾收好？以后女儿还要为你写一本书，纪念你！"我在默默地想。

天空飘过洁白的云，一会儿像马；一会儿像大象；一会儿像长了翅膀的马，它在我的上空幻化成东方的神鹿，驮着我的想象飞翔。

晚上陪我的是繁星，车里热的时候，把坐垫子拿出来放地上躺在上面，看满天的星星，瞬间知道自己是多么渺小，像一颗随时滑落的流星，而自己只做了一点儿想做的事情。

中午在伙食点儿吃一口，随时要去加油站拉油，买润滑油齿轮油，缺件的时候去修理部买。甜甜刚刚不吃奶了，我的奶棒得难受，还想孩子，不知道孩子在家怎么样，会不会哭？实在忍不住了就往家里打电话，都是姚远接电话。有一回，姚远跟我说："妈妈，你要再不回来我就哭了！"说着，电话的那头儿传来了孩子的哭声，我的心被撕碎了一样。我开着车一边哭一边往家走，回到家看见两个那么小的孩子，我在想，我图什么呢？其实我没图什么，几乎没有人知道我在做什么。我能得到什么呢？眼前看是什么也没有得到，还没有陪孩子重要呢！在家待了一会儿，钩机就停工了，还需要买配件，我又开车要走，慌忙离开，这时姚远抱着我的腿，说："妈丢，妈丢！"他还表达不清楚，说的意思就是妈妈又要走了，走了就看不见妈妈了，妈妈就丢了。甜甜在奶奶的怀里大哭，我是真不该回来招惹他们，等我走后，过一会儿奶奶才把他们哄好。家里还有舅奶和姑奶帮忙，都能帮着看孩子，只要供饭就行。

钩机的工作臂在不断地摆动，把挖出来的土一抓一抓地甩到田埂上，像一只巨型的手，攫取一抔一抔的黑土。要想让水往需要的地方流那就需要水渠，渠成水才会到。我努力地托举这里的人们，引来清澈的洮儿河水，泡田种稻子，过年好吃白米饭。

"闺女，这小体格，妈怕你撑不住呀！"遐想的时候，听见了熟悉的声音。我回过头，母亲已经走到我跟前。

"我没事儿的，再有一个月就能完工了。"我领着母亲往渠跟前儿走，边走边说。

"孩子刚断奶，你要是抻着奶盒子，后悔就晚了！赶紧跟妈回家，咱们这样干工作身体会受不了的！你瞅瞅，瘦得像猴儿，现在体重都不能有一百斤？走路时风要是大了，妈真怕你被风吹跑了。工地的事儿让旭日替你看着。"母亲生拉硬拽地把我弄回家了。一进院子姚远就跑出来，进屋看着这一双儿女真是可人儿。

"明天我跟你婆婆给你看孩子，你就老老实实在家待着，哪也不行去，等奶水回去了再说。"母亲心疼地说。

"哎呀，亲家母呀，我这儿媳妇也太犟了，十头牛都拉不回来，就你说话顶用，你说这要做下病根儿可咋整呢？"婆婆也跟母亲一样，都是妈，都疼儿女，尤其是我这婆婆打小儿就把我当闺女养的。

不大一会儿，旭日就被丈母娘打电话叫回来了，两个妈把他一顿训，让他明天去工地，旭日没有办法，只能说单位没事儿硬着头皮去工地了。其实我是知道的，他现在也很忙，保持共产党员先进性教育活动已经让他分不开身了。旭日也是不让我去工地的，他让房会计去工地盯着，可是我不放心，白白让他受了冤枉，他好像也并不生气。

姚远让我抱他，我弯腰去抱孩子，母亲喊住我。

"你现在怕抻着，不能抱孩子，来姥姥抱。"母亲一边说一边抱起姚远。

现在是完了，啥也不让干了，我没有办法只能侧身躺在炕上。

母亲又说让我脱了鞋，盖上被，好好在炕上躺着。母亲来了，我便又成了妈妈的孩子，享受妈妈的照顾。母亲不在的时候，我便成了两个孩子的母亲，时时处处照顾我的这两个孩子。真想永远都不长大，依偎在妈妈的怀里。在这里我还是所有人的衣食父母，现在大家也习惯了什么事儿都来找我。我竟忘记了自己的女儿身，忘记了乳房里还流着奶水。

祖母的话常在耳畔回响："为普天下的劳苦大众谋幸福。"祖母知道共产党能让老百姓幸福，祖母相信共产党并成为其中一员。祖母的坚强是无人能及的，即使是男人也没有祖母的魄力和胆量。她不是神，她时刻牢记入党誓词。我妈只在心疼女儿的时候才自私，她竟忘记了自己当年是怎么干工作的，还不是生完孩子还没有满月就去上班吗？

水渠挖通的时候大家都去看了，看见水往池埂子里流。距离水源最近的是赵家的土地，赵家的哥儿几个都在忙着叠池埂子，笑得龅牙的牙花子都露出来了。只要渠里有水，以后这稻田就能保证收成。过去的年景敖包滩十年九旱，看着洮儿河水汩汩流淌就是不能流进田里灌溉，现在好了，引来了水能种稻子。水过来了，田里的耗子可要搬家了，看着耗子到处乱跑还真是稀奇，怎么没有人通知耗子们搬家呢？耗子现在也正纳闷呢！历朝历代咱住的都是高地呀，怎么就来水了呢？政府还建了层级提水的泵站，保证稻田用水时能引来水，晾田的时候，还能把水排出去。

开春扣上大棚，育稻苗，水田插秧……我仿佛已经看见秋天成熟的稻谷。

那微茫照亮方寸之地，它的忽闪是一种证明。我想我是愿意做一只萤火虫的，幽暗中被自己打动，寂寞是一种高度，丈量我们生命的宽阔与隐藏。夜色里，也许看清的只能是夜色，在阳光下还会有人记得，它出没在草丛与岩石之间，在河水流过的地方，把这小小的亮度调节出内心的炫耀……

# 第五十二章　驴司令

秋风摇掉最后一片残叶，落叶想向下落的时候，也追寻着根的方向，在根的附近谋一片容得下自己的位置，了此一生。秋雨把黄叶拍在湿润的大地上，直到秋叶被碾压成新的泥土。

二孩子是四娘给他取的昵称，国军才是他的大名，他是从敖包滩当兵走的，在部队上当过炊事班长，还入了党，转业后，回家干了几年鱼庄的主厨就去沿海城市打工了。他干过拉车的活儿，拉人家印染的布匹，因为步行街里进不了机动车，要靠人力拉来，还要扛到楼上去，干这活儿卖力气，收入还不错。二哥是转业军人有的是牛劲儿，一副好身板儿，一步一个脚印地挣钱养家。二嫂是一个精明能干的女人，能攒钱懂生活，日子过得越来越好。

两年以后，等钱攒多了二嫂就怂恿二哥盘一个铺子先开早餐店，每天早上四点钟起来炸油条、炸油炸糕、做豆腐脑儿。刀起刀落一条一条油条从油锅的这头进去从那头溜走，焦黄焦黄的，装盘或者打包拿走，忙忙碌碌一天能卖不少钱。孩子在一天天地长大，一个长得像妈妈的男孩儿。七年以后二嫂他们租房装修一个更大的饭店，各种炒菜炖菜、各种二哥的拿手菜一应俱全，还雇了两个厨师。二嫂负责管钱和采购食材，饭店的卫生搞得干净，生意做得风生水起，顾客慕名而来，吃完结账还能赠消费卡。一晃十年如流水匆匆而过，时间如白驹过隙，有车有房的二哥开始考虑以后的生活，是继续在大城市生活，还是……

一天晚上，路过那座天天路过的桥，桥上围了很多人，说好像有人落水了，晚上河面一片漆黑。二哥仔细地往桥下看，远处一个黑影露了一下头儿就被水冲向更远的地方。二哥会水可以在河里游泳，但是这里是海边，而且二哥已经好多年不下水了，二哥只能喊人。

"那边好像有人被冲走了，快去救人呀！"二哥大声地喊着，然而没有人去救人，即使是水性好的人，晚上在陌生水域应该也没有人会下水。人群在快速地散去，二哥就是觉得哪里不对，无奈也只能悻悻地回家了。

回到家他发现儿子没在家，打手机打不通，语音提示不在服务区。二哥的脑海中闪过的第一个念头是儿子在向他求救！二哥撒腿就往桥的方向跑，疯了一样。跑到了桥边看见的是波光粼粼喘着粗气的大海。夜已经很沉很沉，二哥望着漫无边际的大海，他想冲着刚才看见露头的方向游去，可是理智告诉他，那里平静得能容得下全世界，静水下面一定会有暗流和旋涡。他掏出手机选择报警，警察接警后告诉二哥先回家等待。他给儿子打了一夜的电话，依然不在服务区。第二天早上有人在几十公里远的岸边发现了一具尸体，并报案。二哥去了以后一眼就认出孩子的衣服，心咯噔咯噔地响，在流血。"孩子呀，爸爸只有你这么一个孩子呀，这家业是你没有福气继承吗？"二哥双手晃动着孩子的双肩，绝望地摇着头。此时的他已鬓生华发，却让他断子绝孙，他哭喊着老天爷，让苍天睁睁眼！

处理完孩子的后事，卖掉了楼房和轿车，二哥领着二嫂千里迢迢回到了敖包滩，他想落叶归根，漂泊天涯哪里都不是家。他就是秋后掉落的叶子，一片叶子追随着另一片叶子，互相温暖。

回到敖包滩的二哥开始养驴。俗话说："天上龙肉，地下驴肉。"驴肉的美味厨师应该最知道。养驴的前景也还是非常乐观的，随着现代人对营养的需求，驴肉会更多地走上餐桌，成为人们的美味佳肴。

二哥一口气买了几十头母驴，又买了一辆越野车，就是为了放驴跑拉荒道，但是为了排解内心的孤独，他还是常常领着大黑狗陪他一起放驴。绿色草原上有家的土屋，驴在悠闲地吃草，草色在视野中会蒙上丧子的阴影和对未来凄凉晚景的想象，总有一股不散的阴气沉在心里。到了抱孙子的年龄，人家的孙子都满地跑，自己却连儿子也没有了。他不敢看太远的天空，因为仰天的时候，总是要长吁一口气，这是压在胸口的郁气，呼不出吸不进，仿佛是一块石头，女娲补天留下的石头。看着草甸子上的叫驴这通忙活，二哥的情绪也被这叫驴感染了，为了能占上更多的母驴，这大叫驴也是拼了。

二哥已经好久没有跟二嫂过夫妻生活了，因为他已经万念俱灰，失去了美好生活的向往和伸手去抢的欲望。晚上睡觉的时候，他还试了试，看自己还好不好使，还真好使！这让二哥欣喜若狂，既然还能生，为啥不给自己留一个种呢？

"桂枝，我想要一个孩子。"二哥坚定地说。

"既然身体条件允许那就再要一个呗，我也想要！"

"老公，你今天这是咋的了，怎么想起要孩子了，这么突然呢？"二嫂一脸的疑惑。

"我今天是受了叫驴的带动，为了咱家的母驴，那头大叫驴都把自己累趴下了，连回家的力气估计都没有了！你说厉害不？"二哥笑得都憋不住了。

自从孩子死了以后，二哥整个人都被打趴下了，甚至不想做任何事情，唯一的想法就是把自己隐藏起来，谁也不想见更不想被看见，就像夏天中午的羊，它们把自己的头低下再低下，靠别的羊身子挡住太阳射来的光。二哥忽视自己的存在，只有胸膛里跳动的心脏告诉他还活着，没有一丝气力地活着，不挣扎。今天是他第一次恢复笑肌，驴窝棚里的第一阵爽朗的笑声。

"看来我得感谢这头叫驴呀！它让你重新开始生活了！"二嫂开心地说。多少次二嫂苦心地逗二哥笑，二哥都会哭，今天这是顿悟，心结还要自己打开。

"明天我把赵三矬子家的叫驴花高价买来，给它整一个单间儿、喂黄米、喝矿泉水，你看咋样？"二哥望着房笆，头枕着双手说。

二嫂笑道："你这是养个爹呀！"

"它要是能给我带来儿子，我就当爹养活它！"二哥一本正经地说。

二嫂的脸上洋溢着久违的幸福，她在心里告慰自己，以前的那一页终于翻过去了，期待着新的开始。

驴司令还真是驴司令，第二天一早就去赵三矬子家看叫驴去了，赵三矬子还纳闷呢，这驴好好的怎么突然蔫巴就不吃食了呢？是病了？正虑量给王兽医打电话。

"哎呀，三哥干啥呢？这大早儿的。"二哥走到驴跟前，摸着驴的大长脸说。

"没事儿，我也看看驴脸，看看驴脸到底长不长。"赵三矬子若无其事地说。

"开个价吧，我要买你这头叫驴。"二哥指着大叫驴说。

"四千。"赵三矬子故意大声说，好像想故意让更多人都听见似的。

"好，给你四千。"二哥递过去一沓钱。

赵三矬子数了数，正好四千，拿着钱就往屋里走，"驴你自己牵走吧，我就不送了。"

赵三矬子心想你领回家，驴要死了你也找不着我，我赶紧拿钱回屋算了。

二哥知道驴是昨天累的，花四千块钱买了一头八千块钱的大叫驴，真是占了大便宜了。二哥牵着大叫驴回家了，就像领着一位亲人回来一样。到家以后，让二嫂赶紧拿来黄米喂驴，驴一看这黄米也精神了许多，开始慢慢地咀嚼着，它是真累坏了，连咬肌的力气也是不足的。但是它一看见母驴又来闲心了，它要补充体力，接着延续自己的优质基因。

二哥摸着驴脑袋，驴停下来，脑袋靠在二哥的胸前，仿佛依偎着要告诉他什么秘密，难道驴知道二哥也想要个儿子了？

二嫂给驴拿来矿泉水，一喝甜到脚后跟儿，叫驴喝完水就在驴棚里高兴地嘶吼，顿时来了精气神儿。

吃饱喝得了，二哥领着叫驴出去遛弯儿，再看这草原青草齐腰翠绿欲滴，风飘草絮黄莺飞起，盎然的生机，天际蔚蓝，渔歌缭绕，怎一个美字了得？

二哥领着大叫驴往母驴的堆里去，叫驴居然还想上，二哥火速将叫驴领走了，自己家的叫驴咱可要省着用，累坏了可不中。

回村的路上偶遇赵三矬子，赵三矬子问："二兄弟这是领驴看兽医去了？兽医怎么说呀？"

"谁说它病了，它好着哩！前天下午它是配母驴了，累的，蔫巴！"二哥并没有看赵三矬子，他在想象着此时赵三矬子的表情，应该是哭丧脸吧。

"哦，哦，没病就好，没病就好……那我忙去了。"赵三矬子低着头，失意地朝土墙踢了一脚。

几天以后，二嫂开始感觉身体发生变化了，她心想："许是怀孕了，但愿吧！"

又过了一些天，二嫂彻底崩溃了。吐，吃啥都吐！用早孕试纸一试，果不其然。真是一件天大的好事儿，想孩子就来孩子。

二嫂在网上给叫驴买了新铃铛，挂在叫驴的大长脸上，用各色的绸缎编成彩绳系在驴脑门上，这叫驴天天吃新磨的大黄米，喝深井矿泉真是掉福堆儿了。驴是不能喝酒，要能喝酒二哥非给它喝几盅。大叫驴让母驴该怀孕的都怀孕了，挨个占上，就等着母驴生小驴了。

二哥知道，离开谁地球都照样转，而且有可能转得更快。生活有时也爱开玩笑，门关上了有可能窗就打开了，只要活着，办法总是人想出来的。

驴崽陆陆续续地来，小儿子也迈着蹒跚的步子走来，二哥又有儿子了，七斤的儿子粉嘟噜的，小猫一样省事儿，在摇篮里吃饱了就睡。

一天早上，二哥牵着一头小驴来到赵三矬子家。

"三哥，我家的小驴多了，想送给你一头，你要不要？"二哥轻轻地抚摸着乖巧的驴脑袋问。

"二兄弟，你净逗我，你的驴娃再多也不至于给我呀？一头小驴少说也要四千块，凭啥呀？"赵三矬子问。

"真是给你送驴娃来了，去年用你的叫驴生的小崽，又便宜买了你的叫驴，现在赔给你的。"二哥一脸正经地说，然后一拍小叫驴的屁股，驴就进了赵家的驴舍了。

"咱们要成立驴业合作社了，你加一股不？"二哥回头顺便问了一句，然后转身走了。

二哥是一个有经济头脑的人，这么多年的从商经历让他在乡亲们的心中有着很高的地位。他说要成立驴业合作社那肯定是有很多人追随的，采取的是合作社加养殖户的模式。二哥把自己的小驴拿出来，放在养殖户家里养，到卖驴的时候一起结算，最大限度地让利给养殖户，带领大家提高养殖收益。驴司令的驴业发展是越来越好，敖包滩从此又多了几声深情的驴吼，在小康路上阔步前行……

# 第五十三章　爱心志愿者

敖包滩的超市是福哥的儿子勋武家开的，以前的货品质量一般，而且品种也少，就卖点雪糕矿泉水啥的，冻货混装在冰柜里，是偏低消费的水平。家家有轿车以后大家都去城里买新鲜的果蔬，超市的生意更是不好做。网购商城入驻到这家超市以后，给超市带来新的发展机遇。货物品种增加上百种，消费档次明显提升，对勋武媳妇赵小美进行了培训。以后大家在网购商城上买的东西也会放在这里，方便大家来取。物流和人流的便捷随之而来的就是经济效益的提升，敖包滩上的人个个神清气爽，走路都带风。

勋武是一个实干家，媳妇经营着超市，自己养一大群绵羊，每年还沤羊粪种地，一个人种二十顷土地。勋武是我当村支书以后培养的第一个积极分子，要说这亲属关系整个敖包滩的人都有亲属，也没有谁亲谁后，是看准了勋武的能力和人品才发展的，应该也没有错。

勋武一直在做公益，他会常常给乡里的敬老院送东西。勋武的轿车往敬老院的院子里一停，肯定有老人往出跑来帮着拿东西。

端午节当天勋武领着十多个志愿者，拉着小麦粉、肉馅、芹菜、鲜鸡蛋和包好的粽子来给敬老院的老人包饺子吃。来到敬老院以后，大家揉面的揉面、切芹菜的切芹菜，一会儿工夫就把面团分开，芹菜猪肉馅分盘，三个两个人一伙儿，擀面皮的、包饺子的、摆饺子的，干了一个上午才包好了所有的饺子。中午开饭的时候，老人们拿着盆子来打饭，一人一笊篱饺子、五个鸡蛋、三个粽子。在食堂的餐桌上，有个衣着寡净的老爷子还拿出来自费买的啤酒喝上几口，今儿个高兴，像过年一样的。

吃完饺子，按照惯例勋武又去给老人理发。

当他走进103室，一股刺鼻的腐臭味儿扑面而来，勋武微皱了一下眉，知道老人一定是患了很重的皮肤病，而且长期无人护理。

勋武说："大爷我要给你剃头，你的头发长了。"

"孩子，我的头发不用剃了，我怕摘下来帽子吓到你，回家恶心不能吃饭，我得了很重的皮肤病，出脓冒水儿的不能跟别人共用推子的，传染给旁人就不好了！"

"没事儿的，别人都已经剪完了，现在就剩您自己了，您是新来的，最近才来，不知道我剪头吧？"勋武问大爷。

自从我爸去世以后，勋武就接替他照顾敬老院的老人，一干就是十年，十年时间他对这里的每一个物件、每一位老人都熟悉得不能再熟悉。

"我真是新来的，来的时候是重度脑梗，睡了十五天，院长都以为我醒不了了，就有一口气咽不下呀，谁想到又活过来了，躺的时间太长，我的脑袋生疮，头皮都快烂没了！"大爷幽幽地说。

"没儿没女地活到现在，你又不是我儿女，不能让你伺候我。孩子，我受不起呀！"大爷说着话，瞳孔看着别的方向。

勋武用手在老人的眼前晃了晃，确定老人已经失明，这更坚定了他给老人剪头的决心。老人看不见，不知道是谁在伺候他，但是他会知道，在这里没有人嫌弃他，社会是温暖的。

"大爷，你别动，我给你把头发都剪掉，贴着头皮剪，然后再给你上药。"勋武小心地说。他知道大爷对他不能完全信任，还有戒心。

"孩子！我看不见了，如果我能看见，我真想看看你长得啥样。"大爷的手向着他的前方摸索。

勋武接过大爷的手，"大爷，你不用知道我是谁，只要安心养病，好好活着就好，我每个月都会来看你的。"

"哎，哎……对，我一定好好活着，想死也没有那么容易！"大爷颤巍巍地说。

勋武让大爷坐在凳子上，替他摘掉帽子，开始给他剃头，大爷说得没错，目光所及都是黄乎乎的疱，密集地糊在发根上，烂得黏黏糊糊的秽物粘住电推子，没有办法，勋武要轻轻地拽住发根用剪子剪掉已经糊在头皮上的头发，臭味让勋武窒息，他屏住呼吸一绺一绺，甚至一根一根地抓起头发剪掉。这不就是一个"活死人"吗？再烂几天即使脑袋没有病，这头皮也要烂到骨头了！勋武拿来棉签一点一点地蘸去脓水，抹上药，大爷疼得直咧嘴，却一声不吭。他还是想活的，强烈的求生欲让大爷坚强得像一个没有痛觉的人，这一生没有人再为他而感同身受，而勋武此时已经泪流满面。英俊帅气的男子汉为素不相识的老人潸然泪下，是怜悯，更是一种承诺。勋武的心里在默默地告诉自己，大爷有生之年一定要给他爱，让他感到幸福。剪完头发后，勋武告诉大爷不让他戴帽子，抹药以后几天头皮就会结痂慢慢变好。

大爷颤颤地站起来，用手摸着床边往柜子跟前移动。从柜子里拿出来一个红透的苹果，看上去苹果已经在柜子里放了几天，大爷是自己一直没舍得吃，拿出来想给勋武吃。

"孩子，吃个苹果吧！我这里什么都没有，只有这一个苹果！"大爷轻轻地说。

勋武的眼泪唰地就流出来了。他再也抑制不住了，大爷什么也没有了，只有这一个唯一的苹果还要给自己，这是何等的荣耀呀！

"大爷苹果你留着吃吧！我明天还会来，给你上药，直到好了为止。"勋武抹着眼泪说，他知道自己的脆弱大爷看不见。

"孩子，你吃吧，我……"大爷泣不成声。

"我吃！"勋武接过苹果，上去就是"咔嚓"咬一口，用力地嚼着，他想让大爷听见他吃苹果的声音，吃到嘴里的还有自己的眼泪。

勋武知道这个苹果的分量，平生第一个以性命相托的苹果。大爷晚景凄凉还能如此懂感恩，这绝对是性情中人，要让他有尊严地活着。

第二天，勋武又来到敬老院，这次他拿来一袋子苹果。给大爷上完药，陪大爷聊天，大爷头上的疮已经好些了，黄疱开始萎缩。原来大爷是有儿有女的，大水冲垮了堤坝，房子倒塌了，所有的亲人都压在里面，死了。大爷因为在甸子上放牛侥幸活下来，这么多年一直一个人生活，后来得病了才被送到这里。他生活在一个光线照不到的黑暗世界里，即使白天，这个房间里也是死气沉沉，大爷的内心是孤寂的，游走在生与死的边缘。

"孩子，我都已经在鬼门关走了好几个来回，可是阎王爷还是不收！"大爷叹了一口气，哭着说。

"大爷我会天天来看你的，你等着我，我天天上午来。"勋武看着慈祥的老人坚定地说。

第三天早上，勋武来的时候，看见老人在屋子里摸着墙来回走，看样子是在焦急地等着勋武。

"大爷，我来了，今天怎么样呀？来我给你上药，我看看，哎哟，好多了呀！"勋武自言自语地说，也说给老人听。

"孩子，我昨天晚上差点一口气上不来！可是我在心里默默地说：'我还要上药呢！'不知说了多少遍，我又活过来了！"大爷平静地陈述着。也不知道昨天晚上他跟病魔做了怎样的缠斗抗争，死神被打败了，藏到一个让人看不见的地方没脸了。大爷在梦中鸡鸣之前蹚着水回到对岸，回到可以看见太阳的地方。大爷心中一轮红日已经喷薄而出，又到了万紫千红的春天。

几天以后，大爷的皮肤逐渐好转。勋武告诉他因为忙，他不能天天来了。接下去的一个月里，勋武忙着种地，的确没有时间去敬老院了。

一个月以后，勋武再次来到敬老院的时候，发现老人躺在床上，没有了气息，脸上露着笑容幸福地离开了。勋武知道这一个月老人一定天天在念叨着他，强大的信念支撑着老人走过一个月，在最后一天早上悄悄地离开了。勋武找到了敬老院的院长，为老人准备了后事儿，埋葬了这位坚强得让人肃然起敬的老人，让勋武欣慰的是，老人的头上竟长出了很厚的头发。

# 第五十四章　抢收稻谷

国顺哥的儿子勋野人长得精瘦，看着他干重活的时候会让人心疼。勋野号称种地大王，特别能吃苦，在敖包滩是首屈一指的种田能手，可以在本村随便挑媳妇的第一人。姚方兴家的俊妮子早早地相中了他，姚老大也中意这个女婿，这门亲事儿就这样一拍即合。

勋野家包地多，有几百垧之多，种田大户自然需要大型农机具，现在买各种农机具都有补贴，农民自己花不了几个钱。稻田里水渠修通了，勋野的稻田变成了黑土的水田，种的是冷水有机粳稻，一垧地一年挣一万多，在老丈人和国顺哥的支持下，胆子是越来越大，不仅种地还卖化肥、种子和农药，这样一来自己种地成本降低了，收入自然增加了。

勋野家有一个男孩儿十多岁了，国家放开二孩政策，我开始鼓捣侄子们要二胎。没事的时候就找这些侄儿媳妇聊天，组织了一个二胎微信群，一划拉有四五十人，本意是我给她们做思想工作，没想到经常被这些侄儿媳妇和外甥媳妇调侃的居然是我。我让她们生，她们还鼓捣我，让我生，没大没小的，我是服了，害得我不敢在群里说话。

后来更厉害，一个挨一个让我去下奶，下奶就下奶吧，谁让你是姑婆姨姥呢。谁要想出去办事儿，没有人看孩子就往村委会送，活脱脱地把我变成了幼儿园老师。

为了鼓励大家生孩子，村里自筹资金建一所幼儿园，从城里聘用最好的老师，让孩子们一开始就接受良好的教育。

又是一年稻谷飘香，稻穗压弯了脊梁，尽管稻苗很壮又是抗倒伏品种，可是一场延伸到东北的台风意外刮倒了成片的稻子。该怎么办？一旦稻穗着地沾水，几天工夫就会生芽，那整个一年的劳作就算前功尽弃了。

这时我在村委会大喇叭里喊："敖包滩的老少爷们儿，大风刮倒了稻田里已经成熟的稻子，希望大家暂时放下手里的活计，拿着镰刀去帮助勋野和几个大户割稻子！"

真的没有想到，大家比抗震的应急演练跑得还快，拿上镰刀就往稻田里跑。稻子已经倒了没有办法进行机械收割了，现在只能靠人海战术了。我的公公拿着磨刀石来到地边上，开始给大家磨刀，因为勋野也是第一次遇到这样的情况，买了一些新的镰刀放在地头，但是给镰刀开刃那可绝对是技术活儿。过去的老话说："磨刀不误砍柴工！"那是有道理的，镰刀要是不开刃，那你纵然再有力气也割不下来稻谷。幸亏有公公想得周到，公公先用砂轮把镰刀的刃打开，然后用细磨刀石研磨，刀刃看上去是一条灰刃了才算磨快了刀，大家循环着来公公这里换刀，这样一点儿也不耽误干活。

我拿起一把公公磨好的刀也上战场，第一次把两根垄割到了头儿，第二次把三根垄割到头儿，比起那些壮汉，肯定是赶不上人家。但是我都能在地里干活，那还有谁不能来呢？在我的带动下村里的老头老太太都下地了，还有在乡里上班的姚乡长也挽起袖子来帮工了。第一天晚上，我累够呛回家了，扯着猫的尾巴上了炕，连饭也不想吃。婆婆端来了韭菜鸡蛋馅饺子，我狼吞虎咽地吃了整整一盘子。说心里话，婆婆比我妈都好，我要不吃饭她是会心疼的。第二天我又干了一天，腰跟折了一样。低下头割稻子的时候，看见两条腿中间的三角形的天，感觉天在旋地在转，天上好几个太阳，手上好几个血疱，尽管旭日把手套给我，还是难为我这细嫩的小手了，手套上都是血。旭日哥也比我好不到哪里去。第三天这大队人马人工收割水稻已经割了一半了，我穿上了磨坏的迷彩服硬撑着来到地里，看见大家还在坚持，上了年纪的大爷大娘也没有停下手里的活儿，割完一捆用稻秆一挽就往垛里一垛。我知道，只要我还在，只要大家心往一处想劲往一处使，任何困难都能克服，大家都是不会撤的，因为敖包滩的党组织是为所有困难群众服务的，只是谁家遇到困难不一定。我敲了敲后背，弯下腰继续割稻子，从地头到地尾，再从地尾干到地头儿，大家都在坚持，每个人都是好样的。勋野认为已经绝望的稻田，如今已经见到亮光了，勋野一边干一边哭，这几十号人是大恩人呀！只有遇到问题才知道互帮互助有多重要！收割进度还在加快，不断有人从外地赶回来加入到这场抢收战役之中。

"大爷，你这刀磨得真专业！不小点使劲都不行，稻秆一碰就掉呀！不碰也容易掉！"房六哥惯会打趣我公公了。

"六呀！那不碰咋还能掉呢？"公公抬头憋不住笑。

"形容刀快呗！"房六哥也憋不住想笑。

"六呀！你这说话也太玄乎了，难道刀自己会飞？"公公还是点点头，他知道房六是在夸他。夸他能干活，会磨刀，这磨刀的人还真是不好找，都成老古董了。

"等干完活儿咱爷俩儿喝几盅。"房六哥说着，提着刀又进稻田里去了。

勋野的老丈人也就是我的大伯哥领着一帮人在帮着打稻子，晒稻子，老天爷还真是长脸，这几天都是晴天，再有几天稻子就彻底晒干了。

也就是再有两天，我们就能收回所有的稻谷了。看着越来越少的倒伏稻子我终于松了一口气，但是活儿是不睁眼睛的，谁干谁挨累呀！已经从极度疲惫中缓过来了，适应了这种极重的体力劳动，手上的血疱也磨成了老茧，给自己打气，再坚持一下就完事了。

公公一直在磨刀，其实磨刀是非常累的，敖包滩的老党员真是好样的。就在我们胜利在望的时候，公公累倒在了磨刀的小凳子前。

"快，快来人呀！姚爷爷好像病了！"赵家的孩子吓得变了声音在喊。

我和旭日飞一样地朝着父亲身边跑，旭日抱着父亲要往车的方向跑，公公却对旭日说："孩子，不用救我了，我不行了，阳寿到了！"公公断断续续地说。

"爸，你没事儿的，马上就去医院！"旭日哭着抱父亲跑。

他还是眼看着父亲永远地闭上了眼睛。回看父亲这八十多年的人生历程，子孙满堂也算是圆满了。他把自己的钱都交给了党组织，成了特殊党费，把苦心经营的酒厂交给了村集体。奋斗的一生养活了四个儿子还有一帮孙男嫡女，在生命的最后还是带领党员群众冲锋在前，没有什么遗憾了。

公公对我格外好，因为我爸是他最好的兄弟，他要对女儿好，给我父亲的爱。就算我跟姚旭日发生什么不愉快的事情，他总是偏袒我。公爹对姚远和甜甜更是宠爱有加，简直都快够天上的月亮去了。

"老姑，我该怎么办？给我家干活，给爷爷丈人儿累死了！"勋野跪在车前，哭得一把鼻涕一把眼泪。

"不怨你，他说他阳寿尽了。"我让勋野赶紧帮旭日把公公抬上车拉回家。公公躺在车后座上，旭日开着车回家了。

我赶紧给木匠打电话，让他们拉上上好的木料，连夜给公公攒料子。我也开车往城里赶，赶紧去殡葬服务部给公公买装老衣服，买了最贵的，把买好的东西全部装进后备厢里，我就往敖包滩的方向赶。因为惦记婆婆，一个劲儿踩油门，心早就飞回去了，路还在车轮下。

婆婆坐在西屋的炕沿边儿上默默地待着，顺着眼角淌着泪。她应该是被突如其来的事情击倒了。这一辈子太长又太短，八十多年还是短，还可以更长更长……

我拿出了装老衣服，旭日接了过去，他们几个要给公公穿衣服，幸好我买回来得很及时身体还软，很快就穿好了。看着公公安详地躺在了堂屋里，我真的有些想自己的父亲了。他比公公少活了一半儿，他的寿命太短了。在他选择跳下水的那一刻，他就知道生命要结束了，我的这两位父亲都是为了党的事业奔走一生的人，最后走到了生命的尽头。还没有等到我养你，你就急匆匆地走了，没有给我爱你的时间，爱你的机会。亲爱的爸爸只能来生再做您的儿女了！

姚远和姚甜甜也回来了，戴上了孝布和小白花，姚旭日他们哥仨都换上了麻布的孝服，等着东升半夜到家，因为明天是下葬的日子，明天早上九点就要出殡了。家里准备了火盆，晚上要给公公烧关门纸。

这一个晚上，屋子里院子里都是人，公公的遗体用白布覆盖着。外面的几个木匠在攒料子，把棺材组装好。第二天早上，一口富丽堂皇的大棺材由众人抬着去了墓地，风光大葬。这一眼看去姚家的人可真是多，姚家的儿子娶走了几乎所有能拿得出手的敖包滩上的女人，就连我也身在其中，成了姚家的人，等我百年之后，也会葬在姚家的坟地。到时候我的儿子和女儿也理所当然地把我留在这里。姚家的坟地跟柳家的坟地正好是两个方向，他们在敖包滩的西北方向的草场深处，去过之后，这里就是我梦里会常常到达的地方，灵魂的安身之所。

我的另一位父亲走了，我的悲痛甚至超过了旭日哥。我爸去世时候我的年龄还小，还不太能理解父亲的大爱。现在公爹的离世让我满脑子都是他的好，对我的好。这位父亲为敖包滩作出的贡献非比寻常，虽然我没有权利在他的遗体上覆盖党旗，但是在心中却为他树起了一座丰碑。公公就像亲生女儿一样对待儿媳，支持儿媳的工作，掏钱费力毫无怨言，亲生也就不过如此吧！爸爸，我还没有伺候过您一天，您就走了，您走得太急太匆忙，以至于风摇晃村口的那棵大柳树的时候，树都在呜咽……

# 第五十五章　婆婆的葱

都说儿媳妇和婆婆是敌人，有不可调和的矛盾，而我这个儿媳妇却一直感受着婆婆的爱。有时候我倒是觉得这婆婆不怎么偏袒儿子，反倒是跟儿媳一伙的。

婆婆只有四个儿子，我的父母又各忙各的工作，没有多少时间管我，很多时候就把我往姚家一扔，最长的一次长达半月。为了适应姚家的生活，我总是要有眼力见儿，想方设法地帮婶子干活。她要是做饭，我就蹲在灶坑旁添柴，看着火红的木头进射出来的火舌舔着黑锅底，向着炕洞奔去。孩子不在自己家里所体现出来的不仗义和怯懦，婶子是看得一清二楚，我的眼神里有对父亲和母亲的思念，更有对姚家孩子的艳羡，即使是孩子不经意间的话也会伤到我本就脆弱的神经。姚家的老二就曾经问婶子，自己家的孩子还不够吃，为什么要给别人家的孩子吃？我突然间就变成了别人家的孩子。在那个物质生活相对匮乏的年代，我能理解姚家老二的灵魂之问。

我就像是一只小小的鸟，妈妈把蛋下在了别人家的窝里，还需要别的鸟妈妈孵那么长的时间才出壳，一出生就看见满窝都是跟自己不一样的鸟，但是小鸟自己又能有什么办法呢？寄人篱下的感觉总是不好的。婶子总是在我最需要的时候，春雨般滋润我幼小的心田。

婶子这样教育姚老二，"你说谁是别人家的孩子呢？那乌兰可是我的宝贝闺女，你要再护食别说我不让你吃！你个小犊子。"嗔怪的口气，也带着对儿子的呵护。

"二哥，你要不想吃你可以不吃，我替你吃咋样？妈今天煮的可是咸鸭蛋，那黄都冒油了，好吃着呢！"旭日哥瞄着他二哥，看二哥还欺生不，有他好看的。

上桌的时候，婶子总是把最大的蛋分给我，然后才让那兄弟几个动手。干脆有的时候婶子在锅台边儿就把最好的给了我，我会鸟悄儿地吃，悄无声息地就吃饱了。

婶子这一辈子最爱花，可是她窗台上养的花都不开花，只有绿色的叶子，枝繁叶茂，就是一朵花也不开。奇怪的是即使别人养都会开花的花，换在她家也不开。最厉害的一次婶子把一盆杜鹃花送给了我妈，搬到我家那花就开始盛放，婶子不相信，还特意去我家看了，满盆子的大花透粉儿透粉儿的，开了足有四五十朵，忒漂亮了。婶子又把另一盆杜鹃花搬来，又开得满盆的花儿，婶子自己嘀咕："怎么我的花在我家就不开呢？有啥不一样的方法吗？应该也没有呀，这里没有人照顾甚至都没有人浇水，真是气死人！"婶子还就不信这个邪了，她把前面搬来的那盆花搬回了自己家，第二天一早花全谢了，一朵没剩。婶子自己生孩子，一生就连着四个带把儿的，一个闺女也没有，想养几盆花吧，花也欺负人，没有闺女的命了。从我进门给她当儿媳妇的那天开始，婆婆的花一直开不败，婆婆说这是我带来的花，说我像花仙子，而且是她的百花仙子。

这些年姚远和甜甜也是婆婆一手带大的，现在孩子都二十多岁了，婆婆的功劳真的比天还大。没事儿的时候我会常常拉着婆婆去水边走走，吹一吹夏日的凉风，看一看满池的荷花。

有一天我在网购商城里买了一条上面带荷花的绿色旗袍，穿在身上试了一试，正合适，进屋让婆婆看一眼，臭美一下，婆婆看了甚是喜欢，赞不绝口，她说自己要是年轻也要穿一条。我感受到婆婆爱美的天性，马上脱下来给婆婆试试，婆婆穿上了旗袍那简直就是出水的芙蓉，婆婆的身材凹凸有致，大高个儿秀溜儿的，如果不看脸感觉像四十岁完全没有问题。看脸六十岁跟我差不多，婆婆有蒙古族女人的高颧骨，脸颊上略有红血丝，说话会舌根硬，有一些饶舌的汉话她会说不上来，如果单从长相上看婆婆更像是我亲妈，我的亲妈是汉族，我跟婆婆更像母女。

"妈，这件旗袍真的很适合您！其实我也给您买了一件，是红的，猩红色的，但是现在看来这条绿色的更适合您！"我想鼓捣婆婆穿这件旗袍。

"姚旭日，你赶紧过来，你看咱妈穿这件旗袍怎么样？给一个评价。你看看呀，快过来，就知道看手机！"我兴冲冲地喊老公过来，然后给老公一个眼神儿，他立刻就明白了。

"妈，乌兰说得没错，的确是好看，她孝敬您的，您就穿着吧！这么多年也没看见您穿哪件衣服会这样好看过！这么美，我一定要领我妈出去炫耀一下，让别人羡慕去吧，我有这样漂亮的妈！"旭日开始赞妈模式，又拍照发朋友圈又是撺掇，甚至还有怂恿。领着婆婆就要往出走，婆婆还真跟着出门了，这时我也赶忙儿穿上鞋，一边走一边提鞋，拉着婆婆的手就来到了敖包滩新建成的广场上了。婆婆迈着轻盈的步子还就成了这广场的中心人物了。

"哎哟哟！我的大嫂哟，这是成了精了，比你儿媳妇打扮得还年轻！"二婶的嘴就是快，好话也给说拧歪了。二婶看见我脸上写的不高兴马上就闭嘴了，灰溜溜地走了，还算识相。

"婶子，我给你拍一个视频吧，今天晚上我的号就能成大网红，您这精神头儿也就四十岁，婶子您慢点儿走，跟着节奏，'大姑娘美呀，大姑娘浪，大姑娘走进青纱帐，这边的苞米它已结穗，微风轻吹起热浪，我东瞅瞅西望望，咋就不见情哥我的郎，郎呀郎你往哪疙瘩藏……'来往这边看，给我一个正脸，哎呀，这也太美了！"房六哥的嘴抹了蜜了，就是那么会说话，婆婆乐得闭不上嘴，这简直是美秃噜皮了！看着她的笑容，我知道婆婆不光喜欢这件衣服，还喜欢这买衣服的人。还有什么比哄她开心更重要的事情呢？

旭日攥紧了我的手，这辈子能找一个相爱的人在一起真的很幸福。儿子和女儿都学业有成，接下来的日子我们还要继续相爱着走下去。

婆婆走进了人堆儿了，啧啧的赞叹声不绝于耳。男女老幼脸上都洋溢着笑，敲锣的、打鼓的、吹喇叭的，各种的扮相在秧歌队里尽情地踩着点儿狂扭，他们踩上的是脱贫致富的点儿，是中国发展的铿锵足音。

村子富了，村民的文化生活可以有更多的选择了。

每年的年前婆婆都要用红绳拴好两根最粗壮的葱，挂在墙上最显眼的地方。这葱是不知道从什么年代传下来的民俗，"葱"又取"冲"的意思，是冲走所有的不吉利，迎福纳祥，让孩子都平平安安。婆婆的这两根葱年年都在春节的时候最绿，长出深绿的叶子，即使没有土那粗壮的葱茎也会支撑着葱叶肆意地长，年午黑天做饺子馅里的葱花，把所有的葱剁成花吃它一个干干净净。婆婆还会在饺子里放上洗好的铜子儿，看谁能有福气吃到，寓意着来年的好运气。能看得出来婆婆对这件事儿是认真的，她要亲自把这个饺子包好，隐藏在饺子丛中，放在一个最不起眼儿的地方。奇怪的是每年的这个饺子都会被姚远吃到，这也许就是心有灵犀吧。儿子吃完这个饺子就会跪下给奶奶磕头，向她讨要压岁钱，婆婆总是乐呵呵地掏出大红包。

婆婆耳聪目明，白天的时候就会把绣花当营生儿，她别的什么好看的图案也不绣，专门绣葱。白色的葱白，绿色的葱叶，在白色到绿色的过渡部分会用上五六种过渡色，淡绿、草绿、正绿、深绿、墨绿，还有她自己染的绿，能把葱绣成这样，那是蝎子屁屁——独一份儿，估计这个作为非物质文化遗产应该可以申遗了。

婆婆对葱情有独钟，不仅仅是因为葱好活，葱可以撒下葱籽就能生长，葱苗的时候间一棵拔一棵，长得密了移植出来种倒池子葱，到夏天封上垄长到秋变成冬天的冻葱，葱即使在地里冻一个冬天等春天一到仍然可以长出翠绿的羊角葱。只要给它一点阳光和水，它就恢复原来的组织重新生长。婆婆总是在塑料桶里放上一点木匠师傅掉的锯末子，浇上水，葱就可以长，而且一直长。

这倔强的葱难道不像婆婆吗？真的很像，她一身绿色生机勃勃永远有着向上的力量。不管过去生活多么艰苦她都顽强地领着孩子们生活，默默地支持丈夫维持着这个家。岁月在她的脸上雕刻了深深的皱纹，岁月也会记住这样一位执拗的永不服输的母亲。

领着婆婆回家的时候，她还哼唱着秧歌小曲儿，迈着十字步。大姑娘美呀，大姑娘浪……如今婆婆的孙女正好是大姑娘了，就连重外孙女也几岁了。这就像洮儿河的浪，一浪高过一浪向前推着婆婆，她能不老吗？年龄只是一个数字，婆婆的心永远不老，青葱少年，谐音正好是青春少年，愿你拥有这永远的少女心，追逐着美好的生活阔步向前。姚家的老祖宗能踩着这徐徐的风，看敖包滩上亘古不变的月，牵着儿子和儿媳的手。

# 第五十六章　河湖连通

　　水聚生财，江河湖汊水域连片，相互贯通，相互补充。在敖包滩的草原深处，呼尔达河和洮儿河在珠山桥混合在一起了。这是镇东和赉北手牵手的地方。

　　敖包滩的柽柳长在盐碱荒滩上，引嫩入白的渠带来了源头活水，把昔日的盐碱滩变成了一面一面能照人儿的镜子。让一片一片的白云落在了柽柳的根上。就像九天的瑶池掉落在了敖包滩，把它变成了一颗璀璨的明珠，敖包变成山顶的虔诚，一辈又一辈的人把敖包垒成了城堡的高度，镶嵌在天际的蔚蓝。引嫩江水灌溉农田里的庄稼，引洮儿河水浸润城市的湿地，泡塘连片苇海星河，"落霞与孤鹜齐飞，秋水共长天一色。"白鹤也喜欢上了这里，敖包滩成了白鹤的故乡，每年春秋两季白鹤都如期而来，奔着丰美的食物，这白色的精灵在这里刨食着薰草和其他植物的块茎，引吭高歌，与天地共舞。洮儿河边的塔头墩子一个一个摆在河边，像极了刻意倒扣的花盆排着队列在那儿遥望着对岸，充足的营养让草绿得发黑。江边的马莲垛儿一簇一簇，风沙干旱在这里已经绝迹了，现在上面开满了青紫的马兰花，那鸢尾寓意着生生世世的爱情。我走到这花丛中，采一把马兰花。

　　"亲爱的，这么多年了，彼此都没有送过花，今天我送给你一把，你看看，这花你喜欢吗？"我热切地盼望着回复，爱了这么多年，彼此都没有懈怠过，竭尽全力地呵护着心中的那份爱情。

　　"我一直都把你当花一样地欣赏，只要你在，我就是幸福的。"旭日微笑着看我，还像看二十年前的我一样年轻漂亮，尽管我不再年轻，但是我们有共同的年轻的孩子们，爱还如当初一样地默契。

"这么多年，我一直都忙着村里的事情，错过了很多跟你和孩子们共处的时光，现在我想给你补回来，感谢你一如既往地养我。"我的眼睛看着丈夫，心怀愧疚地想告诉他，我是多么爱他。

"乌兰，你做得没有错，你们家为敖包滩做的事情大家都是看在眼里记在心里的。我能有这样的媳妇是偷着乐的，贤妻旺三代呀！"旭日接过马兰花，他的眼里全是爱，从我认识他开始一直宠溺着我。我桌膛儿里热乎乎的早餐都是他用胸膛焐热的，围绕在我身旁时时地庇护，还有永远不让别的男生接近我。

"青悠悠的草原上，蓝悠悠的马兰花……"我们一起唱着这首《马兰花》，越是岁数大了，感情反倒是更浓了。最近常常会手拉着手走路，在一起生活了这么多年，一路走来总是觉得彼此更珍惜了，相信这个人今生无人能及了。

"姚旭日，咱俩去鱼塘看看螃蟹吧，我怕网兜漏了，螃蟹再跑了。"我总是这样直呼其名，一点也看不出来有多恩爱。旭日替我打开车门，怕我碰到头，还要用手挡一下。

"你往那边走，我往这边走，咱俩一人检查一遍，咋样？确保万无一失。"每次旭日帮我干活的时候都非常认真，都替我考虑周全，他知道这是担着大家的公共财产。去年秋天螃蟹也养得又肥又壮，可是嫩江的几次洪峰，我的坝垲子终于没有能够抵挡住凶猛的洪水，鱼塘里养的螃蟹全都集体"越狱"，回到江里去了。等水退了鱼塘空空，害得我大病了一场，累了那么久最后都赔进去了，连同蟹苗的钱。旭日一直不愿意在我面前提及此事，只是在后面默默支持我。为大伙儿干事儿大家还是能够理解的，可是我这个犟种偏要跟老天对着干，去年没有赚钱的螃蟹今年我还要继续养，旭日还跟我一起去盘锦买了蟹苗，长途劳顿自不必说，一路上还要照顾我，看来他已经习惯了。

"乌兰,直到现在我还在替你捏着一把汗,螃蟹看着长势是挺好,就是不知道秋天还会不会涨水,会不会溃堤呀。"我知道旭日的担心是对的,但是养殖业往往真是靠赌,跟老天爷赌,赌输了亏工钱和苗钱,赌赢了还是挣得多。既然想让大家多分钱,那就要担一些风险的,赢得起也输得起。

去年的生猪价格就像坐上了火箭一样,一斤毛猪涨到了二十元一斤,因为我赌了猪肉涨价,把本来应该出栏的肥猪留在手里多养了一个月,一头猪多卖了百分之三十的钱,结果跑了一池子的螃蟹大家还比上年多分了几千块钱。

"我相信自己,只要是在一心一意地为了大家的利益往下走,即使错了,也错不到哪里去,你说呢?"我看着旭日的眼睛,是呀,即使错了,大家也选择了最大限度地包容。

离开了鱼塘,我跟旭日上了车,往家的方向走。

"乌兰,儿子就要大学毕业了,什么时候告诉他?"旭日终于想通了,他觉得儿子已经长大,可以把他过继给东升了。

"告诉他爸爸错娶了叔叔的恋人?"我的胳膊挂着脸,一脸疲惫地看着旭日。错并不在孩子却让孩子承受这样的结果,我一直不主张跟孩子谈这个问题,现在想说的人居然是旭日,我没办法了。

走错的路怎么也绕不回来,这些年过去了,即使没有人责备,我的心里一直藏着不安,可是这些都是我改变不了的结果,又能怎么办?东升已经在省城当上了大老板,儿子毕业了让他自己选择吧。要说对东升的愧疚应该是旭日更多一些吧。

儿子是学水利工程的,当初在高考的时候我就想让儿子学金融,可是儿子没有听我的意见,而是报考了河海大学冲着水利工程专业去了,当时我也没有拦着,因为孩子喜欢什么我也改变不了。这个妈妈非常不称职,影响了儿子让他总有要帮助我的冲动,他觉得母亲太柔弱了,肩膀扛不起这么重的分量,现在儿子要毕业了,还是让他自己决定吧。

河湖连通能减轻抗旱的压力，即使遇到大旱的年景水库开闸，水渠里面也是有水可灌的。儿子说河湖连通可以调蓄水量在几亿立方米，增加灌溉面积上千平方公里，恢复草原和芦苇面积将更多，恢复以往的渔业生产面积，恢复旅游业，好处简直是太多了。他的蓝图应该就在敖包滩这个地方，他想改变家乡的面貌，学有所长、学以致用，在这里修水库建水坝。毕竟是我养大的儿子，长得跟我雷同就连想法也差不多，他从我的身上继承的东西也太多了，有些东西真的让我始料未及。

敖包滩的水和水相连变成了梦里的水乡，敖包滩人的心和心相通变成了和谐向上的力量。泥草房变成了砖瓦房和别墅，越来越多的人喜欢上了这片滩涂，随便推门走进一家那都是一个温馨的世界。

"妈，我回来了！"进门的时候看见婆婆在厨房，我接过婆婆熬奶茶的勺子，让婆婆歇一会儿，旭日过来接过我的外衣，帮我打开吸油烟机。

"妈，我想给爸爸一个惊喜！"姚远笑嘻嘻地过来趴着我的耳朵神神秘秘地说。

"什么惊喜？你爸还能惊喜？他啥时候惊过又啥时候喜过？"旭日从不喜形于色，不管发生什么都无法让他惊喜，这是我跟他生活这么多年总结出来的。

"爸，我被省水利厅录取了。"在大四的时候考的，今天面试通过了，姚远自豪地炫耀。

旭日喜出望外，顿时忘了自己是谁！还真是惊喜！冲动让他抱住了姚远，但是他发现他只能让姚远的脚稍稍离地，一米九的个子，体重一百八十斤，旭日是真的抱不动了，这位爸爸的确是老了，儿子也彻底长大了。

"爸爸也想告诉你一件事情……"姚旭日结结巴巴还没有说出口。

"哦，爸你不用说了，我知道你要说什么，其实我早就知道我要过继给二爸了。"姚远没有给旭日说话的机会，旭日到了嘴边的话咽回去了，这也是他一生最不愿意说的事情。

"我有两个爸爸，而且长得一模一样，在我心中我更希望我可以一直有两个爸爸，正因为如此，我从来没有管二爸叫过叔叔。"旭日用诧异的目光看我，我的手一直在抖，以至于拿不住勺子，把勺子掉在了地上。

姚远走近我，低头捡起掉在地上的勺子，"妈，你永远是我亲妈，亲妈只有一个！你没啥疑问吧？"我苦笑着不说话，让我说啥，儿子也的确是我生的。

"那你去省城是为了你二爸？你已经想好了？"我的眼里闪着泪花，我真的养了一个懂事的儿子，他已经能体会东升这么多年的不易，愿意给东升一个家。

"是的，妈，孩子只要在亲妈的身边长大就是不缺爱的。我觉得二爸老了，他比你们更需要我。"姚远抱着我，拍了拍我的后背。

孩子翅膀硬了，早晚要飞走。母亲对孩子的爱永远是以分离为目的的，在舍与得之间早已经做好了选择。

"妈，以后我会为咱们家乡的水利建设出力的！也为了帮助你！"姚远的这个名字注定要非常的遥远了，像旭日东升一样，仿佛另外的世界。

河、湖和江连在一起，那是因为它们都是水，人和人密不可分，那是因为亲情、爱情、友情，情感的延续……

# 结　语

小汽车，倒开门，
里面坐个小美人。
红嘴巴，绿肚脐儿，
你说逗人不逗人？

　　我写这部小说，是因为几年前做的一个梦。那天清晨醒来，还清晰地记得那个怪异的梦境，我去了那些没有窗户也没有门的人家，在那里我看见了一张张故去的亲人的脸，他们不跟我说话，只是带着各自的表情看着我，好像他们想让我为他们做点儿什么。那些没有窗子也没有门的人家是他们的坟墓，虽然他们的身躯和灵魂已经远去，我猜想他们想借我的笔再活一次，看看诞生过他们生命的敖包滩如今的模样。还有那些生有遗憾的人，我要替他们把该做的事情做完，甚至可以让这些本不该出现在现代人记忆中的人，让现代的人知道并且认识他们，他们做过的事情和说过的话不会随时间消逝……

　　这一生，走过了不少山山水水，总要绕回洮儿河畔的这个叫敖包营子的小村。光阴荏苒，历史偶尔的留白就留给后人评说吧。时空的界限划分最初和最终，早与迟的关系，就是一样的结局，每个活着的人都会在另一个世界走到一起。因此，希望我的族人不因我的唐突和冒犯而与我计较。人生之路有短有长，我已经在不经意间轻而易举地鬓生华发，预示着我与逝去的族人的距离越来越近。

请允许一朵迟到的杏花赶上就要启程的春天；请允许一棵野草喊出心中的草原。河流弯转的地方要有梦，要有兴国安邦的大梦想。

那个清明并没有看见太阳，在我的天空上，肉眼可见的都是展翅翱翔的鹤和大大小小的水鸟，遮蔽了属于我的天空。我的敖包滩已经变成国家级自然保护区的核心区域，这里的水域面积恢复了我记忆中的广阔无垠。

江鸥在浅水中，在星罗棋布的塔头墩子上信步，灰羽时不时被风儿掀起，身子一歪即刻又轻盈地平稳前行。它悠闲地东张西望，一点儿也不担心我会踏烂它温馨的巢窠。水边长着一种被称为蛤蟆腿的植物，它走进一簇这种有着殷红茎秆的植物当中，红色的喙和红色的双腿竟然是自我保护色，与自然浑然成为一体。雾雨蒙蒙的清明，斜织的细雨一层一层地蒙上轿车的玻璃，又被雨刷器不厌其烦地刮净。我轻轻推开车门，顶着牛毛一样的雨，站在"柳府陵园"的石碑前，依次数着坟包。这里住着自曾祖父开始的"一家人"，该到的都悉数来到了。

最后一个坟包里埋着我的父亲，他与我之间隔着厚厚的黑土和薄薄的棺木。人们都祈祷好人死而复生，在我的阅历中，除了二娘之外，就再没见过哪一个从坟墓里活过来的，即使是大命的二娘，最终还是归去。人生大抵是走了就没有回头路的，至少这世上不曾有长生之人。

我捋了捋被风吹乱的华发。亲爱的爸爸，你走得好匆忙，说好的人生百年呢？这么多年过去了，我一直在学着你付出爱，爱了该爱和不该爱的人，却没有再爱过你。每次梦见你，都是在火化间看见那具冰冷的尸骨，还有那熊熊的火，把仅剩下尸骨的你燃成滚热的灰。我想爱你，可是你的生命短暂得没有留给我爱你的时间，没能让我常常依偎在你的怀里，享受做你女儿的快乐。

我长久地伫立在坟前，大大爷、二大爷、三大爷、四大爷、五大爷、我爸，像列队一样依次排列在坟包里。在这里，我依稀看见了每一张熟悉的脸。啊，看见你们的时候，我的眼里饱含泪水，但愿身旁这奔涌的洮儿河，以后不再流淌泪水。

高岗上的风格外硬，旭日把外套裹在我身上。现在我们已不再年轻，曾经在我们身上从长辈那里沿袭的外在的倔强，似乎渐渐被岁月磨平了，但是，内心却磨亮了。就像那河中的卵石，在岁月的撞击中，理智地舍弃各自的棱角，免得碰撞互残，合力托举着历史潮流奔腾向前。

五大爷立棍儿了一辈子，还是倒下了。他和五娘吵吵闹闹了五十年，终于变成一个棺材里的两捧灰，你中有我、我中有你地掺和在一起，伴随这对男女一生的战火，最终熄灭在沉寂的土包里。

敖包滩上的红柳在沙土中抽条发芽，它跟我一样扎根在这片并不肥沃的土地上。而贫瘠的土地并不妨碍我对这片热土的眷恋，柳家的柳，在这里扎下了根，百年之后，再看这里的红柳，但愿依旧像纤纤的少女多姿而婀娜。

我认定，祖母一定去了天国，她的仁慈和善良的基因依旧在这片土地上生长。她也一直没有走远，如今她的孙女还在替代她，为这一方百姓的共同富裕而奔波。敖包滩的集体经济在不断发展壮大，牛、羊和猪的存栏量已经逾万头，创造了历史之最。畜牧业企业先后落户敖包滩，给这块用石头堆命名的地方，带来了一滩金银，可以说，我的敖包滩实实在在是富裕了。

勋野的水稻合作社流转了更多的土地。每到秋天，喜看稻菽千重浪，沉甸甸的稻穗在风中闷头深思。

亮子的香菇一茬一茬地收获，随着羊肚菌的培植成功，挣的钱在存折上欢快地蹦跳着。

驴司令家的驴儿居然焕发出龙马精神，许是科学合理搭配的精美饲料，个个吃得毛管锃亮。于是，好吃好喝的驴儿撒着欢儿地疯长着！

福哥的羊在自家的牧场上像白云一样地飘，吃饱了就趴在绿地毯上美美地睡上一觉。羊羔儿的叫声底气很足，显然是吃足了奶，还想找妈妈要一会儿贱儿。

敖包滩低矮破旧的泥草房，全部改造成了高大宽敞的砖瓦房。每年金风乍起，家家院子里矗立起座座苞米楼子，足有两房高。看着这黄澄澄的玉米棒子筑起的金色建筑群，映衬着火红的朝霞，幻化成祖母留下的鲜红的旗帜。祖母的小乌兰已不再年轻，她在等着老屋遗址上的杏树再次开花，待到白色的花瓣绽放出祖母的笑靥，最终这一老一小的容颜重叠在一起，永远留在我的敖包滩……